JACQUES SAUSSEY

CE QU'IL FAUT DE HAINE

fleuvenoir

ISBN : 978-2-265-15685-2

Dépôt légal : octobre 2023

À la mémoire d'Aurélie Corot

« Et quant à celui qui scrute le fond de l'abysse,
l'abysse le scrute à son tour. »

Friedrich Nietzsche
Par-delà bien et mal, 1886

PROLOGUE

3 octobre 2022

Lorsque j'ai pénétré dans la chambre, l'infirmière m'a lancé un bref regard, puis a reporté son attention sur le patient qui gisait au creux de son lit, l'air absent.

— Bonjour, monsieur, m'a-t-elle dit.

— Bonjour, ai-je répondu en examinant la maigre silhouette que les draps dessinaient à peine. Comment va-t-il, ce matin ?

Les paupières de mon père ont cillé. Était-il seulement conscient de ma présence ? Je n'en avais pas la moindre idée. Depuis plusieurs mois, il avait cessé de parler. Il cherchait de moins en moins mon visage quand je lui saisissais la main. Il s'était progressivement enfermé dans son cerveau, où sa mémoire s'émiettait chaque jour davantage.

D'un signe, l'infirmière m'a indiqué qu'elle souhaitait s'entretenir avec moi en privé. Une fois que nous avons été un peu en retrait, elle a baissé la voix.

— Ça empire, m'a-t-elle soufflé. Les crises se rapprochent et durent de plus en plus longtemps. Vous allez devoir envisager une autre solution.

J'ai contemplé avec une infinie tristesse cet homme, autrefois grand et costaud, que la maladie d'Alzheimer avait réduit à l'état de légume, une condition qui l'aurait rendu fou s'il avait été capable d'en prendre la mesure. J'avais embauché une équipe de soignants qui se relayaient avec dévouement à son chevet vingt-quatre heures sur vingt-quatre et sept jours sur sept. Je savais pourtant que ça ne pourrait pas continuer éternellement et qu'il me faudrait bientôt accepter de voir la réalité en face. Sur l'oreiller, son front livide semblait figé. S'était-il assoupi ?

— Je ne veux pas qu'il soit enfermé dans un EHPAD. C'est hors de question.

Les sourcils de l'infirmière se sont froncés au-dessus de son masque.

— Il est désormais nécessaire qu'il intègre une structure adaptée. Vous devez prendre conscience que, s'il n'est pas rapidement admis dans un établissement spécialisé, il va mourir.

Elle a fixé mon visage avec insistance, et j'ai alors compris que je n'avais plus le choix. Le jour que je redoutais tant était arrivé. Mon père allait quitter cette maison qui était tout ce qu'il lui restait. Celle où il avait cru vieillir entouré de ses petits-enfants.

J'étais au supplice. Avais-je le droit de l'arracher à ses derniers repères pour le maintenir en vie malgré une maladie dont il ne guérirait jamais ? Le dilemme m'apparaissait douloureux, et insoluble.

— Il y a une meilleure option que l'EHPAD, a-t-elle murmuré après avoir respecté un instant mon silence. L'USLD.

— Qu'est-ce que c'est ?

— Une unité de soins de longue durée. Il y serait beaucoup mieux suivi que dans une maison de retraite classique. Je me suis entretenue avec le docteur Millet à ce sujet ce matin, et lui ai confié mon inquiétude. Il m'a chargée de vous informer qu'il vous recommanderait sans hésiter auprès de ses confrères de Saulieu. Néanmoins, d'un point de vue financier, ce n'est pas tout à fait la même chose.

— J'ai de quoi payer. Ce n'est pas un problème.

En mon for intérieur, je savais qu'elle avait raison. J'ai observé le visage sans expression de mon père, la commissure de ses lèvres affaissée sur un rictus qui ne lui ressemblait plus, puis j'ai invité l'infirmière à me suivre dans le couloir avec la funeste sensation de commettre un acte de haute trahison.

— D'accord, ai-je lâché, la mort dans l'âme. Mais je veux que tous ses meubles soient emportés là-bas et agencés de la même manière qu'ici. Et surtout, j'exige que jamais personne ne lui révèle qu'il n'est plus chez lui. S'il l'apprenait, ça le tuerait plus vite encore que cette saloperie.

— Ça ne posera aucune difficulté. Les soignants veilleront à garder le secret. Désirez-vous que j'avise le docteur Millet que vous souhaitez organiser le transfert de votre père ?

J'ai opiné et elle a disparu, son mobile à la main. De retour près du lit, j'ai rapproché un siège de celui qui, quarante-trois ans plus tôt, m'avait donné la vie. Je lui ai parlé à voix basse, comme quand il venait autrefois me border avant de me raconter une histoire en attendant patiemment que je sombre dans un sommeil qui, la plupart du temps, était peuplé de cauchemars. J'ai entendu le murmure de l'infirmière qui transmettait ma résolution difficile au médecin et le silence est revenu, uniquement rompu par la respiration sifflante de mon père. C'est à ce moment-là que le délabrement de la maison m'est tombé dessus. Subitement, j'ai pris conscience de ce qui crevait les yeux de tout le monde, sauf les miens.

Par la fenêtre qui donne sur la cour, j'ai aperçu le poulailler en friche où aucun volatile n'avait éveillé d'échos caquetants depuis de nombreuses années. Je ne le distinguais pas de mon poste d'observation, mais je savais que le tracteur antédiluvien remisé dans le hangar s'enlisait sous la poussière et les fientes des pigeons. Le toit du bâtiment avait perdu une dizaine de tuiles au cours de la tempête de 1999, et elles n'avaient jamais été remplacées. Là où elles manquaient, une poutre rongée par l'humidité exhibait sa carie noirâtre. Au-delà, la forêt où j'allais autrefois me réfugier à longueur de journée m'a paru étrangère et hostile. Un territoire lointain de mon enfance où je n'avais plus droit de visite. Rien, désormais, ne me permettrait de rebrousser chemin. C'était un aller sans retour. Le pire des voyages, quand on y est entraîné de force.

Soudain, les doigts raides de mon père ont enfoncé leurs ongles dans ma paume. Il avait rouvert les paupières et me scrutait avec une lueur de désespoir qui scintillait au fond de ses prunelles, comme chaque fois qu'il cherchait en vain à me reconnaître.

— Papa ? ai-je demandé, la gorge serrée. C'est moi...

Il m'a souri d'un air perdu et a poussé un soupir.

— Ah... Thibault...

J'ai acquiescé doucement. Des larmes ont roulé sur mes joues. Il me semblait si fragile, si vulnérable que j'étais incapable de prononcer un mot. J'aurais tant voulu qu'il comprenne, qu'il accepte, mais les médecins m'avaient conseillé la plus grande prudence. La moindre contrariété pouvait souffler d'un coup la dernière flamme qui subsistait dans ses globes décavés. Je ne voulais pas prendre le risque de briser cela et de le perdre.

J'ai laissé passer un instant pour recouvrer mes esprits. Le silence s'est installé entre nous. Sa respiration sifflait toujours entre ses lèvres gercées et émettait un son aussi désagréable que du papier de verre frotté contre un morceau de fer. Je lui ai caressé les cheveux. Il ne me voyait pas. Tandis que je croyais qu'il sombrait de nouveau dans le néant, un mince filet de voix s'est élevé de son oreiller.

— Mon fils... il faut... que... tu saches...

J'ai approché mon visage du sien et j'ai alors senti son haleine qui empestait la mort, comme si son corps avait déjà commencé à se décomposer de l'intérieur. Le temps s'est étiré, distordu par la boule qui encombrait ma gorge et que je ne parvenais pas à évacuer. Et il a parlé. D'un seul jet. Des syllabes hachées, qui m'ont chacune cloué le cœur sur la porte de cette chambre. J'aurais aimé l'obliger à se taire, fermer à tout jamais ce robinet fétide qui arrosait mon âme d'une eau empoisonnée. Mais je n'ai pas réussi, les tempes broyées par une colère assourdissante.

Quand il eut terminé, mon père est resté figé un long moment à regarder le plafond, puis ses iris incertains se sont fixés aux miens pour y chercher le pardon, avant que je ne le voie replonger dans l'oubli sans l'avoir obtenu.

Sans tarder, j'ai signé les papiers qui le condamnaient à l'exil. Et j'ai rejoint ma voiture à pas lents, tandis que cette chose qui venait de naître en moi, cette rage, plantait ses dents pointues dans mes tripes.

1

27 novembre

La nuit s'effilochait en rose à la cime des arbres qui crevaient le ciel de leurs griffes anthracite. Haché par la vapeur qui s'échappait par saccades des poumons de la jeune femme, le sentier déroulait devant elle son ruban sinueux à peine plus clair que la végétation gommée par la brume dense de l'aube.

Sur ses talons, la langue en travers de la gueule, le braque haletait en cadence, son allure ajustée à celle de sa maîtresse. Alice Pernelle pilonnait la terre sans prêter attention au point de côté qui lui tiraillait le flanc et lui enjoignait de s'octroyer une pause. La musique techno, pulsée par le smartphone accroché à son bras, l'incitait à ne pas faiblir. Le froid l'avait saisie avant qu'elle ne s'enfonce dans les bois à petites foulées. À présent, sous le sweat à capuche, la transpiration inondait son dos.

Elle fit un écart pour éviter une branche basse alourdie par la pluie. Pepper en profita pour la doubler et la précéder de quelques mètres, le pelage mouillé, la truffe haute et les oreilles à l'affût. La jeune femme accéléra, encore et encore, jusqu'à ce que l'intensité de l'effort lui arrache un cri. Alerté, le chien tourna le museau vers elle. Il s'arrêta sur le bord du layon et la laissa reprendre la tête, perturbé par les effluves complexes de sueur et de douleur qu'Alice semait dans son sillage.

Tout à coup, Pepper s'immobilisa et referma la gueule sur sa langue, dont un petit bout resta coincé à l'extérieur. L'onde odorante de sa maîtresse avait été recouverte par une autre, plus obsédante, qu'une saute de vent venait de propulser à travers la forêt gorgée d'humidité. Il huma le courant d'air avec attention, se planta au beau milieu du chemin et émit un gémissement.

Alice, concentrée sur ses écouteurs, ne l'entendit pas. Elle disparut au virage suivant sans même regarder derrière elle. Pepper hésita, partagé entre sa fidélité et son instinct qui le poussait à s'aventurer dans la noirceur de la sylve. Le fumet âcre véhiculé par la brise lui chatouilla de nouveau la truffe. Il lança un aboiement vers le chemin à présent désert et, après un ultime moment d'attente, pénétra dans le sous-bois, la patte précautionneuse dans les feuilles trempées par l'averse de la nuit. La piste était si faible qu'il la perdit. Il se figea aussitôt, tous les sens en alerte, jusqu'à ce que le vent de l'ouest la lui renvoie entre les arbres décharnés. Elle provenait de la rivière.

Pepper avança de plus en plus lentement, le poitrail au ras du sol, le poil dressé sur l'échine. Ses crocs, dévoilés par ses babines retroussées, luisaient de salive et de crainte.

Prenant soudain conscience qu'elle se trouvait seule, l'étudiante pila et coupa sa musique. Elle pivota. Scruta le brouillard qui s'était abattu sur la forêt et qui se densifiait au fur et à mesure que le jour se levait. Puis elle cria vers les volutes cotonneuses qui noyaient les frondaisons à quelques enjambées du halo de sa propre respiration :

— Pepper ?

La jeune femme sentit son ventre se contracter d'inquiétude. D'ordinaire, le braque ne s'éloignait jamais.

— Pepper ?

Elle ouvrit la lame de l'Opinel qu'elle gardait à la main quand elle partait courir loin de tout. Avec tout ce qu'on entendait comme horreurs aux infos, mieux valait être prudente. Elle ignorait si elle aurait le courage de s'en servir en cas de mauvaise rencontre ou si elle resterait tétanisée de terreur, mais le seul fait de serrer le manche du petit couteau la rassurait toujours un peu.

— Pepper ?!

Alice ne parvenait pas à se souvenir à quel moment il avait cessé de trotter à ses côtés, et se reprocha de ne pas l'avoir assez surveillé. Le chien était d'une nature très obéissante, mais parfois, son instinct de chasseur reprenait le dessus, surtout dans les bois. Cependant, à force de promenades, le braque les connaissait encore mieux qu'elle. Il ne s'y égarerait jamais, même en pleine obscurité. Elle en était sûre. Alors, que s'était-il passé ?

— Pepper !!

Elle plissa les paupières, le corps tendu, incapable de percevoir quoi que ce soit au-delà d'un mètre. Le brouillard était devenu aussi opaque que la fumée d'un feu de branchages.

L'ombre jaillit de la brume, la percuta de tout son poids et la propulsa sur le dos. Le couteau lui échappa des mains et disparut dans les feuilles mortes, hors de sa portée.

Impuissante, la terreur comprimant ses entrailles, la jeune femme affronta le regard de la brute qui s'apprêtait à se jeter de nouveau sur elle.

2

Le sanglier devait peser au moins quatre-vingts kilos. À la taille de ses canines, dont l'une était brisée, Alice comprit qu'il s'agissait d'un vieux mâle. De sa gueule ouverte coulait un liquide noir comme de l'encre. Ou du sang. Une trace large et sombre avait ruisselé jusqu'à son ventre. L'animal baissa son groin et gratta furieusement la terre avec ses sabots.

Fixant la défense unique, la jeune femme tenta de contrôler sa respiration. Elle songea aux longues lames dont les chasseurs se servaient pour achever les bêtes de cette taille à l'issue des battues. Même si elle l'avait gardé en main, son couteau de poche ne lui aurait été d'aucune utilité pour percer cette peau aussi épaisse qu'un bouclier. Elle se redressa sur ses coudes et jeta un coup d'œil à sa jambe gauche, là où le suidé l'avait frappée. Son jogging était déchiré et elle avait très mal à la cuisse, mais, contrairement à ce qu'elle avait craint, elle ne vit pas de plaie.

Le sanglier émit un grognement amplifié par sa terrible cage thoracique. La jeune femme y perçut toute la colère accumulée par des années de traques et de blessures, toute la détermination à éliminer cette créature de laquelle émanait cette odeur humaine qu'il avait appris à haïr. Elle sut alors qu'elle allait mourir là, à moins de cinq cents mètres de chez elle, et songea avec désespoir à cette fin stupide, à la détresse de ses parents quand on viendrait leur annoncer l'affreuse nouvelle. Mais, alors que l'animal se ramassait pour bondir, le braque émergea du sous-bois et planta ses griffes dans la terre juste devant sa maîtresse.

— Pepper ! Va-t'en !

Le chien paraissait avoir doublé de volume. Son pelage hérissé et ses babines relevées lui donnaient l'apparence d'un loup. Les grondements rauques qui montaient de sa gorge ne devaient d'ailleurs pas être bien différents de ceux que ses ancêtres faisaient entendre, au cœur des nuits obscures. Sa queue dressée au-dessus de son arrière-train envoyait un signal clair au sanglier : il devrait se battre jusqu'à la mort pour accéder à sa proie.

Les pupilles noires de la bête sauvage oscillaient entre Pepper et l'humain détesté. Son souffle furieux soulevait les feuilles pendant qu'il frappait le sol pour tenter de les impressionner. Le vieux solitaire avait déjà eu affaire à des chiens. Il en avait même éventré quelques-uns, quand ils s'étaient approchés un peu trop de ses crocs, mais n'en avait jamais rencontré un aussi déterminé. Il sentait à son odeur puissante et aux menaces qui sourdaient de son poitrail que cet adversaire-là était d'une autre trempe. De ceux qui ne reculent pas.

Après quelques intenses secondes de flottement, le sanglier fit soudain demi-tour et disparut dans la brume. Alice s'attendit à le voir revenir au galop d'un instant à l'autre, mais, une fois que le bruit de sa course s'évanouit entre les arbres, la forêt redevint silencieuse. Les poils de Pepper retombèrent peu à peu. Lorsqu'il comprit que le danger n'existait plus, le braque vint se coller tout contre sa maîtresse. Celle-ci enfouit ses doigts dans sa fourrure humide et appuya le front sur son encolure encore vibrante de rage.

— Merci, mon beau. Sans toi…

Pepper gémit et lui lécha le visage tandis qu'elle se relevait en grimaçant. Sa jambe était meurtrie, mais elle constata qu'elle pouvait marcher. Elle distingua par la déchirure de son survêtement un énorme hématome qui se profilait déjà sous sa peau. Sa sortie matinale était fichue. Elle avait cependant eu de la chance, dans son malheur.

L'étudiante ratissa l'humus avec une branche cassée pour retrouver son couteau, lançant un ultime regard prudent vers la purée de pois où l'animal s'était enfui, et entama en boitant le trajet du retour vers la maison. Quelques pas plus loin, elle s'arrêta. Pepper s'était avancé dans le sous-bois où il se tenait immobile, la truffe au vent.

— Allez, viens. La balade est terminée. Il faut que…

Mais le braque s'enfonça un peu plus dans les buissons et se tourna de nouveau vers elle en gémissant. Visiblement, la raison pour laquelle il avait quitté le chemin quelques minutes auparavant était tenace. Elle capitula et le suivit en s'appuyant sur son bâton de fortune, tout en essayant d'oublier la douleur qui lui vrillait la cuisse.

— Allez, montre-moi ce que tu as trouvé. Et après, on file…

Alice emboîta le pas à Pepper à travers les fourrés jusqu'à l'escarpement qui surplombait la rivière et le vit disparaître en courant dans les éboulis, aussi à l'aise qu'un cabri. Elle retint un rappel agacé. Avec sa jambe meurtrie, ce n'était pas le moment de faire de l'escalade.

Au pied du village, la Cure avait profondément creusé son lit dans la roche. Elle avait créé ici des falaises d'une quinzaine de mètres, et là des pentes moins verticales, mais néanmoins abruptes, par lesquelles il était possible d'atteindre la rivière au bas d'une arche naturelle. Le relief s'assouplissait ensuite de chaque côté pour se fondre dans les collines plus rondes du sud de l'Yonne. La beauté sauvage du site, à moins de deux heures et demie de Paris, à la pointe nord-ouest du

Morvan, incitait des hordes de touristes à visiter les lieux chaque été, à pied, à vélo, à cheval ou en canoë-kayak. En septembre, une fois les estivants partis, le village retrouvait sa quiétude automnale avant de s'enfoncer dans les prémices de l'hiver.

Depuis le début du mois de novembre, quand elle revenait chez ses parents pour le week-end, Alice courait seule avec son chien tous les dimanches matins sans rencontrer âme qui vive. La zone était classée Natura 2000 et la chasse y était interdite, hormis à l'occasion de certaines battues administratives dites « de nuisibles ». Mais, dans ce cas, le raffut de la meute au sortir des voitures suffisait à l'avertir qu'il valait mieux éviter le secteur pour la journée.

Au bord de la rive, Pepper aboya d'impatience.

— J'arrive ! Deux secondes !

Elle choisit un chemin où des marches avaient été creusées dans la terre, et planta son bâton avec précaution à chaque pas jusqu'à ce qu'elle parvienne au bas du raidillon, le souffle court et les cuisses tétanisées par l'effort. Et là, l'odeur fondit sur elle.

La jeune femme plissa le nez, dégoûtée. C'était bien dans la nature de Pepper de dénicher une saleté pour se rouler dedans, et cela se produisait souvent, ici. En effet, les riverains, craignant que les chevaux ou les vaches n'enfoncent leurs sabots dans leurs trous et ne s'y brisent les jambes, exterminaient sans état d'âme les ragondins qui détruisaient les berges. Puis, plutôt que de rapporter chez eux ces rongeurs à la chair peu appréciée, les chasseurs du village les laissaient pourrir sur place, et les insectes se chargeaient de réduire les carcasses en un amas puant.

Pepper s'était immobilisé derrière un tas de branchages. Il tourna la gueule vers sa maîtresse et jappa dans sa direction, comme pour la mettre en garde sur ce qui l'attendait. Celle-ci avança encore d'une dizaine de pas, les narines pincées entre son pouce et son index. C'est là qu'elle aperçut la forme étendue entre les arbres au bord de l'onde frémissante de la Cure. Un corps beaucoup plus grand que celui d'un ragondin. Et grouillant de vers.

Alice tomba alors sur les genoux et, hagarde, les tympans assourdis par les aboiements de Pepper, renonça à contrôler son estomac qui se souleva dans un spasme.

3

Jacques Pernelle raccrocha, se jeta hors du lit, enfila ses habits de la veille et ses bottes en caoutchouc, puis se hâta de traverser le village. Il franchit le pont et dévala en glissant le chemin abrupt qui descendait vers la rivière à travers les roches et les ronces.

Au téléphone, la voix affolée de sa fille lui avait causé une frayeur qu'il ne réussissait pas à endiguer malgré l'air vif qui lui fouettait les joues, et la certitude qu'elle ne risquait rien. Un cadavre… Le timbre haché par l'émotion, elle n'avait pu en dire plus, en dehors de l'endroit où le braque avait trouvé le corps : la Roche percée. Cette arche naturelle réputée dans tout le pays et qui avait été forgée par des millénaires d'érosion dans les strates de granit.

Le secteur n'avait aucun secret pour lui. Autrefois chasseur, revenu dix ans plus tôt à des occupations photographiques moins létales pour la faune, il avait arpenté tous les bois de la région depuis leur installation à Pierre-Perthuis, une trentaine d'années auparavant. Quand il atteignit les lieux, Pepper tira sur sa laisse en aboyant. Jacques le repoussa d'une injonction rude, entoura sa fille de ses bras et la réconforta du mieux qu'il put. Elle avait le teint cireux et avait visiblement pleuré, mais avait eu la présence d'esprit d'attacher le chien pour qu'il ne pollue pas la scène avec ses allées et venues. Elle-même en restait éloignée, ce dont la gendarmerie scientifique lui serait sans doute reconnaissante.

Il la fit asseoir sur un rocher, et elle lui raconta son effroyable découverte d'une petite voix qu'elle essayait de maîtriser. Le départ de la maison alors que tout le monde dormait encore, l'aube, la brume, la rencontre douloureuse avec le sanglier blessé et l'insistance de Pepper pour qu'elle le suive jusqu'ici. Et après…

Quand elle se tut, il la prit doucement par les épaules et lui posa la question qui lui brûlait la langue :

— Où est-il ?

Sans un mot, Alice tourna un visage hanté vers le tas de branchages et serra ses mains sous ses aisselles pour y chercher un peu de chaleur. Le vent avait changé de direction et l'odeur pestilentielle était désormais balayée vers l'ouest, de l'autre côté de la Cure.

— Là… Derrière…

Jacques s'approcha lentement du buisson, comme si celui-ci s'apprêtait à lui sauter dessus. Peut-être conscient de la gravité de la situation, Pepper avait fini par se calmer et s'était couché sur l'herbe. Le père d'Alice se pencha à son tour et comprit aussitôt pourquoi le sanglier avait fui si vite devant le braque. Contrairement à ce que sa gamine avait cru, le suidé n'était pas blessé. Le sang qui dégoulinait de sa gueule ne lui appartenait pas. L'animal avait simplement été dérangé pendant son repas.

Il recula de quelques pas, sortit son mobile et contacta Philippe Millot, le premier adjoint au maire, qui décrocha à la deuxième sonnerie malgré l'heure matinale. L'élu, qu'il connaissait personnellement, lui affirma qu'il se mettrait en route dès que les gendarmes seraient prévenus.

— Je m'occupe de les appeler, déclara Jacques. Toi, tu n'as pas vu le corps, et ils vont avoir besoin de précisions.

Sans attendre la réponse de Philippe, il interrompit la communication et composa le 112.

— Gendarmerie de Vézelay, j'écoute.

Il se détourna en baissant la voix. Alice était toujours assise sur le rocher, pétrifiée.

— Je vous appelle pour vous signaler que ma fille a trouvé un cadavre au bord de la Cure, près de la Roche percée, à Pierre-Perthuis.

Il entendit les doigts de son correspondant se mettre en action sur son clavier.

— Un cadavre, vous êtes sûr ? Ça ne peut pas être une personne inconsciente ?

Pernelle grimaça à l'adresse de son portable.

— Complètement sûr, oui.

— D'accord. Dans un premier temps, pouvez-vous me décliner vos identités à tous les deux ?

— Jacques Pernelle. J'habite ici : 11, rue du Moulin. Ma fille est étudiante à Paris. Ce matin, elle est sortie courir avec le chien. C'est comme ça qu'elle l'a découvert.

— Très bien. Je vous envoie une équipe tout de suite. Restez sur place jusqu'à leur arrivée, s'il vous plaît, et essayez d'empêcher quiconque d'approcher des lieux. Vous pouvez faire ça ? Ça va aller ?

— Oui, j'ai été pompier volontaire. De plus, j'ai prévenu le premier adjoint, il doit déjà être en chemin pour venir m'aider à verrouiller le passage sur la berge. Je vais téléphoner à mon épouse pour qu'elle vienne chercher ma fille. Moi, je ne bouge pas.

— Merci. Juste un détail, pour mon rapport… S'agit-il d'un homme ou d'une femme ?

Jacques examina le cadavre écartelé entre quatre troncs d'arbres à l'aide de morceaux de corde en Nylon noués aux poignets et aux chevilles. Un corps que le croc unique du sanglier avait presque entièrement déchiqueté, et il frissonna.

— Je ne sais pas.

— Je vous demande pardon ?

Pernelle tendit le cou vers la chose recouverte d'asticots qui reposait sur la terre boueuse. Les vers rampaient sur la peau livide et avaient colonisé les orbites, la bouche et les oreilles. Il recula, puis souffla dans le combiné :

— Si je me fie au rouge que je distingue sur les ongles, je pense que c'est une femme. Mais, à mon avis, seul le légiste pourra vous le dire avec certitude, à présent…

4

Le commandant Gontran de Montboissier haussa un sourcil en voyant l'adjudant Lamaison revenir vers lui les mains vides et la mine désolée.

— Alors ? Rien ?

— Absolument rien. On a passé au peigne fin les bois dans un périmètre d'environ trois cents mètres. Aucun habit ni papiers abandonnés.

L'officier considéra les quatre spécialistes de la Division criminelle, masqués, gantés et entièrement vêtus de blanc, qui virevoltaient comme des mouettes affamées autour du cadavre. L'un d'eux, le lieutenant Stanislas Petrosky, examinait avec application la dépouille et prélevait des vers équipé d'une précelle, d'éprouvettes et de sachets. Montboissier réprima à grand-peine une puissante envie de vomir en le voyant farfouiller, le dos courbé, dans la vermine.

Depuis son arrivée près de la Cure, tout s'était enchaîné. Les lieux avaient bien entendu été classés « scène de crime » dès la découverte du corps et protégés grâce à de la Rubalise qui en interdisait l'accès aux curieux, au demeurant peu nombreux dans le secteur. L'assassinat étant manifeste, le procureur d'Auxerre avait sollicité l'aide de l'Institut de recherche criminelle de la gendarmerie nationale, qui avait immédiatement envoyé une unité à bord d'une camionnette dotée du matériel d'investigation dernier cri. Une fois que les techniciens de l'IRCGN auraient terminé, le cadavre – effectivement féminin, semblait-il – serait convoyé vers le service de biologie génétique de Pontoise afin d'être étudié au sein de son laboratoire ultramoderne.

Gontran soupira. Pas de vêtements, pas de papiers, et des empreintes digitales inexploitables tant la dépouille paraissait abîmée. Il n'y avait désormais plus qu'un seul recours pour retrouver l'identité de la victime : les analyses ADN, à condition que ce dernier ait déjà été enregistré, ce qui pour la majorité des gens, ceux qui n'ont rien à se reprocher, n'est pas le cas.

— Commandant !

Montboissier dirigea son attention sur le chemin qui longeait la rivière. Un autre de ses hommes, le sous-lieutenant Guillon, approchait à vive allure, le pantalon d'uniforme maculé de terre jusqu'aux mollets. L'officier se composa un masque de cire. Les joues rougeaudes et l'empressement de son subalterne annonçaient des emmerdements supplémentaires, il en était quasi certain.

— Qu'y a-t-il, Sylvain ?

— Nous avons procédé à l'interrogatoire de tous les habitants du village, et…

— Déjà ?

— Ils ne sont que dix-sept, commandant.

— Je vois. Et qu'avez-vous découvert ?

— Que le corps n'était pas là hier.

Petrosky, qui passait près d'eux pour remonter vers la camionnette, s'arrêta net.

— Ça, c'est impossible.

— Mais… tenta Guillon.

— Il n'y a pas de « mais ». C'est indiscutable.

— Et qu'est-ce qui vous permet de mettre d'emblée en doute le renseignement du sous-lieutenant ? demanda abruptement l'officier, que le ton arrogant du spécialiste avait agacé.

Petrosky agita sous son nez un sachet bien rempli.

— Ceci.

Gontran parvint de justesse à rester impassible face au monceau d'asticots qui grouillaient à vingt centimètres de son visage.

— Pouvez-vous préciser, je vous prie ?

Satisfait de son effet, Petrosky désigna quelques formes plus sombres que les autres au fond du pochon.

— Parce qu'une telle nuée n'apparaît pas en une seule nuit. Il faut d'abord que les mouches sentent le cadavre, qu'elles viennent y pondre, que les larves éclosent, qu'elles se nourrissent et quittent ensuite leurs pupes pour devenir à leur tour des adultes. Tout ce processus prend plus de vingt-quatre heures.

Frappé par l'argument, le commandant sonda avec attention l'air contrarié de Guillon.

— Qui vous a affirmé que le corps n'était pas là hier ?

— Le premier adjoint au maire. Il y a trois semaines, un sanglier a été grièvement blessé au cours d'une battue dans les environs, mais il a réussi à s'enfuir. Comme cet endroit est une réserve de chasse, M. Millot y est passé samedi après-midi avec son épagneul par acquit de conscience, même s'il ne croyait plus pouvoir tomber dessus. Si ce… Si la victime s'était trouvée là, au bord de l'eau, à moins de cinq mètres du chemin, le chien l'aurait forcément flairée.

L'officier se tourna vers Petrosky.

— Qu'en dites-vous, lieutenant ?

Le scientifique se fendit d'un sourire désabusé.

— Commandant, les asticots expriment toujours la vérité la plus nue. Pour moi, peu importe que les apparences ne soient pas en accord avec les faits. Ces charmantes petites bestioles sont les témoins les plus fiables que l'on puisse interroger.

Montboissier ne répondit pas. Il contempla de loin les restes humains que les militaires en tenue étanche déposaient avec d'infinies précautions dans une housse mortuaire.

Un corps de femme déchiqueté, envahi par un monticule de vers.

Un cadavre qui ne se trouvait pourtant pas là la veille.

Il ferma les paupières.

Voilà. On y était. Les emmerdements étaient bel et bien arrivés, et en rangs serrés.

5

Le commandant Jean-Marie Lefebvre étala une série de photographies sur son bureau et planta son index sur la seule où la morte de l'Yonne était encore vivante.

— Valérie Freysse, cinquante-trois ans, divorcée, ex-DRH, chômeuse depuis deux mois. Les gendarmes de Vézelay n'ont retrouvé ni papiers ni vêtements près de son cadavre. Les analyses ADN sont toujours en cours, mais sa mâchoire a parlé, si vous me passez l'expression. Quand les militaires ont épluché le fichier des personnes recherchées, ils sont tombés sur son signalement. Ils ont alors ouvert une enquête administrative qui leur a donné accès à l'historique de ses paiements par carte bancaire, dont un à son dentiste qu'elle avait vu fin octobre. Celui-ci a formellement identifié sa patiente.

— Quand a-t-elle disparu ? s'enquit la capitaine Marianne Ferrand.

— Sa fille Justine s'est rendue le samedi 5 novembre, peu avant minuit, au commissariat du XVIe arrondissement. Elle était très inquiète, sa mère devait rentrer dans l'après-midi et ne répondait pas au téléphone. Le parquet d'Auxerre a été prévenu. Le corps se trouvant en zone gendarmerie, c'est la brigade d'Avallon qui va mener les investigations.

— Quel rapport avec nous, dans ce cas ? questionna sa jeune recrue, Vanessa Fleuret.

— Comme elle habitait à Paris, le commandant chargé de l'affaire a sollicité le proc' afin qu'un officier de police judiciaire territorialement compétent sur la capitale leur soit délégué pour effectuer quelques tâches annexes. Enquête de voisinage, interrogatoire de sa fille, de ses anciens collègues… Le truc habituel, quoi.

Lefebvre s'attarda sur le profil de Marianne, qui s'était penchée pour étudier les clichés. Trente-cinq ans à peine, mais son visage anguleux et son corps longiligne lui en donnaient facilement six ou sept de plus. Il la savait célibataire, et son apparence austère devait en être la cause, pour une bonne part.

— Capitaine, j'ai pensé à vous, pour ce boulot.

Ferrand hocha la tête. Elle tenait entre ses doigts une photographie qui dévoilait le cadavre écartelé. Une carcasse abandonnée à la pluie, aux charognards, aux insectes et à la putréfaction. Un nouveau féminicide commis par un criminel particulièrement sadique : bien sûr, qu'elle voulait en être. Et elle mettrait tout en œuvre pour aider à retrouver le salopard qui avait tué cette Valérie Freysse et avilie d'une si horrible façon.

— Une chômeuse qui habite dans le XVIe et qui se fait bouffer par un sanglier et des asticots dans le Morvan, c'est pas banal, intervint le lieutenant Lucas Moreau.

— Encore moins pour une ancienne DRH… ajouta Vanessa.

— Qui est tombé sur la scène de crime ?

Lefebvre poussa une chemise sur le bureau.

— Tout est là-dedans, capitaine. Elle s'appelle Alice Pernelle. C'est une jeune femme originaire du village de Pierre-Perthuis. Elle faisait un footing avec son chien. Le corps – enfin, ce qu'il en reste – repose à l'IRCGN de

Pontoise depuis hier soir. L'autopsie aura lieu ce matin à onze heures précises. Vous vous y rendrez pour rencontrer le commandant Montboissier. Celui-ci dirige cette enquête depuis la brigade d'Avallon, dont dépend la gendarmerie de Vézelay. Il est en route pour y assister. Vous avez ici l'adresse de la victime, les coordonnées des boîtes où elle a bossé, ainsi que le numéro de sa fille. Famille, voisinage, collègues, téléphonie… vous connaissez la musique. Je sais : c'est long, chiant, et ça ne mène souvent à rien, mais c'est à vous de jouer.

L'officier considéra ensuite les deux autres policiers.

— Il faut maintenant que je parle seul à seule à la capitaine Ferrand, s'il vous plaît.

Moreau sortit, maussade. Vanessa, quant à elle, le suivit sans piper mot. Une fois la porte refermée, Ferrand s'assit face à son patron et croisa les jambes. Un entretien privé impromptu avec Lefebvre n'annonçait rien de bon. Lucas et elle, flics de terrain, se méfiaient de ce type depuis qu'il était arrivé à la Criminelle, six ans auparavant. Visiblement issu de la bourgeoisie parisienne très aisée, il dégageait une suffisance détestable. Quelques mois plus tôt, il avait accédé au poste convoité de chef de groupe. Les mauvaises langues affirmaient que c'était parce qu'il avait su lécher les bonnes bottes. L'officière, comme le reste de l'équipe, avait assisté à sa promotion avec fatalisme. Il n'était pas en son pouvoir d'y changer quoi que ce soit.

Lefebvre attendit que le silence s'installe, puis le rompit en homme qui ménage ses effets :

— Marianne, je suis conscient que vous traversez une sale période.

La gorge subitement encombrée par une boule de chagrin, la policière préféra se taire. Lefebvre laissa filer un blanc. Deux semaines auparavant, l'ancien commandant Ferrand était décédé d'une leucémie après trente-sept ans de service et seulement trois d'une retraite bien méritée. Le Bastion tout entier s'était cotisé pour qu'une magnifique couronne de lis l'accompagne lors de son dernier voyage.

— Je sais que vous ne m'appréciez pas, reprit son supérieur. J'aimerais pouvoir vous dire que ça m'est égal, mais ce n'est pas le cas. Et sachez que cette place, qui était autrefois celle de votre père, je ne l'ai pas volée, contrairement à ce qui se murmure quand j'ai le dos tourné.

Mal à l'aise, la capitaine remua sur son siège.

— Bien, à présent que ce point est éclairci, revenons-en à l'affaire Freysse, continua Lefebvre. D'après les renseignements que nous avons collectés, cette femme évoluait dans un environnement friqué. Certaines des boîtes où elle a travaillé sont cotées en Bourse, et leur activité est scrutée chaque jour à la loupe par les actionnaires. Bref, c'est un secteur financier ultrasensible aux perturbations et j'ai reçu des instructions très claires de la hiérarchie à ce sujet : il va falloir y aller avec des pincettes pour interroger le personnel dirigeant, et oublier les méthodes de la rue du lieutenant Moreau.

— Lucas est un très bon élément, objecta la capitaine. Courageux, intelligent et bosseur.

— Je n'en doute pas, mais il est aussi cabochard et mal embouché. C'est la raison pour laquelle je vous ai confié cette enquête. Votre finesse me sera plus utile que ses gros sabots. Cependant, avec cette mise à disponibilité totale pour la gendarmerie icaunaise, vous n'allez plus avoir de temps pour les affaires en cours. Je vous en décharge donc dès maintenant. Lucas va en prendre la tête, il me rendra compte durant votre détachement provisoire, en espérant qu'il ne mette pas trop les pieds dans le plat.

— J'ai besoin de lui et de Vanessa pour mener à bien les interrogatoires. Il y a trop à faire, je ne m'en sortirai pas seule.

— C'est hors de question. Il y a beaucoup d'absents dans le service à cause du Covid. Les autres dossiers doivent être traités, eux aussi. Je ne peux pas me permettre de les laisser moisir.

Sur ces mots, le commandant Lefebvre décrocha son téléphone, signe que l'entretien était terminé.

— Je vous laisse vous organiser, Marianne. Et pour commencer, n'oubliez pas l'autopsie à onze heures. Vous avez juste le temps de vous rendre à Pontoise.

6

Alice avait dormi d'un sommeil agité de mauvais rêves. La journée de la veille avait été longue, entre l'interrogatoire des gendarmes, sa déposition à Vézelay pour les besoins de l'enquête, et la soirée passée à parler avec sa mère qui ne pouvait se résoudre à la laisser aller se coucher « comme ça ». Dans l'après-midi, les officiers avaient relevé ses empreintes et effectué un prélèvement salivaire, au cas où elle aurait pollué la scène de crime malgré les précautions qu'elle avait prises. Puis, quand son père l'avait ramenée chez eux, elle avait encore dû raconter cette histoire aux voisins venus aux nouvelles.

Après avoir avalé un solide petit déjeuner, elle sortit dans l'air matinal réfrigérant. Le jour pointait à peine au-dessus des toits. Il faudrait patienter une demi-heure pour que le soleil perce avec difficulté le ciel chargé d'humidité, mais elle ne pouvait plus attendre.

— Fais attention à toi, lui dit Jacques qui l'avait suivie jusque dans le garage, les mains enfoncées dans les poches de sa robe de chambre. Il y a encore du brouillard, ce matin.

Elle sourit tandis qu'elle attachait ses cheveux avec un élastique.

— Ne t'inquiète pas, papa. Je connais la route.

Pernelle l'embrassa sur le front avant qu'elle n'enfile son casque de moto, et la prit par les épaules pendant qu'elle en ajustait la jugulaire. Sous ses doigts épais, le cuir du blouson crissa. Il aperçut son propre visage déformé dans la visière réfléchissante qui masquait celui de son enfant.

— Je sais comment tu roules, Alice. L'usure de tes pneus te trahit aussi sûrement que si je te voyais filer sur la chaussée. Ce n'est pas de la conduite, c'est de la colère. Et quoi que tu en penses, ça ne le fera pas revenir.

Le sourire qu'elle affichait la seconde précédente quitta les lèvres de la jeune femme. La machine chauffait déjà, le pot d'échappement dirigé vers l'extérieur pour ne pas empuantir le garage de ses parents. Elle passa ses gants et enfourcha la 600 GSX-R entièrement noire. Jacques posa les paumes sur le guidon, et poussa pour aider sa fille à sortir dans l'allée, en marche arrière, l'engin rutilant.

Quand elle se trouva enfin face au portail et enclencha fermement la première, il se pencha, releva un instant la visière et lui murmura :

— Je t'aime, ma belle. N'oublie jamais que je souhaite mourir très vieux, et très longtemps avant toi.

Alice respecta la limitation de vitesse jusqu'à Vézelay. Ensuite, quand les larmes eurent séché et que le moteur fut monté en température, elle tourna la poignée de gaz d'un coup sec et la Suzuki se cabra sous ses reins. Le parcours le plus rapide pour rejoindre la capitale imposait d'aller chercher l'autoroute A6 à Nitry, à trente kilomètres de là.

Plus de deux cent vingt bornes pour rallier Paris. Pour Mme Tout-le-Monde, cela correspondait à trois heures de trajet. Elle consulta le tableau de bord de sa machine : il était huit heures dix du matin. Elle se promit de franchir le périphérique avant dix heures et demie. Elle aurait juste le temps de passer chez elle et de se changer pour être à l'heure à son cours de biochimie. Et tant pis si elle arrivait en retard, elle s'assiérait en catimini tout en haut de l'amphi, à côté de la porte. De toute manière, ce cours l'assommait depuis le début de l'année. Un peu comme les autres matières, d'ailleurs. Elle se demandait parfois pourquoi elle s'était embarquée dans ces interminables études de médecine qui n'éveillaient pas en elle le même intérêt que chez la plupart de ses amis de fac. Et si elle ne s'était pas simplement trompée d'orientation ?

Elle attaqua modérément les premiers virages. Constata que ses pneus accrochaient bien à l'asphalte malgré l'humidité qui le recouvrait. Comme elle l'avait affirmé à son père, Alice connaissait la route sur le bout des doigts. Elle n'avait nullement besoin de GPS, ni pour se diriger ni pour localiser les radars fixes. Elle avait mémorisé tout cela très rapidement et ralentissait même aux abords des endroits sensibles où elle avait déjà noté par le passé la présence de contrôles mobiles. Une fois le risque écarté, elle se laissait à nouveau emporter par le son puissant des quatre cylindres qui grondaient entre ses jambes.

Au péage de Nitry, elle stoppa une centaine de mètres après les barrières, hors de la vue des caméras de surveillance. Ouvrit la poche arrière du sac sanglé sur le porte-bagages, prit une clé de dix et détacha sa plaque d'immatriculation. Aussitôt remontée en selle, elle s'engagea sur la bretelle d'accès, rentra la tête dans la bulle et essora la poignée à fond. Le moteur rugit et la machine répondit instantanément à la violence de la sollicitation. La chaussée parut alors s'incurver et la densité de l'air changea. Les voitures, ombres indistinctes, se mirent à défiler à droite de sa moto comme si elles étaient à l'arrêt.

Recroquevillée sur son bolide, Alice souriait aux anges sous sa visière. Elle ne courait pas après la performance. Seule la pulsation de la vitesse l'enivrait, pas sa matérialisation avec l'aiguille du compteur. Elle ne sentait presque pas le vent grâce au blouson de cuir plaqué sur son corps, mais l'entendait hurler à son passage. Elle avait l'impression de se trouver à bord d'un avion qui fendait les cieux en se jouant des nuages, et en toute liberté.

Son attention rivée sur la route, elle ne put cependant empêcher les images du cadavre envahi de vers de revenir la visiter. Au petit déjeuner, elle avait assuré à sa mère que tout allait bien, mais elle savait au fond d'elle-même que c'était faux. Cette abomination la hanterait longtemps. Son père, par l'intermédiaire des gendarmes, lui avait appris la veille au soir que la victime de la Cure était une femme. Il ne lui en avait pas dit plus, mais ce n'était pas nécessaire pour qu'elle prenne la mesure de l'horreur que cette inconnue avait dû subir avant de mourir. Les informations télévisées regorgeaient de ce genre de faits divers abjects.

Alice était à proximité de Paris quand, émergeant de ses sombres pensées, elle entendit le hululement d'une sirène qui se rapprochait d'elle à vive allure. Soudain fébrile, elle scruta son rétroviseur. Une 307 blanche sérigraphiée « POLICE » sur le capot l'avait prise en chasse et lui adressait des appels de phares comminatoires.

Subitement, elle sentit un grand froid l'envahir. Elle avait échappé plusieurs fois aux forces de l'ordre dans des circonstances similaires, mais avait toujours eu la chance qu'il ne s'agisse pas de motards et que le trafic parisien ne permette pas à la voiture de ses poursuivants de la pister très longtemps. Sans plaque, elle ne risquait rien, sauf si elle se retrouvait bloquée, ce qui était rarissime avec un deux-roues. Mais là, à moins d'un miracle, elle était cuite.

Elle se déhancha et doubla une bétonnière sur la voie de droite, que cette dernière venait de libérer. Les policiers l'imitèrent et klaxonnèrent pour lui intimer de ralentir. La circulation s'était densifiée depuis qu'elle avait passé la Francilienne. Le lundi matin, les camions qui n'avaient pu rouler le dimanche rejoignaient la capitale en nombre. La jeune femme bascula la Suzuki vers la gauche avec l'intention évidente de slalomer entre les voitures, mais la Peugeot, qui les forçait à s'écarter à grand renfort d'avertisseur, la talonnait presque.

Alice songea avec une bouffée d'angoisse que, si elle capitulait, elle allait prendre cher. Grand excès de vitesse, absence de plaque, délit de fuite : cela risquait de se traduire par une suppression du permis, une confiscation de la moto, une amende qu'elle ne pourrait pas payer et, puisqu'elle était majeure, un séjour plus ou moins long en prison. Mais le pire, elle le savait, ce serait d'affronter le regard de son père. Sa déception devant l'extinction de tous les espoirs qu'il avait placés en elle. Et cela, elle ne le supporterait pas.

Alors qu'elle s'apprêtait à renoncer, elle remarqua les deux poids lourds qui progressaient devant elle, côte à côte, à la même allure de tortue. Et soudain, tandis que le trafic s'épaississait, juste après l'embranchement de l'A86, elle aperçut une fourgonnette aux feux de détresse allumés, stoppée sur la droite de la chaussée. L'un des gros-culs pila, aussitôt imité par son voisin, indiquant le début d'un embouteillage qui serpentait en une interminable guirlande rouge en direction du périphérique. L'autoroute paraissait bouchée pour de bon.

Alice rentra les épaules et les genoux, puis accéléra brutalement. Elle s'immisça entre les deux camions et se faufila ensuite jusqu'à la bande d'arrêt d'urgence. L'utilitaire qui la bloquait étant à présent dans son dos, elle fonça vers Paris, sortit à Rungis, et pénétra dans le parking souterrain d'un supermarché, où elle se gara tout au fond, derrière un SUV. Après quoi elle se dépêcha de récupérer sa plaque et de la refixer. Elle attacha alors la Suzuki avec son antivol et, son casque sous le bras, marcha d'un bon pas vers le magasin.

Elle y resta une heure entière, à tourner dans les rayons sans rien voir, finit par acheter une veste en jean à moumoute, et revint à sa moto avec prudence. Contrairement à ce qu'elle craignait, personne ne l'y attendait. Elle rangea le cuir dans son sac, s'habilla avec le blouson molletonné, et rejoignit Paris par la banlieue.

Une demi-heure plus tard, elle coupa son moteur en bas de chez elle, cité Fénelon, dans le IXe, et grimpa à son appartement, au troisième sans ascenseur. Là, elle se laissa tomber sur son canapé déglingué et poussa enfin un très long soupir de soulagement. Elle avait vraiment eu chaud, cette fois.

Après quelques minutes de répit, elle se releva et alla chercher une canette de Coca dans son frigo, but au goulot, rota dans son poing et loucha sur son mobile qu'elle venait d'abandonner sur la table en Formica. Elle tendit la main vers lui, mais suspendit son geste. Pour quelle raison avait-elle pris ces photos, ce jour-là, après avoir téléphoné à son père ? Qu'est-ce que cela lui apporterait de plus qu'un frisson de dégoût dès qu'elle contemplerait le visage de cette inconnue ravagé par les vers ?

Alice était incapable de répondre. En revanche, les clichés, eux, se trouvaient bien là, gravés sur la carte SD de l'appareil, à la suite de ceux pris le jeudi soir, alors qu'elle n'était encore qu'une étudiante insouciante qui buvait un verre en terrasse avec ses amis. Avant qu'elle ne soit projetée face à l'horreur. Des images écœurantes, d'une violence insoutenable à laquelle elle n'avait jamais été confrontée, à laquelle elle n'était pas préparée.

Immortaliser cette scène avait été plus fort qu'elle. Comme une espèce d'appel au secours de cette forme humaine allongée, anéantie. Y avait-il quelque chose qui ne tournait pas rond chez elle ? Faisant taire sa mauvaise conscience, elle déverrouilla son portable. Elle laissa d'abord son pouce flotter au-dessus de l'application, et finit par appuyer sur l'icône. Les dents serrées, elle parcourut la dizaine de photos et referma rapidement, un goût de cendres dans la bouche.

Elle ouvrit la fenêtre afin qu'un peu d'air frais pénètre dans la pièce, où elle étouffait. Dans son esprit, deux questions flottaient telles des algues verdâtres chahutées par le courant. Deux interrogations qui allaient la torturer jusqu'à ce que l'affaire soit résolue par les enquêteurs.

Qui était cette femme ?

Et qui l'avait assassinée ?

7

Ça n'a pas été très difficile de la retrouver. Valérie Freysse faisait partie de ces gens qui laissent une trace sur la Toile à chaque mouvement qu'ils esquissent. En une poignée de minutes, j'ai pu reconstituer son parcours tortueux grâce aux multiples articles qui la concernaient, et dont un certain nombre, à scandale, figurait en bonne place dans les archives de journaux liés au monde du luxe. À en croire le profil qu'elle présentait sur un réseau social professionnel, son dernier contrat, en tant que consultante auprès du comité directeur d'une boîte d'importation d'ameublement asiatique, avait pris fin deux mois et demi plus tôt après avoir rempli l'objectif fixé. Selon d'autres sources, elle s'était fait virer comme une malpropre. Quoi qu'il en soit, un seul SMS m'a suffi à l'appâter.

> Nous cherchons une gestionnaire de crise pour assurer un management de transition afin d'assainir notre entreprise. Nous avons entendu parler de l'efficacité dont vous avez fait preuve récemment dans plusieurs grosses sociétés. Seriez-vous intéressée ? Mission de six mois minimum, horaires à votre discrétion, salaire très confortable.

Elle m'a répondu le soir même. Son texte était laconique, mais je savais que j'avais titillé sa curiosité.

J'avais monté un dossier de documentation très pointu, alors je lui ai raconté que ma boîte ne parvenait pas à trouver un manager capable d'améliorer notre compétitivité. Je lui ai dit que nous avions peut-être une exigence trop élevée en matière de rapidité d'action, mais que la situation était critique. En bref, nous avions terriblement besoin de quelqu'un comme elle, et surtout que son intervention reste confidentielle. Accepterait-elle que nous en discutions de vive voix ? Un déjeuner le lendemain lui conviendrait-il ? Je l'invitais, bien sûr.

Je lui ai donné le nom d'un établissement du XIVe arrondissement déniché sur Internet et qui offrait l'avantage d'être à la fois proche d'un parking souterrain et à proximité du périphérique. Le site du restaurant dévoilait l'agencement de la salle et insistait sur son aspect cosy : nappes et serviettes empesées, assiettes blanches à liseré doré, verres ventrus et bougies intimistes disposés sur des tables nettement séparées les unes des autres. Mais le détail le plus important pour moi : les photos montraient sans ambiguïté que les murs étaient vierges de caméras de surveillance.

J'avais également vérifié la localisation de celles installées sur la voie publique. Entre le matériel implanté à Alésia et celui situé porte de Vanves, la rue Didot semblait exempte d'objectifs qui auraient pu me trahir. En dehors des appareils placés sur les façades des magasins, bien sûr. Quant à eux, je ne pouvais pas les éviter, alors j'ai songé à une méthode très simple pour les aveugler : la pluie.

C'était la raison pour laquelle je tenais à rencontrer Freysse dès le lendemain midi. Météo France prévoyait des averses abondantes en fin de matinée. Ma proie arriverait certainement protégée par un parapluie. D'ici à ce qu'un flic, même particulièrement physionomiste, reconnaisse le galbe de ses jambes sur un de ces fichiers vidéo merdiques, les poules auront des dents.

J'ai poussé la porte du restaurant bien en avance et le serveur s'est précipité dès qu'il a aperçu mon bras dans le plâtre. Non, je n'avais pas de réservation. Je lui ai expliqué que j'attendais une amie. Était-ce tout de même possible de nous trouver une table, de préférence isolée ? Nous avions besoin d'être tranquilles, nous avions plein de choses à nous dire.

L'employé m'a assuré qu'il n'y avait aucun problème – ce que je savais déjà puisque j'avais consulté le site en ligne quelques minutes plus tôt – et m'a indiqué le fond de la salle.

— Vous serez bien, ici, m'a-t-il affirmé quand j'ai posé mon trench sur la chaise. Vous ne voulez pas que je vous débarrasse ?

— Non, merci. Je vais prendre un kir pour patienter, s'il vous plaît.

— Très bien. Je vous apporte ça tout de suite.

Lorsqu'il est revenu, j'ai vu qu'il tiquait parce que j'avais gardé mes lunettes de soleil. Il a dû me prendre pour un drôle d'oiseau, mais il était essentiel qu'il ne puisse pas m'identifier. Mon visage avait été connu du grand public quelques années auparavant. Peut-être pas de lui – il semblait avoir vingt bonnes années de moins que moi et ne connaissait probablement pas mes exploits sportifs passés –, mais je ne devais pas prendre le moindre risque.

J'ai porté le verre à mes lèvres. Je n'avais pas vraiment soif. J'avais surtout la gorge nouée. Je ressentais le besoin de me calmer un peu les nerfs afin d'être capable de revoir cette salope sans me jeter illico à sa gorge pour la lui déchiqueter.

Dos au mur, j'ai dégusté mon apéritif à petites gorgées. Et puis je l'ai attendue pendant que l'alcool me réchauffait le sang et que les souvenirs me desséchaient le cœur.

8

Malgré les embouteillages, dont elle avait pu s'extraire en attrapant l'autoroute A15 à Argenteuil après avoir emprunté les petites rues de Saint-Denis et d'Épinay-sur-Seine, Marianne arriva en avance à Pontoise. Elle trouva une place non loin des bâtiments de l'IRCGN, dont les abords étaient protégés par une clôture hérissée de fil de fer barbelé tendu entre des poteaux incurvés vers l'extérieur.

Là, elle franchit d'abord un impressionnant portique de sécurité sous l'œil attentif d'un militaire armé jusqu'aux dents, puis pénétra dans le hall d'accueil. Quand elle eut exprimé la raison de sa présence, une jeune femme en uniforme prit sa carte de police, décrocha son téléphone et vérifia l'information auprès de sa hiérarchie. Une fois la confirmation obtenue, elle remit un badge à la visiteuse et lui indiqua une ligne de sièges où patienter, le temps que l'officier qui la recevrait vienne la chercher.

La capitaine s'assit au bout de la rangée et serra son sac sur ses genoux, la poitrine oppressée par l'imminence de l'autopsie. Elle avait déjà vu des cadavres abîmés au cours de sa carrière, mais jamais dans un état pareil, si elle se fiait au rapport de la Scientifique qu'elle avait lu. Elle savait que ce serait une épreuve terrible, et ignorait si elle la supporterait sans montrer un seul signe de faiblesse.

Des pas pressés se rapprochèrent. Un homme de haute stature, à la moustache brune épaisse au centre et soigneusement effilée aux extrémités, apparut et inclina le buste devant elle. Il ne devait pas avoir plus de quarante ans. Il émanait de lui une assurance peu commune, renforcée par sa tenue réglementaire impeccable.

— Capitaine Ferrand, je présume ?

Marianne lui sourit, charmée malgré elle par le visage avenant et l'attitude un peu surannée du militaire.

— C'est moi.

— Gontran de Montboissier. Bienvenue à l'IRCGN. Cette enquête mixte gendarmerie-police promet d'être complexe. Comme vous le savez, étant donné le lieu de résidence de la victime, nous avions besoin d'un officier compétent à Paris. Votre patron vous a chaudement recommandée. Merci d'avoir accepté de nous aider.

Le sourire de la capitaine se refroidit en songeant à son chef.

— Je ferai de mon mieux.

— Je n'en doute pas. Je vous en prie, suivez-moi, l'autopsie va commencer dans quelques minutes.

— C'est un civil qui procède à l'examen ?

— Non, certaines collaborations sont possibles dans le cadre d'opérations conjointes au sein d'instituts médico-légaux externes, mais pas ici. Le commandant Lérot, qui nous reçoit, est l'un des trois médecins légistes d'active du Service de santé des armées, qui travaillent au cœur de l'IRCGN.

Marianne lui emboîta le pas en allongeant sa foulée pour ne pas se laisser distancer, mais le gendarme prit immédiatement conscience de son impolitesse et ralentit pour qu'elle puisse rester à sa hauteur.

— Je suppose que votre supérieur vous a communiqué tous les éléments dont nous disposons ?

— Tout à fait.

Montboissier rejoignit un second officier qui attendait visiblement leur arrivée. L'homme ouvrit une porte avec son passe et ils s'engouffrèrent tous les trois dans un couloir d'un blanc glacé. Pas une décoration d'une note plus colorée ne venait en ponctuer l'austérité.

— Nous ignorons encore si cette femme avait un deuxième domicile ou de la famille dans l'Yonne. Sa fille n'a, pour l'heure, pas été prévenue de son décès. D'ailleurs, je…

Marianne comprit alors la raison pour laquelle sa présence avait été requise à l'IRCGN et se referma aussitôt.

— Vous comptez sur moi pour le faire.

— Croyez bien que j'en suis désolé, capitaine, mais c'est un agent habilité qui doit s'en charger.

Curieusement, devant l'air gêné de son interlocuteur, le ressentiment de la policière s'envola aussi rapidement qu'il l'avait saisie. Montboissier disait vrai. C'était à elle, membre de la Criminelle parisienne, de s'acquitter de cette tâche ingrate.

En silence, elle continua à suivre les deux hommes, digérant la nouvelle. Le militaire finit par stopper devant une double porte protégée par un dispositif électronique qui en limitait l'accès. Il composa le code pour leur permettre de pénétrer dans la salle d'autopsie où se trouvait un troisième gendarme, en blouse immaculée, masque, bonnet et lunettes stériles. Il leur demanda de revêtir une tenue identique, puis les invita à approcher de la table en inox sur laquelle les restes humains étaient disposés. Le commandant Lérot, entièrement habillé de blanc lui aussi, était en train de préciser dans un micro accroché à son col la date et l'heure de l'intervention. Il les salua d'un geste sans interrompre son monologue et vérifia que la caméra fixée au plafond était allumée.

Quand il eut terminé de tourner autour du corps pour enregistrer ses premières constatations, il attrapa une paire de pincettes métalliques rangée avec d'autres instruments étincelants et entreprit d'écarter les vers pour inspecter l'intérieur de la cage thoracique mutilée. Aux gargouillis des chairs malmenées, Marianne sentit les poils de sa nuque se hérisser. Tout près d'elle, Montboissier observait d'un air impassible le légiste procéder, mais, à bien le regarder, elle vit ses mâchoires se tendre sous sa peau rasée de près.

La policière s'obligea à se concentrer sur la voix du légiste tandis qu'un voile mental se matérialisait devant elle afin de lui dissimuler le plus pénible de la scène. Les mots perdirent de leur consistance alors que le praticien enfouissait ses gants dans la masse grouillante pour prélever, à l'aide d'un scalpel, un organe rougeâtre qu'elle ne sut identifier.

Les tympans soudain bourdonnants, elle amorça un pas en arrière et chancela. Un bras se glissa alors sous le sien et l'invita à s'asseoir au fond de la salle, en retrait. Incapable de prononcer le moindre mot, Marianne croisa le regard compréhensif du commandant. Celui-ci lui fit signe de ne pas bouger et revint près de la table d'autopsie. Elle ferma les paupières, mais ne put se boucher les oreilles pour échapper au son infâme de la scie circulaire qui entamait l'os.

Quand elle les rouvrit, Montboissier s'était rapproché du légiste et, ce faisant, ne lui masquait plus l'écran accroché au mur face à elle. Celui-ci lui renvoya la vision du cerveau gonflé, comme si elle s'était elle-même penchée sur le crâne découpé comme un œuf la coque. Depuis la peau du scalp retournée sur le visage, des asticots tombaient dans le cou du cadavre.

La policière prit une profonde inspiration. Quelques secondes après, l'image disparut. Un horrible bruit de succion lui parvint. Elle pinça les lèvres en se demandant si elle allait pouvoir tenir encore longtemps avant que son estomac ne se décide à la trahir.

9

— Comment va ta fille ? Elle se remet ?

Pernelle serra la main de Philippe Millot, le premier adjoint, qu'il venait de croiser sur le parvis de la mairie alors qu'il s'apprêtait à rentrer chez lui. Les deux hommes, sans être des amis proches, s'appréciaient et se vouaient un respect mutuel après des années à travailler ensemble au sein du conseil municipal.

— Elle donne le change, mais je crois que c'est quand même compliqué, répondit Jacques.

— Oui, ça a certainement été une rude épreuve pour elle. Une chance qu'elle fasse médecine, elle avait déjà dû assister à des trucs difficiles auparavant.

— Un crime aussi atroce est bien au-delà d'un « truc difficile », Philippe. Et je sais qu'Alice est forte, mais je ne te cache pas que j'ai peur que ça la marque à vie. L'état du cadavre était particulièrement insoutenable.

Philippe Millot acquiesça gravement, sembla hésiter une seconde et baissa la voix, en dépit du fait qu'ils se trouvaient seuls.

— Je confirme, et je dois t'avouer que tout le monde est un peu sidéré. Tu l'as compris, j'imagine, il s'agit d'un assassinat.

— Oui, j'ai vu les liens sur les membres. Quand je pense que celui qui a fait ça l'a attachée et l'a laissée pourrir là pendant des jours, à deux pas de chez nous…

— C'est effectivement terrible, mais ce n'est pas de cette façon que ça s'est déroulé, objecta l'élu.

— Pardon ?

— Son corps n'était pas là samedi, Jacques.

— Qu'est-ce que tu racontes ?

— Je suis passé à cet endroit samedi en fin d'après-midi avec mon chien. Le jour déclinait et j'avais envie de me dégourdir les jambes avant la nuit. C'est un coin sensible, à cette heure-là, avec toutes ces espèces protégées. Depuis le départ en retraite de notre garde champêtre, et même si ça n'entre pas dans le cadre de mes fonctions, c'est moi qui assure régulièrement la surveillance de la zone pour décourager les braconniers – le plus souvent des garnements du secteur. Sam est un sacré dénicheur de terriers. Il reniflerait le cul d'un lapin à cinq cents mètres. Si je n'avais pas aperçu ou senti moi-même le cadavre, lui ne l'aurait pas loupé, c'est rigoureusement impossible.

Pernelle blêmit, sonné par les confidences de l'adjoint.

— Mais qu'est-ce que c'est que cette histoire ? Ça ne tient pas debout !

— Je n'en sais rien. Mais ce n'est pas tout. Quand je t'ai rejoint, après ton coup de fil, je n'ai remarqué que tes empreintes de pas dans l'herbe entre le pont et la scène de crime. Aucune trace de roue ou d'un objet lourd qu'on aurait traîné dans la végétation. Et à part celles d'un sanglier, rien non plus sur le chemin qui longe la berge. Alors, comment ce cadavre s'est-il retrouvé là, à ton avis ?

— Eh bien…

— Sans compter, reprit aussitôt Philippe Millot, que s'il est arrivé recouvert d'asticots, le type qui l'a apporté n'a pas pu descendre depuis le promontoire par le même raidillon que celui qu'ont emprunté ta fille et Pepper. Avec le risque d'éboulis, ça me paraît bien trop périlleux.

Tout à coup, une hypothèse prit forme dans l'esprit de Jacques.

— La rivière… murmura-t-il.

— Exactement. On devra attendre les conclusions de l'enquête des gendarmes, mais c'est pour moi la seule explication possible.

— Donc si le corps n'était pas là samedi soir et qu'Alice l'a découvert dimanche à l'aube, ça veut dire que…

— Qu'il a été déposé là pendant la nuit, et qu'il était déjà dans cet état, oui.

— Merde ! C'est dégueulasse !

Philippe Millot opina.

— C'est le mot. Ce qu'il faut de haine, tout de même, pour se balader en pleine obscurité, en bateau, avec un cadavre grouillant de vers allongé à ses pieds…

10

Alice remonta le col de sa veste et se décolla du parapet. Il fallait qu'elle bouge, elle était gelée. Finalement, elle avait renoncé au cours de biochimie. Et même à toute sa journée à la fac. Elle n'avait envie de voir personne, de ne parler à personne. Elle était descendue à pied jusqu'à la Seine par la rue de Richelieu, avait traversé le pont du Carrousel et longeait à présent la rive gauche.

Le corps écartelé s'imposait à elle à chaque pas, à chaque pensée. Le téléphone enfoui au fond de sa poche lui envoyait des ondes nocives à chaque seconde, comme un appel silencieux émanant de l'enfer. Les dents serrées, l'étudiante résistait de toutes ses forces à l'injonction de la petite voix qui la poussait à regarder une nouvelle fois les clichés. Elle marchait face au vent, ses cheveux rejetés en arrière par les bourrasques. Elle s'engagea sur la passerelle Léopold-Sédar-Senghor, devant les Tuileries, changeant encore de rive, et prit alors une décision. Voilà, c'était simple : elle ne supprimerait ces clichés que quand l'enquête serait terminée et l'assassin sous les verrous.

Maintenant qu'elle était parvenue à museler son sentiment de malaise, l'appel muet du mobile recommença. Insidieux. Toxique. Impérieux. Au supplice, elle s'arrêta au centre de l'immense jardin et vérifia les alentours. Elle était seule. Le temps maussade n'avait pas incité les amoureux à se bécoter sur les bancs publics. Elle s'assit, bourrelée de culpabilité, et saisit enfin son portable. Les photos défilèrent, plus crues les unes que les autres. Plus noires, plus lancinantes. Mais cette fois, au lieu d'en être dégoûtée, Alice les observa d'un peu plus près. Elle constata alors que, sans en avoir conscience, elle s'était vraiment approchée du cadavre. Elle avait pourtant soutenu le contraire devant les enquêteurs. En zoomant, elle pouvait même distinguer chacun des vers. Il y en avait des centaines. Des milliers, peut-être. Elle toucha l'écran pour déplacer l'image, et remarqua que les poignets de la morte étaient ligotés aux arbres par des liens qui ressemblaient à de la corde en Nylon.

Au-dessus de Paris, les nuages gris et lourds formaient un couvercle semblable à celui de la veille, au bord de la Cure, le brouillard en moins. L'humidité, en revanche, était aussi rémanente que dans l'Yonne et lui paralysait le dos. L'étudiante reprit sa marche en frissonnant de froid et d'horreur mélangés.

Tandis qu'elle sortait des Tuileries, son mobile vibra dans sa poche. Elle ne répondit pas. Elle savait d'avance de qui il s'agissait : Romain. Beau gosse, mais un peu collant, le garçon l'appelait environ deux fois par jour depuis que son petit ami l'avait quittée pour une autre, un mois plus tôt. Malgré ses rebuffades agacées, il n'avait toujours pas compris qu'il n'avait aucune chance de la conquérir. Elle ignorait pour combien de temps encore, mais elle était à mille lieues de souhaiter le début d'une nouvelle relation, surtout avec un copain de son ex.

Le portable cessa de vrombir. De guerre lasse, Romain avait peut-être abandonné l'affaire. Elle n'y croyait pas trop, mais, si c'était le cas, elle serait enfin tranquille. Elle força l'allure, remonta la rue de Castiglione jusqu'à la colonne

Vendôme, enfila la rue de la Paix, traversa la place de l'Opéra et bifurqua sur les Grands Boulevards. Là, elle pila devant une boutique de matériel audio et vidéo. Une télévision, le son coupé, tournait en boucle sur une chaîne d'information en continu.

La Cure, serpent liquide reflétant le ciel grisâtre, déroulait ses anneaux de plomb sous les arbres dénudés de la rive. Elle s'enfonçait ensuite dans les bois sombres, à quelque vingt mètres à l'à-pic de la Roche percée, où un cercle rouge sang avait été tracé sur l'image.

11

Lérot se redressa enfin. Il ôta ses gants, son masque et sa calotte de tissu, puis indiqua au jeune militaire qui avait accueilli le commandant Montboissier et la capitaine Ferrand qu'il pouvait nettoyer les ustensiles et la table d'autopsie.

À son tour, Marianne retira à la hâte sa tenue de protection qu'elle jeta dans un container jaune avec celles des officiers. Elle eut l'impression de se débarrasser d'une mue souillée par la mort. Pour autant, l'odeur semblait la suivre partout, comme incrustée dans ses vêtements et ses cheveux.

— Venez avec moi, les enjoignit le légiste. Je vais établir mon rapport, mais je veux d'abord vous parler de quelque chose qui me dérange. Un café, ça vous dirait ?

— Indispensable, merci ! répondit la policière d'un ton enjoué nettement forcé.

Une fois les expressos servis, le médecin considéra ses deux hôtes avec gravité.

— Il y a une chose vraiment étrange. Je n'avais jamais vu ça auparavant.

Montboissier, qui l'avait compris d'après les premières remarques de Petrosky au bord de la rivière la veille, cligna des paupières pour l'inciter à continuer.

— Je n'en étais pas certain tant que je n'avais pas moi-même procédé à l'examen de la dépouille, mais, à présent, je peux vous confirmer que le cadavre est habité par des vers depuis plusieurs jours. Et je peux aussi vous assurer que…

— Nous vous écoutons, l'invita le commandant face à sa retenue.

Le légiste se pencha imperceptiblement vers eux.

— … que cette femme était toujours vivante quand les mouches ont commencé à pondre sur son corps.

Le temps s'arrêta dans la cafétéria. Marianne, qui avait cru que le pire se trouvait derrière eux après avoir quitté la salle d'autopsie, prit conscience qu'elle s'était lourdement trompée.

— Toujours vivante ? hoqueta-t-elle, la voix altérée par l'horreur.

— Oui. Ils ont infesté son appareil génital et son rectum avant de s'attaquer à ses orifices naturels supérieurs. Il y en avait dans sa gorge, mais en très petite quantité. Elle devait parvenir à les expulser en toussant et vomissant au fur et à mesure qu'ils l'envahissaient. Cependant, le nombre de pupes que j'ai retrouvées jusque dans son intestin grêle, après plus de deux mètres de progression des larves dans le côlon, ne laisse aucune place au doute. Elle en a avalé un bon paquet avant de mourir. Et quand je dis « avalé »…

La capitaine ferma les yeux de toutes ses forces.

— Comment est-ce possible, un truc pareil ? murmura Montboissier. Les mouches ne viennent pondre que sur la chair en décomposition, non ?

— Oui, en principe, convint le légiste. Elles peuvent la sentir à quinze kilomètres à la ronde. En fait, elles sont attirées par son odeur caractéristique, ce que nous appelons les COV, ou composés organiques volatils. Pour nous, la puanteur ne commence à être perceptible qu'après le début de la putréfaction. Mais elles, elles la distinguent bien avant.

— Qu'est-ce que vous êtes en train de nous dire, là ? articula Marianne d'une voix blanche.

Lérot se recula sur sa chaise, qui gémit sous son poids.

— La réalité, c'est que cette femme est morte depuis moins de deux jours. La première tache verte – celle qui apparaît dans la fosse iliaque environ vingt-quatre à quarante-huit heures après le décès, et qui indique que le processus de corruption des tissus est enclenché – n'est pas encore visible. J'ai effectué de nombreux prélèvements dès que j'ai soupçonné ce qu'il s'était passé. J'aurai les résultats dans quelques heures, mais je pense qu'on l'a enduite d'humeur provenant d'une charogne pour attirer rapidement sur elle un maximum de bestioles pondeuses.

— *Putain !*

La policière jaillit de son siège et s'éloigna, une main sur la bouche.

— Une charogne de quoi, d'après vous ? demanda Gontran.

— Ça peut être une carcasse de n'importe quoi. Un rat, un lapin, un poisson… Tout ce que vous voulez, à condition que ce soit déjà putréfié. Je le saurai cet après-midi. Les insectes s'y sont en tout cas précipités en masse dès qu'ils l'ont détectée. Sans l'amorce de cette décomposition, on n'aurait dû retrouver qu'une infime quantité de larves, d'autant que le mois de novembre est peu propice à leur prolifération. Les mouches en elles-mêmes nous intéressent peu, en recherche forensique. Un insecte ailé peut se poser à n'importe quelle étape post mortem et il ne nous est d'aucune utilité pour estimer à quand remonte un décès. Les larves – qui, elles, sont incapables de se déplacer – sont en revanche très précieuses. La présence de nombreuses pupes, dans lesquelles celles-ci ont fini leur croissance, indique clairement que les premières pontes remontent à plusieurs jours, voire plusieurs semaines.

— Combien de temps ce processus a-t-il duré sur la victime, à votre avis ?

— Une grosse dizaine de jours, c'est certain, pour générer toute l'architecture de cette colonie. Il est difficile de dater les pupes avec précision, mais les larves que j'ai « cultivées » en serre dès que j'ai reçu le cadavre hier me donneront très vite quelques indications sur la chronologie de l'invasion.

Marianne s'était appuyée à une fenêtre et fixait l'horizon. À sa posture, Montboissier comprit qu'elle les écoutait quand même.

— Par ailleurs, ajouta le légiste, j'ai identifié des traces de béton et de salpêtre sous les ongles de la défunte, ainsi qu'au niveau des blessures du dos.

— Elle aurait pu être séquestrée dans une cave ?

— Ça m'en a tout l'air, oui. Il manquait l'estomac, je n'ai donc pas pu vérifier son bol alimentaire, mais elle m'a semblé en dénutrition sévère. A priori, elle n'avait rien mangé depuis plusieurs jours. En revanche, elle n'était pas déshydratée. Son assassin, s'il l'a affamée, a veillé à ce qu'elle ne meure pas de soif. Et ce n'est pas tout. Il y a autre chose de pas banal non plus.

La policière revint vers eux, visiblement à contrecœur.

— Excusez-moi, dit-elle. Ça va aller. Expliquez-nous ce que vous avez vu.

Lérot se racla la gorge.

— Eh bien, dans un premier temps, j'ai cru que les vers avaient fini par l'étouffer. Je me trompais, ce n'est pas ça qui l'a tuée. Ce sont ses dents qui m'ont alerté.

— Qu'est-ce qu'elles ont de spécial ? demanda le commandant.

— L'émail est abîmé, comme si cette femme avait mastiqué des kilos de bonbons.

— Elle avait des caries ?

— Aucune. Elles sont toutes encore présentes, sauf les incisives que j'ai retrouvées en petits morceaux dans sa glotte. Elle a reçu des soins récents, c'est d'ailleurs ce qui a permis de l'identifier. Et pourtant, elles sont intégralement rongées en surface.

Marianne fronça les sourcils. Elle voyait mal comment une DRH d'un groupe de luxe pouvait avoir une denture aussi pourrie sans y remédier au plus vite.

— C'est en inspectant ce qui reste de l'œsophage que j'ai compris, continua Lérot.

— Compris quoi ? s'enquit-elle.

— Il était esquinté sur toute la longueur dans la partie qui subsistait. Comme les dents, les cordes vocales et la trachée.

L'officière le contemplait, horrifiée.

— Vous voulez dire que…

Le légiste acquiesça gravement.

— Oui. Le tueur l'a forcée à avaler de l'acide chlorhydrique très concentré. Il lui a sans doute cassé les incisives pour faire passer un entonnoir. Je ne peux pas savoir exactement quelle quantité elle a ingérée, mais le sanglier qui l'a éventrée et grignotée ne doit plus être très vaillant, lui non plus, à l'heure qu'il est.

12

Marianne sortit la première du bâtiment et inspira une grande goulée d'air frais, comme si elle venait de passer six mois à l'isolement dans un cachot poisseux d'humidité.

— Vous êtes sûre que ça va aller ?

La policière trouva la force de renvoyer un maigre sourire à Montboissier.

— Oui, merci. Je n'ai jamais aimé assister aux autopsies, mais, aujourd'hui, j'avoue que c'était particulièrement éprouvant.

— Vous souhaitez que je vous accompagne chez la fille de la victime ?

La jeune femme serra le col de son manteau sur son cou.

— Non, c'est inutile. Je ne voudrais pas vous retarder.

— Je vous assure que ça ne m'ennuie pas. D'ailleurs, je vais même aller déjeuner. Désirez-vous vous joindre à moi ? Il doit bien y avoir des restaurants, dans le secteur, et…

— Désolée, mais je vais m'abstenir. Après ça, je crois que je ne pourrais rien avaler.

Son vis-à-vis s'inclina, les mains dans les poches.

— C'est naturel. Le commandant Lefebvre m'a donné votre numéro, il a également dû vous transmettre le mien. Je vous appellerai bientôt pour prendre des nouvelles. Une dernière précision : le procureur de Paris a provisoirement élargi votre compétence territoriale sur l'Yonne afin que vous puissiez travailler dans les meilleures conditions possibles avec la brigade d'Avallon. Sachez que vous êtes la bienvenue. Ce sera un plaisir de vous recevoir chez nous.

Marianne frissonna. Elle était pressée de partir, à présent. La mort l'avait accompagnée dans la rue et elle en percevait encore les remugles sur ses épaules.

— Je n'y manquerai pas si les besoins de l'enquête l'exigent. Bonne fin de journée, commandant. Et… merci.

Gontran la suivit des yeux tandis qu'elle se hâtait sur le trottoir. Une femme forte, assurément, malgré sa défaillance pendant l'autopsie. Faiblesse qu'il comprenait parfaitement. En effet, si la curiosité avait fini par l'emporter sur la répulsion, il n'avait lui-même pas été tout à fait à son aise lors de l'extraction de ce qu'il restait des organes.

Le militaire comptait quelques années de carrière à son actif, mais il ne se souvenait pas d'avoir déjà rencontré un tel machiavélisme. Des vers attirés en quantité innombrable sur une victime encore vivante. De l'acide versé dans sa gorge pour parachever l'atrocité avec une inimaginable souffrance. Et, enfin, un corps sans vie et dégradé attaché à des arbres avec une cordelette en Nylon. Cet assassin-là semblait animé d'une haine totale, farouche et complètement déshumanisée. D'une folie pure, implacable.

Pensif, Montboissier se dirigea vers le parking. Son homologue parisienne avait raison, il ne devait pas s'éterniser : il restait de la route pour rentrer dans l'Yonne.

*

* *

Marianne Ferrand gara sa voiture à deux pas du 23, avenue Léopold-II, à proximité de l'hippodrome d'Auteuil.

Le quartier huppé était à l'exact opposé de celui où elle-même résidait dans le XVIIIe arrondissement. Lorsqu'elle descendit de son véhicule, seul le chant des oiseaux, dans l'immense jardin d'un hôtel particulier voisin, rompit le bourdonnement lointain de la ville au-delà de cette enclave protégée.

L'immeuble à la façade en pierre de taille était défendu par une grille en fer forgé hérissée de pointes, et sûrement verrouillée la nuit. La capitaine poussa le portillon et pénétra dans le hall carrelé de marbre où elle fit défiler les noms sur le groom digital. Elle appuya sur « 07/FREYSSE » et attendit, redoutant le moment difficile où elle devrait annoncer à la jeune Justine le décès de sa mère.

Une voix féminine s'éleva dans l'Interphone et s'enquit d'un ton inquiet :

— Qui est-ce ?

— La police, mademoiselle. Je suis la capitaine Ferrand.

Quand Marianne sortit de l'ascenseur au septième étage, la porte de l'unique appartement du palier était déjà ouverte. L'expression abattue de la policière, qui se tenait là, les bras ballants, avec cette mauvaise nouvelle qui lui pesait sur les lèvres, suffit à la jeune fille pour comprendre. Elle tituba contre le chambranle. Marianne se précipita pour la soutenir et l'accompagna jusqu'au gigantesque salon, où elle l'aida à s'asseoir dans un fauteuil.

— Elle… Elle est… *morte* ?

— Je suis désolée…

L'adolescente s'était recroquevillée au fond de son siège, et son visage avait disparu au creux de ses mains. D'après le dossier remis par le commandant Lefebvre, la récente orpheline venait d'avoir dix-huit ans. Son père avait fui le foyer familial douze ans plus tôt et était parti vivre à Bordeaux, où il était décédé en 2017. Justine n'avait plus personne de qui espérer la moindre miette de réconfort.

— Comment est-ce arrivé ? demanda-t-elle enfin dans un souffle.

Marianne s'était préparée à cette question. Elle ne pouvait pas dire tout ce qu'elle savait à cette encore enfant, mais elle ne lui mentirait pas non plus.

— Selon les premiers éléments en notre possession, elle semble avoir été victime de… d'un meurtre. L'enquête n'en est qu'à ses débuts, elle ne nous a pas encore permis de déterminer de quelle façon exacte cela s'est produit, éluda-t-elle.

— Je ne comprends pas. Elle a été tuée ?

— Oui. Je…

— *Mon Dieu !*

Ferrand respecta un moment de silence pour que la jeune femme assimile l'information et reprenne ses esprits. Elle s'apprêtait à poursuivre lorsque celle-ci la devança, la voix hachée :

— Où l'avez-vous retrouvée ?

— Dans le Morvan.

— Mais qu'est-ce qu'elle faisait là-bas ?

— C'est ce que nous aimerions savoir, mademoiselle. Nous avons pensé que vous nous fourniriez des renseignements à ce sujet afin d'orienter au mieux nos investigations.

— Non, je l'ignore. On ne connaît personne dans ce coin.

Après un instant d'hésitation, elle ajouta :

— Je… Je voudrais la voir, s'il vous plaît.

— Je le regrette, mais ça ne va pas être possible dans l'immédiat.

En prononçant ces mots, la policière savait qu'elle n'était pas honnête. Elle se demanda en effet si les services funèbres parviendraient à redonner un visage humain à la créature de cauchemar qu'elle avait aperçue sur la table d'autopsie. Elle chassa cependant cette sinistre idée et sortit un carnet ainsi qu'un stylo de son sac à main.

— Pardonnez-moi, continua-t-elle, mais j'ai besoin de vous poser quelques questions sans attendre. Nous devons dès maintenant tout mettre en œuvre afin d'identifier au plus vite le criminel qui vous l'a enlevée. Chaque témoignage peut se révéler essentiel. Le vôtre certainement plus que tout autre.

Marianne soutint le regard perdu de la jeune femme et lui adressa un pâle sourire.

— Vous allez y arriver. Je suis là pour vous aider.

L'officière observa l'immense salon.

— Vous viviez ici juste toutes les deux, je ne me trompe pas ?

Elle connaissait déjà la réponse, mais elle devait mettre Justine Freysse en confiance. L'amener peu à peu sur le terrain qui l'intéressait, sans la brusquer. Après un instant, celle-ci confirma.

— Oui. Mon père est mort il y a cinq ans, mais mes parents étaient divorcés depuis longtemps.

— Je suppose que cette séparation a été un drame pour vous, dit Marianne, compatissante.

La jeune femme rejeta ses cheveux sur ses épaules.

— Absolument pas. Ça a plutôt été une délivrance. Ils s'engueulaient du matin au soir. Mon père est parti le premier parce qu'il n'en pouvait plus. Je me serais bien tirée avec lui, moi aussi. Mais elle ne l'a pas permis.

— Vous ne vous entendiez pas avec votre mère ?

— Personne ne la supportait. Personne. C'était une… une…

Justine serra les poings sur ses genoux et laissa enfin libre cours à ses sanglots. La policière posa une main délicate sur son poignet pour lui signifier qu'elle patienterait le temps qu'il faudrait. Puis elle se leva et arpenta le salon à pas lents, détaillant la bibliothèque. Il y avait des collections de classiques à la reliure dorée qui n'avaient, semblait-il, jamais été ouverts. Hugo, Duras, Montaigne, Molière… rien que des grands noms. Plus loin, un pan était consacré à des ouvrages d'économie dont les titres rébarbatifs ne donnaient pas envie de les feuilleter. Un univers froid et hostile.

— ... une *vipère*, parvint finalement à prononcer Justine avec de la rage dans la voix.

Marianne se retourna d'un bloc, sidérée.

— Oui, c'est ça ! assena-t-elle encore. Une vipère ! Une fois qu'elle vous mordait, elle vous... elle vous empoisonnait.

La capitaine revint vers elle et s'assit dans un fauteuil. La jeune femme avait cessé de pleurer. La douleur avait cédé la place à la colère, qui bouillonnait, explosive.

— Qu'est-ce qu'il s'est passé ? Pourquoi lui en voulez-vous autant ?

— Ma mère ne vivait que pour sa carrière. Elle ne s'est jamais souciée de moi. Nous vivions ensemble comme deux colocataires qui ne s'aiment pas, mais qui ne peuvent pas faire autrement, c'est tout !

— Et votre père, s'est-il préoccupé de vous, lui ?

— Il a essayé, mais elle a fait tout ce qu'elle a pu pour le tenir à distance.

— Pourquoi, à votre avis ?

— Parce qu'elle le détestait ! Elle le haïssait de l'avoir mise enceinte, de l'avoir obligée à me garder, d'avoir muselé son ambition en lui infligeant cette grossesse. Et elle m'en a toujours voulu aussi. Quand il est mort, j'avais treize ans. Elle ne m'a pas laissée aller à son enterrement à Bordeaux. C'était la dernière crasse qu'elle pouvait nous faire, et elle ne s'en est pas privée. Ce que je ressentais, moi, ça ne comptait pas. Ça n'a jamais compté. Son boulot, il n'y avait que ça. Tout le reste, c'était de la merde. Moi y compris...

Marianne prit quelques notes dans son carnet pour se donner le temps d'assimiler le revirement d'attitude de la jeune fille.

— Je vois. Nous allons devoir inspecter l'ordinateur et les éventuels disques durs de votre mère, bifurqua-t-elle. Accepteriez-vous de me les confier ?

— Les policiers du XVIe ont déjà fouillé dedans au moment où j'ai déclaré sa disparition, et ils n'ont rien trouvé.

— Nous avons d'autres moyens d'investigation. Ça peut éventuellement nous aider.

Justine partit chercher le PC portable à contrecœur, le remit à sa visiteuse et se laissa de nouveau tomber dans son fauteuil.

— Merci. Savez-vous si elle avait des ennemis, voire simplement des relations conflictuelles avec des hommes ou des femmes de son entourage ? reprit l'officière. Quelque chose de particulier que vous auriez remarqué ?

— Des relations conflictuelles ? Elle ne connaissait que ça ! Ma mère n'avait pas d'amis.

— Aucun, vraiment ? Pas d'amants non plus ?

— Elle se tapait un mec par-ci par-là. Je le sais parce que j'ai surpris quelques coups de téléphone explicites, mais je n'en ai jamais vu un seul. Elle n'avait pas de temps à consacrer à ça. Elle passait sa vie à restructurer des entreprises. Des nuits à étudier des bilans financiers, des journées à consulter des colonnes de chiffres et des comptes rendus. Et puis, quand elle avait enfin terminé, elle imprimait une liste de noms et en rayait quelques-uns en rouge. Elle a été à l'origine du licenciement de centaines de personnes.

— Des gens qui lui en voudraient au point de la tuer ?

— Pour elle, ces noms sur une feuille n'étaient pas des gens, lâcha Justine. Mais des obstacles à abattre. Alors autant vous dire que, des coupables, il pourrait y en avoir des tas. Et autant qui se réjouiront de savoir qu'elle est morte.

13

Alice renversa le paquet dans la casserole d'eau bouillante et enclencha le minuteur. Sa marche lui avait creusé l'estomac et elle salivait d'avance à l'idée d'une bonne assiette de pâtes agrémentée d'une montagne de gruyère râpé.

En sortant une assiette du placard, elle alluma la petite télévision accrochée au mur juste à côté. Grâce à la scène qu'elle avait aperçue dans la vitrine du magasin, elle savait maintenant que son affreuse découverte faisait la une des journaux du week-end. À la fois étonnée et horrifiée d'en avoir été l'élément déclencheur malgré elle, elle s'assit sur son canapé-lit et zappa sur la même chaîne d'information.

Là, le nom et le visage de la femme décédée lui apparurent sur un bandeau au bas de l'écran. Valérie Freysse. L'inconnue, dont elle avait trouvé le cadavre au bord de la Cure, et qui renvoyait un sourire crispé à l'objectif du photographe, n'en était désormais plus une. En revanche, son patronyme ne lui évoquait rien du tout. Une évidence : cette femme n'était pas de Pierre-Perthuis.

Elle monta le son du téléviseur quand le journaliste dressa le portrait de « la victime de la Roche percée ». Elle apprit ainsi que celle-ci avait notamment exercé la fonction de directrice des ressources humaines d'un grand groupe de luxe, qu'elle avait eu jusque très récemment une carrière agitée qui avait défrayé la chronique, et que sa disparition remontait au 5 novembre. Elle laissait orpheline une fille unique de dix-huit ans.

L'assassinat ne faisant aucun doute, vu les circonstances, la gendarmerie et la police étaient sur les dents et recherchaient le moindre renseignement susceptible d'orienter les investigations. Si un éventuel témoin avait remarqué quelque chose, ces dernières semaines, qui pouvait être lié au crime odieux commis sur cette pauvre femme, il était invité à contacter le plus rapidement possible les enquêteurs, à Vézelay, à Avallon ou à Paris, où celle-ci vivait dans un quartier résidentiel du XVIe arrondissement. Les numéros de téléphone s'affichèrent. Alice les inscrivit à la va-vite sur une enveloppe déchirée qui traînait sur sa table basse. Elle nota aussi le nom de l'avenue Léopold-II, dont une caméra avait brièvement montré la plaque au cours du reportage.

La minuterie retentit et elle se détourna de la télévision pour se servir. Pendant ce temps, le meurtre de la Cure laissa place à un autre sujet d'actualité. Le président était en voyage officiel aux États-Unis pour la première fois depuis le début de son nouveau mandat, et la presse attendait avec impatience sa rencontre au sommet avec son homologue américain. L'avenir de la France, apparemment, en dépendait.

La jeune femme enfourna une fourchetée de pâtes et se demanda en quoi ces tractations solennelles modifieraient quoi que ce soit à l'équilibre international. Il ne s'agissait pour elle ni plus ni moins que de deux chiens qui se reniflaient le derrière en remuant la queue.

Quand elle eut terminé de manger, elle prit son ordinateur portable et consulta une carte de Paris sur Internet. L'avenue Léopold-II se trouvait à près de quarante-cinq minutes de métro, mais elle y serait bien plus vite à moto. C'était plus fort qu'elle. Il fallait qu'elle aille y jeter un œil. Alors, sans réfléchir, elle enfila ses chaussures et son cuir. Le flash d'informations avait eu lieu en direct. Les équipes de télévision et de radio devaient toujours se trouver dans le secteur, et il y avait certainement encore en bas de l'immeuble un attroupement de badauds venus déposer des fleurs, prier, ou simplement s'imprégner du malheur d'autrui pour oublier les leurs. Elle identifierait a priori sans aucun mal l'adresse exacte.

Lorsqu'elle enfourcha sa Suzuki, elle se demanda quelle était sa propre motivation, où elle se situait parmi tous ces gens. S'agissait-il d'un intérêt pervers ? Avait-elle besoin de purger quelque chose qui restait coincé en elle après sa terrible découverte ? Elle l'ignorait, à vrai dire, et cela la rendait plutôt mal à l'aise. Si bien qu'elle évita son reflet dans le rétroviseur quand elle démarra son engin.

Elle se faufila dans la circulation et stoppa avenue Léopold-II, à peine dix minutes après avoir quitté son domicile de la cité Fénelon. Mais, contrairement à ce qu'elle imaginait, il n'y avait plus un seul véhicule de presse dans la rue. En revanche, une voiture de police stationnait le long d'un trottoir, garée sur un emplacement de livraison. Elle s'approcha et posa la main sur le capot de la 307. Le moteur était chaud. Elle retourna s'asseoir sur sa moto et attendit.

Quelques minutes plus tard, une femme blonde aux cheveux tirés en queue-de-cheval sortit d'un des immeubles et se hâta en direction de la Peugeot. Juste avant qu'elle ne monte à bord, la flic leva le regard vers le sommet du bâtiment. Alice aperçut un rideau qui retombait au tout dernier étage. Elle n'eut par contre pas le temps de distinguer un visage à la fenêtre.

Dès que la voiture s'éloigna, l'étudiante traversa la rue, pénétra à son tour dans le hall, et étudia les boîtes aux lettres. Au bout de la première ligne, ses yeux s'arrêtèrent sur le nom de Freysse – Valérie et Justine. Pas de prénom masculin.

Le journaliste de la télévision avait raison. La jeune femme, à présent, était manifestement seule.

Alice essaya d'imaginer le terrible drame que vivait cette fille qui avait quasiment le même âge qu'elle. Elle songea avec horreur à ce qu'elle ressentirait à sa place. À sa vie sans ses parents. Le noir absolu. Soudain émue par le vide qu'elle devinait dans cet appartement, où le deuil devait régner, elle prit conscience de l'incongruité de sa visite. C'était elle qui avait découvert le cadavre putréfié de cette femme dans les bois. Que pouvait-elle bien confier à la fille de celle-ci sans que ses mots soient insupportables ?

Elle amorça un demi-tour, mais, dans un élan qu'elle ne put réfréner, elle griffonna néanmoins son numéro de téléphone sur le rabat de son paquet de cigarettes et le glissa dans la fente de la boîte aux lettres. Puis elle rejoignit à pas lents sa moto, renfila ses gants et son casque, démarra et reprit la direction de son studio blotti sous les toits.

Elle ne vit pas le rideau retomber une seconde fois.

14

Avant qu'elle n'entre dans le restaurant, j'avais cru que ce serait au-dessus de mes forces de résister à l'envie de l'étriper dès que je la verrais. Mais la compétition, durant toutes ces années, m'avait forgé un mental d'acier. Elle m'avait appris à masquer mes faiblesses, et surtout à ne pas les écouter.

Je lui ai adressé un signe de la main avec un sourire factice suspendu à mes lèvres. Quand elle s'est assise face à moi, j'ai mis en évidence le plâtre dans lequel j'avais emprisonné mon avant-bras droit. À l'instar du serveur, ce truc a tout de suite accaparé son attention. Ça l'a visiblement détendue, comme si la crainte d'une menace indistincte émanant de ma personne disparaissait aussitôt de son esprit.

Le garçon a pris sa commande et s'est éloigné vers les cuisines. Elle a appuyé son menton sur ses poings fermés, les coudes plantés dans la table, et a lâché :

— Convainquez-moi.

J'ai toujours fait partie des bons élèves. J'avais bien étudié ma leçon, et je ne doutais pas d'être parfaitement crédible dans mon rôle de composition. En revanche, si je m'apprêtais à lui balader un gros hameçon devant la bouche, je n'avais aucune certitude quant au fait qu'elle gobe d'un coup l'appât bien appétissant accroché au bout. Afin de réduire les risques qu'elle ne démasque la supercherie, j'avais collé au plus près des faits. La société dont j'allais lui décrire par le menu les finances défaillantes existait bel et bien. Je l'avais choisie avec soin grâce aux données accessibles sur le site Infogreffe des tribunaux de commerce français. Il était vital, avec une femme aussi aguerrie qu'elle aux mécanismes de la comptabilité d'entreprise, que tout soit parfaitement ficelé. Je ne pouvais décemment pas l'attirer avec une boîte créée de toutes pièces quelques jours plus tôt, je savais qu'elle allait éplucher tous les documents disponibles avant de me rencontrer. Elle avait dû passer la soirée de la veille et une bonne partie de la matinée à les parcourir. Seulement moi, j'avais eu un mois entier pour m'y préparer, et je lui ai déballé mon argumentaire sans la moindre hésitation.

Pendant que je lui exposais la situation, elle m'examinait comme un joueur de poker scrute les traits d'un adversaire. Elle cherchait la faille, le truc qui lui prouverait que ce que je lui proposais ne tenait pas la route. En tout premier lieu, elle m'évaluait, moi, l'employeur potentiel, avant d'examiner les faits et les termes de la solution que j'envisageais afin de remédier à nos difficultés.

Ses paupières ont fini par se plisser d'un plaisir anticipé, et j'ai su que j'avais réussi. Elle a exigé un salaire exorbitant que j'ai accepté du bout des lèvres après un laps de temps convenable de réflexion. Je lui ai alors parlé de la paperasse que j'avais laissée dans ma voiture pour plus de discrétion. Je lui ai suggéré, si elle était d'accord, d'aller plutôt signer le contrat dans un endroit tranquille pour l'établir aux conditions qu'elle demandait. Ce ne serait pas long, il ne restait plus que quelques blancs à compléter à la main. Elle m'a dit qu'elle était venue en métro et que ça ne lui posait pas de problème.

Elle a souri, l'esprit légèrement embrumé par la somme conséquente qu'elle se voyait déjà encaisser, et par la troisième flûte de champagne qu'elle sirotait à petites gorgées. Nous avons terminé le repas en devisant de ses plus beaux succès, même si j'avais appris – entre autres – qu'elle s'était fait virer avec pertes et fracas de quelques-uns de ses emplois précédents. Immédiatement, elle a baissé la voix et ses pupilles ont pétillé de malice. Sa victoire acquise sans difficulté, elle a dégoisé sur sa carrière avec la fatuité imbécile de ceux qui se sont hissés au-dessus de la mêlée en s'appuyant sur la tête des autres tout en leur enfonçant les pouces dans les yeux. Je voyais qu'elle cherchait ma complicité tacite, comme si nous étions de vieilles connaissances.

Je ne crois pas qu'elle ait envisagé une seule seconde d'être aussi près de la vérité.

Il faut dire que j'avais bien changé, depuis notre dernière rencontre…

J'ai payé la note en liquide pendant qu'elle se rendait aux toilettes, et laissé un pourboire classique. Ni trop ni trop peu. Personne, ici, ne devait se souvenir ni de moi ni de notre déjeuner. J'ai la chance de bénéficier d'un physique plutôt quelconque, hormis ma musculature sculptée par toutes ces années d'athlétisme, et que la cinquantaine proche n'avait pas encore altérée. Le serveur ne se rappellerait que le plâtre, si les flics réussissaient à remonter cette piste. Comme tout le monde, et surtout depuis ma retraite sportive, j'avais avalé un nombre incalculable de séries policières et, malgré toutes les précautions que j'avais prises pour rester sous les radars des enquêteurs, je ne sous-estimais nullement la compétence de ces gens-là.

Il pleuvait à verse quand j'ai poussé la porte du restaurant tout en ouvrant mon parapluie. Elle a également déployé le sien sur le seuil, a rajusté sa coiffure devant la vitrine, puis a observé la rue où le stationnement était interdit.

— Où est votre voiture ?

Je lui ai indiqué l'accès du parking souterrain à proximité de l'établissement.

— Là-bas. Il n'y avait pas moyen de trouver une place, par ici.

Elle est entrée derrière moi dans le sous-sol en faisant claquer ses talons. J'avais veillé à me garer tout au fond du premier niveau, suffisamment près de la surface pour ne pas l'alarmer, mais le plus loin possible de l'escalier par où seraient descendus d'éventuels gêneurs. Nous avons rejoint ma berline et je lui ai demandé de tenir mon parapluie afin que j'attrape mes clés dans la poche gauche de mon pantalon.

C'était l'instant fatidique. Si quelqu'un arrivait là, tout mon stratagème pour la neutraliser discrètement s'écroulait. Mais mon inquiétude a été vaine. Personne n'est venu contrarier mes plans. Dès qu'elle a eu les deux mains occupées, je l'ai frappée au ventre. Mon poing s'est enfoncé dans sa chair comme dans du beurre. Un coup de cette nature au foie, c'est l'assurance d'un K.-O. rapide, voire d'une hémorragie fatale. Je ne voulais cependant pas qu'elle meure tout de suite, j'ai donc modéré mon geste au dernier moment.

Quand elle est tombée, j'ai failli céder. La rage m'étreignait les tripes, mon cœur pulsait dans mes tempes. Elle était à ma merci, allongée sur le sol. Je pouvais la tuer là, écraser sa sale gueule sur le béton, faire gicler sa cervelle pourrie jusque sur les murs. C'était terriblement tentant. Mais j'avais des projets plus intéressants pour elle, et ne devais pas les gâcher par ma précipitation. Et surtout, je ne voulais pas qu'elle perde une seule goutte de sang dans ma voiture. Même le plus stupide des assassins sait que c'est la façon la plus idiote de signer son crime.

Elle ne pesait pas bien lourd, alors je l'ai soulevée et l'ai collée sur la bâche épaisse que j'avais déroulée au préalable dans mon coffre. Je lui ai emprisonné les poignets et les chevilles avec des Rilsan achetés l'avant-veille, avec le reste de mon matériel, dans un magasin de bricolage d'Auxerre, à plus de soixante-dix kilomètres de chez moi. Je lui ai également enfoncé un chiffon dans la bouche et j'ai scellé le tout avec du ruban adhésif armé. Pour finir, j'ai serré une troisième attache autour de son cou et l'ai reliée aux deux autres dans son dos avec une cordelette en Nylon. Comme ça, elle était complètement cambrée, et dans l'incapacité de crier ou de cogner contre la tôle. Elle s'étranglerait elle-même si elle essayait d'allonger ses jambes ou ses bras.

Avant de partir, j'ai pris son mobile dans son sac et l'ai déposé sur le siège passager. Ensuite, j'ai payé le parking en liquide. De même qu'au restaurant, je ne tenais pas à laisser une trace de ma Carte Bleue en pâture à la sagacité des flics. Il était également hors de question d'utiliser celle de ma victime, puisque ceux-ci scruteraient à la loupe ses ultimes mouvements bancaires dès qu'ils auraient identifié son cadavre. Dehors, j'ai suivi le flot des embouteillages du périphérique jusqu'à la porte d'Auteuil et garé la voiture dans une allée du bois de Boulogne. Le dernier endroit où bornait son téléphone serait ainsi suffisamment éloigné du restaurant dans lequel quelqu'un aurait pu nous reconnaître.

À cause, ou plutôt devrais-je dire grâce à la pluie battante, les abords des futaies s'étaient vidés des badauds. Et pourtant, un joggeur têtu, qui se fichait visiblement du déluge, courait sur le trottoir. Mon ventre se crispa quand il frôla le coffre de ma berline, mais, même si elle s'était réveillée, je savais ma proie dans l'impossibilité de se manifester. J'ai patienté pour que le type disparaisse au détour d'une allée, puis j'ai extrait la carte SIM du mobile, j'ai démonté la batterie et écrasé l'ensemble à coups de pied dans le caniveau avant de jeter les morceaux dans plusieurs poubelles distantes les unes des autres.

J'ai ensuite fait demi-tour pour revenir porte d'Orléans par les boulevards des Maréchaux, et j'ai enfin respiré plus librement quand j'ai emprunté l'autoroute du Sud en direction du Morvan. Chez moi. Là où l'addition, salée, attendait ma prisonnière depuis si longtemps.

15

Assise sur un banc, la capitaine Marianne Ferrand gardait le silence, fixant les immeubles qui barraient l'extrémité nord du parc Martin-Luther-King. Après son entrevue matinale avec son chef de groupe, l'autopsie, puis la visite à la fille de la victime, elle avait ressenti une brutale envie de s'échapper de l'atmosphère étouffante du Bastion. Lucas, qui l'avait accompagnée, s'installa près d'elle et croqua dans son sandwich.

— Vanessa a soulevé un point, dit-il, la bouche pleine. Une DRH qui se retrouve au chômage, c'est vrai, ce n'est pas courant. Alors j'ai fouillé dans son passé pendant ton absence. Freysse s'est fait lourder à deux reprises en trois ans d'un poste de cet acabit. La première de Canal 13, en 2017, et la seconde de chez Richeval, en 2020. Les deux fois avec un bon coup de pied au cul, d'après plusieurs articles de presse, mais en bonne intelligence avec sa hiérarchie, selon ses interviews sur YouTube.

— Ah oui, quand même ! Fais voir...

Lucas ouvrit l'application de vidéos et lança un entretien que Valérie Freysse avait accordé à un journaliste. Le sourire qu'elle affichait semblait forcé. L'émission datait de la fin du mois de septembre.

« J'ai une vision bien précise de ce que je veux apporter à une société, déclarait-elle, les jambes croisées avec élégance, un foulard Hermès habillant son cou. J'ai eu la chance de travailler pour les plus grandes et j'y ai construit, avec la participation de certains de mes collaborateurs, un nouvel horizon d'épanouissement pour le personnel. L'entreprise est le moteur de la vie. C'est dans ses locaux qu'un employé passe l'essentiel de son existence. C'est dans sa structure qu'il s'émancipe et donne le meilleur de lui-même. Nous, les ressources humaines, sommes là pour faire office de révélateur, de catalyseur et de fixateur de talents. Nous sommes l'alpha et l'oméga de la création des équipes au service des managers et de la productivité. »

Marianne leva la main et Lucas appuya sur « pause ». Le visage de Freysse se figea face au micro. Son expression glacée dégageait de la colère et un insondable mépris. Une attitude chargée de hargne qui ne trouvait aucune résonance avec le corps découvert dans les bois qu'elle avait examiné sur les photos.

— Elle possédait une très haute idée d'elle-même, on dirait...

Son jeune collègue acquiesça.

— Les quelques autres vidéos d'elle que j'ai regardées sont du même tonneau. Ça ne devait pas être facile tous les jours de bosser avec elle.

— On sait pourquoi elle a été poussée dehors par ces deux boîtes ?

— Je n'ai pas encore eu le temps de tout fouiller, mais d'après un communiqué du syndicat des salariés de l'audiovisuel, elle aurait été remerciée de chez Canal 13 à cause de son agressivité envers le personnel. Trois employés se sont suicidés pendant sa dernière année. Le rachat de la chaîne par un consortium qatari, il y a sept ans, a, semble-t-il, provoqué une vague de licenciements. C'est elle qui a géré toute la restructuration de l'entreprise afin qu'elle se plie aux exigences des repreneurs.

La capitaine se leva et Lucas l'imita.

— OK. Je vais commencer par aller enquêter chez Canal 13. Ensuite, j'irai visiter Richeval.

— Je peux me charger de l'un des deux, si tu veux. Ça fait beaucoup de boulot pour une personne.

— C'est gentil, mais Lefebvre m'a demandé de ne pas t'impliquer sur cette affaire avec moi. Je ne suis pas autorisée à solliciter l'aide des autres membres de l'équipe durant cette mise à dispo pour la gendarmerie.

— Et moi, je l'emmerde. Pas question que tu te tapes tout ça toute seule. D'ailleurs, tu ne me sollicites pas, c'est moi qui propose.

Au-delà du parc, le Bastion se dressait tel un monolithe de verre. Effectivement, hors ses murs, ils étaient des électrons presque libres. Leur boss ne pouvait leur coller aux basques vingt-quatre heures sur vingt-quatre pour les surveiller. Alors, malgré les ordres, elle accepta.

— Merci, Lucas. Je te laisse interroger tout le personnel de Canal 13. Patron, RH, employés. Il nous faut un panel complet pour mieux cerner la personnalité de cette femme. Pendant ce temps-là, je vais creuser chez Richeval. Pour l'instant, on a rien, donc on y va en douceur, d'accord ?

— D'accord. Au fait, tu sais chez quel opérateur elle était abonnée ?

— Orange. J'ai déjà relancé le commissariat du XVIe ce matin pour qu'on nous envoie le relevé de ses communications des trois derniers mois. Ils ont dû le réclamer dès le signalement de sa disparition le 5 novembre.

— Très bien. Et l'autopsie, ça a donné quoi ?

Marianne esquissa une grimace.

— Ce n'était pas facile, vu l'état du cadavre. J'attends le rapport final du légiste, mais il semblerait qu'on ait enduit notre victime d'asticots alors qu'elle se trouvait encore en vie.

— Merde… lâcha Moreau en arborant un air dégoûté avant de jeter le reste de son sandwich dans une poubelle. Mais c'est quoi, ce malade ? Quel taré peut avoir une idée pareille ?

— Le légiste avait des examens à terminer, éluda la capitaine. Quand il aura tout épluché, on en saura sûrement un peu plus.

Pensif, le lieutenant s'alluma une cigarette. Puis il exhala longuement sa première bouffée dans la bise froide.

— Merci, Lucas…

— Merci pour quoi ?

— D'être là, avec moi. Je sais que tu comprends, pour mon père. Lefebvre a raison : je ne suis pas au top en ce moment…

Sur ces quelques mots pudiques, la policière se détourna. Le lieutenant la regarda s'éloigner, suivie par son chagrin attaché au bout d'une laisse invisible.

16

La femme qui ouvrit la porte à Lucas marqua une seconde d'arrêt devant le visage juvénile qui surplombait la carte de police. À la suite de l'appel nerveux de l'hôtesse, elle s'était préparée à recevoir un homme bien plus impressionnant que ce type en blouson de cuir élimé qui semblait s'être coiffé avec son chat après avoir passé la nuit à ingurgiter du mauvais whisky.

— Bonjour. Lieutenant Moreau, annonça le jeune flic.

La directrice des ressources humaines s'effaça et fit signe au vigile qui avait accompagné le visiteur qu'il pouvait disposer.

— Entrez, je vous attendais.

— Madame… ? Pardon, je n'ai pas retenu votre nom.

La femme haussa un sourcil et prit place à son bureau en affichant un air réprobateur.

— Rachel Duvernier.

— Madame Duvernier, répéta Lucas en s'asseyant sans y être invité, j'ai besoin de renseignements concernant l'une de vos salariés.

Les traits de la DRH n'exprimèrent aucune émotion. Le miroir fixé au mur derrière elle renvoya au flic son propre visage en contrepoint de la nuque de son interlocutrice qu'un chignon strict dévoilait. Lucas songea que le détail avait été mûrement réfléchi dans le but d'indisposer les employés qui débarquaient ici pour demander une augmentation. Une manière de leur opposer le reflet de leur insignifiance face à la grandeur des dirigeants de l'entreprise.

— Je ne suis pas sûre de pouvoir vous aider, répondit-elle d'une voix basse empreinte de prudence.

L'officier se redressa sur son siège. Il n'avait jamais aimé les bourgeoises rigides dans son genre, mais il devait reconnaître que cette femme possédait une certaine classe. Son chemisier couleur perle boutonné jusqu'au cou était orné d'une broche en or jaune dont les gemmes s'irisaient sous la lumière vive du plafonnier.

— Valérie Freysse. Cela vous dit quelque chose ?

Cette fois, la DRH se ferma.

— Elle ne travaille plus pour nous depuis cinq ans, je suis désolée.

— Oui, ça, je le sais, madame Duvernier. Ce que j'ignore, en revanche, c'est pourquoi.

— Je regrette, mais je ne peux vous en donner la raison, déclara la DRH d'un ton cassant. Je suis tenue au secret professionnel.

— Ce n'est pas tout à fait exact. Vous êtes soumise au « principe de confidentialité », pas « au secret professionnel ». C'est une nuance, je vous l'accorde, mais de taille puisque la rupture de confidentialité, dans votre cas, n'est pas punie pénalement.

— Monsieur, contra-t-elle, excédée, vous comprendrez que cette personne...

— ... est morte, la coupa-t-il.

La directrice se figea.

— Je vous demande pardon ?

— Assassinée, précisa le policier.

— Mon Dieu...

— Madame Duvernier, ce que vous m'apprendrez ne pourra plus nuire à votre ancienne employée. J'aimerais donc que vous me racontiez qui elle était. Nous savons qu'elle était divorcée et mère d'une fille, mais peut-être avez-vous eu connaissance d'une relation intime qu'elle aurait nouée ici. Ou de ses inimitiés. Nous avons besoin de mieux la connaître pour découvrir qui l'a tuée.

Rachel Duvernier parut soudain reprendre contact avec la réalité. Elle saisit son téléphone et appuya sur une touche programmée.

— Julie ? Je suis en rendez-vous. Je ne veux pas être dérangée. Annulez mes réunions jusqu'à nouvel ordre. Merci.

Dans la foulée, elle raccrocha, prit une longue inspiration, et commença, après un instant de réflexion :

— Valérie était une femme très dure. On pourrait dire impitoyable. Elle est arrivée dans nos murs en 2014 en tant que responsable des ressources humaines. À cette époque, la boîte tournait mal. Très mal, même. La concurrence était rude et nous ne parvenions pas à conquérir notre public dans le panel audiovisuel français. Un appel d'offres émis par les actionnaires a alors trouvé preneur au Qatar, mais le verdict de leurs experts financiers a été sévère et une restructuration lourde s'est imposée.

— Vous avez donc embauché quelqu'un spécifiquement pour licencier, n'est-ce pas ?

Rachel le dévisagea, l'œil glacial. L'accusation était implicite, mais la DRH ne se laissa pas désarçonner pour autant.

— Exactement. Une société qui perd de l'argent, c'est une société qui va couler et finira par mettre *tous* ses salariés à la rue. Il y a nécessité d'alléger les coûts si l'on veut survivre. C'est inévitable. Ainsi, il a hélas fallu nous séparer de vingt-huit collaborateurs sur les trois cents que compte la chaîne.

Lucas se leva et s'approcha de la fenêtre qui dominait la Seine et le parc de l'île Saint-Germain.

— Délicat pour les ressources humaines d'une boîte telle que la vôtre. Je présume que vous connaissez bien tous les membres du personnel, que vous êtes une grande famille. Ça n'a pas dû être une partie de plaisir d'annoncer à tous ces gens qu'ils étaient foutus à la porte. Je me trompe ?

Rachel Duvernier croisa l'œil acéré du jeune flic dans le reflet de la vitre.

— Non, ça n'a évidemment rien eu de facile. C'est d'ailleurs la raison pour laquelle nous avons eu recours aux compétences de cette femme.

L'officier se retourna et colla son dos au carreau froid.

— Comment avez-vous entendu parler d'elle ?

— Nous avons fait appel à un chasseur de têtes. Cette pratique est courante dans de nombreux métiers, vous savez ?

— Je l'imagine aisément, madame Duvernier. Ceux qui recrutent de tels profils s'offrent le luxe de ne pas se salir les mains en refilant à d'autres les basses besognes. Al Capone procédait exactement de la même manière, à ce qu'il paraît. Sauf que ça ne lui a pas réussi.

L'éclair qui fila dans les prunelles de la DRH n'échappa pas au policier, mais il ne s'en émut pas. Sans lui laisser le temps de répondre, il continua d'un ton inquisiteur :

— Je suppose, par conséquent, qu'elle ne s'est pas fait que des amis ici. Vous confirmez ?

— En effet. Son congé après le réaménagement a été un soulagement, je vous le concède.

— Bien. Je vais à présent devoir m'entretenir avec vos employés. Je vous serais donc reconnaissant de bien vouloir m'allouer l'une de vos salles de réunions pour demain. Cela nous évitera de convoquer tout ce petit monde au commissariat et de faire perdre du temps – et de l'argent – à votre entreprise et à l'État.

Rachel Duvernier le considéra d'un air redevenu impénétrable.

— Tous ?

Lucas acquiesça doucement.

— Tous ceux qui ont eu l'occasion de croiser Valérie Freysse. Je vais aussi avoir besoin de la liste des vingt-huit salariés que cette femme a poussés dehors, ainsi que du dossier complet de celle-ci. Je préfère le consulter avant de débuter mes interrogatoires et de l'entendre qualifiée de « salope » par chaque membre de votre personnel…

17

Montboissier reposa le rapport du laboratoire qu'il venait de parcourir en intégralité, saisit son téléphone et tapa le numéro inscrit sur l'en-tête du document. Lorsque son correspondant décrocha, l'officier orienta son siège vers la fenêtre de son bureau qui s'ouvrait sur la vallée de l'Yonne.

— J'ai besoin de quelques précisions, s'il vous plaît, demanda-t-il après s'être présenté et avoir mentionné l'affaire qui l'amenait.

— À votre service, commandant, répondit son interlocuteur.

— Je viens de lire votre compte rendu concernant la matière dont la victime aurait été enduite pour accélérer l'arrivée des insectes, comme le légiste nous l'a suggéré. Êtes-vous bien certain qu'il s'agit de sanglier ?

— Aucun doute, oui. C'est la même espèce, mais le porc possède trente-huit chromosomes contre seulement trente-six pour son cousin sauvage. Les résultats de la recherche ADN que nous avons menée sur les prélèvements sont formels.

Gontran hocha la tête, les yeux fixés sur la forêt qui, au loin, se mêlait aux derniers jardins boisés de la bourgade. L'écho de la voix du sous-lieutenant Guillon, près de la Cure, au retour de l'interrogatoire du premier adjoint de Pierre-Perthuis, ne cessait de résonner en lui.

« Il y a trois semaines, un sanglier a été grièvement blessé au cours d'une battue dans les environs, mais il a réussi à s'enfuir. »

Freysse avait disparu juste avant cette battue. Le tueur avait manifestement saisi une incroyable opportunité et agi avec une détermination sans faille qui faisait froid dans le dos.

— Très bien, merci. J'ai une autre question à propos des traces noires relevées sur des branchages, au bord de l'eau. Pouvez-vous me donner des détails ?

— C'est de la peinture glycérophtalique, de la marque Valentine. L'une des plus répandues à base de pétrole dans les magasins de bricolage. Mais celle-ci ne date pas d'hier. Elle contient près de trois cents grammes de composés organiques volatils très toxiques.

En son for intérieur, Gontran nota qu'il s'agissait de la même dénomination que pour les odeurs de putréfaction captées par les diptères. Le monde de la chimie moderne rejoignait là celui, naturel, des insectes.

— Est-elle vraiment intraçable ?

— Oui. Ce taux est dix fois supérieur à ce qui est toléré par l'Union européenne, et il y a douze ans que celle-ci est strictement interdite à la commercialisation. Votre type devait posséder ce bidon depuis un bail.

Montboissier remercia le scientifique et raccrocha. Ses hommes n'avaient relevé aucune empreinte de roues sur les lieux. Ces fragments semblaient indiquer que le tueur était arrivé à l'aide d'un bateau peint en noir qui avait frotté sur la berge. En effet, la majorité des embarcations de loisirs, canoës et kayaks, qui circulaient sur la Cure étaient de couleur fluo. Cependant, le produit que le tueur avait utilisé pour rendre la sienne plus discrète était trop vieux, et les frottements avaient eu raison de lui. C'était rageant, car la seule minuscule piste qui s'était ouverte se refermait aussi vite devant eux, inexploitable.

Montboissier se leva, s'approcha de la croisée et demeura immobile, le front appuyé contre la vitre. Plusieurs questions se bousculaient dans la cervelle de l'officier. Pourquoi Freysse était-elle restée en vie durant environ trois semaines après sa disparition ? La plupart du temps, lorsqu'une femme se volatilise, on retrouve son corps très vite, et bien souvent les motivations du criminel sont les mêmes, et très claires.

Mais rien ne correspondait à ce schéma dans cette affaire. D'après le rapport du légiste, la victime n'a pas été violée. Le mobile de son assassinat devait être cherché ailleurs. Et si son hypothèse à propos du sanglier de Pierre-Perthuis se révélait juste, cela confirmait que le meurtrier vivait dans la région, qu'il possédait un bateau peint en noir et qu'il était animé d'une haine si farouche qu'elle lui rongeait le cœur.

18

Rachel Duvernier désigna l'ampoule rouge fixée au-dessus de la porte du studio qui, d'après le rai intense qui filtrait dessous, était illuminé comme en plein jour par une batterie de puissants projecteurs.

— Il y a des tournages en direct, aujourd'hui, expliqua-t-elle à voix feutrée. Vous ne pourrez pas vous entretenir avec tous les salariés d'ici ce soir.

Lucas opina et jeta un coup d'œil par le minuscule hublot fumé qui donnait sur la pièce. Il reconnut l'un des présentateurs vedettes de la chaîne, ainsi que ses deux invités, des stars éphémères de la chanson française que leur brusque notoriété grisait de sourires satisfaits. Moreau se demanda à quoi ils ressembleraient dans deux ans, lorsque d'autres jeunes loups les auraient remplacés.

— Venez, c'est par ici...

Le policier rejoignit la DRH qui l'attendait déjà à l'entrée d'un long couloir. Les mains dans les poches, il tentait de masquer la fascination que lui procurait malgré lui ce monde de l'image bling-bling, qu'il découvrait de l'intérieur pour la première fois. Ils marchèrent un instant dans une pénombre ponctuée par les indicateurs lumineux des sorties de secours, puis s'arrêtèrent devant un ascenseur et patientèrent le temps que la cabine arrive. Au quatrième, Rachel Duvernier le guida jusqu'à un bureau où cinq femmes se tournèrent aussitôt vers eux. L'une d'entre elles, une jolie blonde maquillée avec soin et vêtue d'un tailleur qui la mettait en valeur, s'approcha, un bloc-notes sous le bras, ostensiblement prête à répondre aux besoins de sa patronne.

— Voici le service des ressources humaines que je dirige, déclara Rachel Duvernier. Et voilà Julie Tiersen, mon assistante. Mesdames, je vous présente le lieutenant Moreau, de la police criminelle. Lieutenant, je pense que vous pouvez leur communiquer vous-même la raison de votre visite. De toute façon, l'information est déjà de notoriété publique, si j'ai bien compris.

— Exact, acquiesça Lucas, elle a été diffusée à la presse en début d'après-midi.

Il ramena son attention vers l'assemblée féminine qui le dévorait des yeux.

— Désolé de vous l'annoncer aussi abruptement, mais l'une de vos anciennes collègues a été retrouvée morte ce dimanche. Assassinée, plus exactement.

Comme les autres, Julie pâlit.

— Mais… Qui… ?

— Valérie Freysse, continua-t-il. Ce nom vous évoque-t-il quelque chose ?

Face au mutisme de sa supérieure, qui la scrutait sans s'en cacher, Julie bégaya :

— Euh, oui, bien sûr. Mais… assassinée ? Vraiment ?

— Vraiment, Julie, coupa la DRH d'un ton pincé. Le lieutenant va s'entretenir avec tout le personnel. Il va commencer par vous cinq. Ensuite, vous ferez venir chaque membre des différentes équipes qui travaillent aujourd'hui sur le site, et convoquerez tous les autres pour demain, même ceux qui sont en congé, s'il vous plaît. La salle Corneille est isolée, elle sera parfaite pour la discrétion de ces interrogatoires. Moins la police s'attardera ici, mieux cela vaudra pour l'image de la maison.

Puis elle ajouta à l'adresse de Lucas :

— Vous n'avez plus besoin de moi, lieutenant ?

Celui-ci affronta l'expression revêche de la DRH. Cette femme avait visiblement une position à tenir devant ses sous-fifres. Le flic songea qu'il avait tout intérêt à ce qu'elle n'assiste pas aux entretiens, car elle risquerait de sceller les lèvres des employés qu'elle devait intimider de sa superbe.

— Non, merci, madame Duvernier.

— Très bien. Mlle Tiersen vous reconduira à l'accueil lorsque vous aurez terminé. Au revoir, lieutenant.

Sans plus attendre, la directrice tourna les talons et disparut. L'officier se passa la main dans les cheveux et tenta un sourire complice à Julie.

— Pas facile, votre patronne, hein ?

— Comment est-ce arrivé ? rétorqua la jeune femme.

Lucas survola les quatre autres visages qui le toisaient sans mot dire. Il n'entrait pas dans ses attributions de dévoiler des détails de l'enquête en cours, alors il éluda :

— Je vais commencer par vous, si vous voulez bien.

Déçue par son mutisme, Julie acquiesça, se leva et emprunta le couloir par lequel ils étaient venus. Puis elle bifurqua à la première intersection et pénétra dans une salle aux dimensions modestes. Le mur, percé d'une seule fenêtre, donnait sur un enchevêtrement de toits en zinc typique de la capitale.

Là, le flic fit le tour de la table rectangulaire et choisit une place qui lui permettait de voir la porte. Il sortit son carnet, son stylo, et contempla l'assistante assise face à lui, les doigts sagement croisés sur les genoux, à l'image d'une lycéenne s'apprêtant à passer le grand oral. La question qu'il avait laissée en suspens était encore figée sur ses lèvres. Afin de briser la glace, et maintenant qu'ils se trouvaient seuls, le policier décida de faire une petite entorse au règlement.

— La découverte du corps remonte à plus de vingt-quatre heures. Dès que les médias ont eu connaissance du crime, ils se sont emparés du sujet. Nous avons dû très vite prévenir la famille avant que l'identité de la victime ne soit révélée au public.

Julie resta muette. Elle était livide, comme si la disparue avait été sa propre mère.

— Vous la connaissiez bien, mademoiselle Tiersen ?

— Qu'est-ce qui lui est arrivé, lieutenant ?

— Je ne peux pas évoquer les circonstances exactes de ce drame. Voulez-vous répondre à ma question, s'il vous plaît ?

Julie ferma les paupières.

— Oui, je la connaissais. Bien, non, mais suffisamment pour savoir que c'était... une vraie peau de vache.

Lucas nota l'expression dans son carnet.

— Vous ne l'appréciiez pas, donc ?

— Personne ne pouvait la saquer, lieutenant. Je suis peut-être la première à vous le dire, mais vous allez très vite être mis au parfum.

— La restructuration, n'est-ce pas ?

— Je vois que je ne vous apprends rien.

— Ce n'est manifestement pas un secret. Et vous, aviez-vous des raisons de lui en vouloir ?

— Moi, non, mais nous avons eu un paquet de dossiers à traiter à la suite de son passage ici. Elle a causé le licenciement de pas mal de monde.

— Vingt-huit, si ma mémoire est bonne. Avait-elle reçu des menaces ? Quelqu'un l'a-t-il attaquée au cours de ces mois difficiles ?

— Pas que je sache, et sans doute pas frontalement. C'est rarement le cas, de toute façon. La plupart des gens ne se mettent en colère que derrière un clavier ou face à leur conjointe, leurs enfants ou leur chien. Ou bien ils s'en prennent à eux-mêmes...

— Vous pensez aux trois salariés qui se sont suicidés ?

La jeune femme accusa le coup. Lucas comprit qu'il avait effleuré là un point sensible, et se pencha vers elle.

— L'un de ces décès vous a personnellement touchée, Julie, je me trompe ?

Un silence pesant s'installa. Il crut qu'elle allait refuser de répondre, mais les mots jaillirent soudain, poussés par sa colère :

— Elle s'appelait Constance Lacassade. C'était il y a six ans. Elle avait tout juste trente ans et avait été engagée en tant que manutentionnaire. Elle était maman d'un petit garçon atteint de mucoviscidose. Elle avait mis des mois à se sortir du chômage et de la misère. Cette maudite femme l'a achevée. Brisée, Constance s'est pendue à la fenêtre de sa chambre à l'aide d'une corde à linge après avoir étouffé son fils avec son oreiller.

Moreau nota le nom de Constance Lacassade dans son carnet. Et *corde à linge*. La présence du même objet sur la scène de crime du Morvan n'était peut-être pas due au hasard.

— Ce n'est pas très éthique de licencier quelqu'un dont l'enfant est malade. Personne n'a trouvé à y redire ? Ni les syndicats, ni l'inspection du travail, ni les prud'hommes ?

— Constance était dépressive. Elle a renoncé sans même se battre. Elle était seule. Désespérément seule.

— Vous pourriez me parler des deux autres ?

— Le deuxième se prénommait Martial Poncet. Un quinquagénaire. Ça s'est passé six mois plus tard. Il avait du mal à remplir ses objectifs depuis plusieurs années. Quand elle est tombée sur ses récentes évaluations, je me souviens que Valérie a pointé son index sur sa fiche et a dit en souriant : « Voilà, avec celui-là, ça en fera encore un de moins ! » Martial avait connu une sale période après un divorce difficile qui l'avait conduit en cure de désintoxication. Il était fragile, lui aussi, et absolument pas armé pour se défendre face à cette furie.

— De la famille ?

— Deux gamins. Dix et treize ans, à l'époque. La séparation avec sa femme avait été compliquée et il ne les voyait plus. Pourtant, ils vivaient avec leur mère à Levallois-Perret, à quelques kilomètres à peine de chez lui. Elle leur avait tellement farci la cervelle avec sa colère qu'ils ne sont même pas venus à son enterrement. Lui s'est supprimé en avalant l'intégralité d'une bouteille d'acide chlorhydrique.

Le jeune flic essaya de ne rien laisser paraître de son excitation. *Corde à linge* et *acide chlorhydrique*. Cette fois, c'était certain : il ne s'agissait pas d'une coïncidence.

— Et le troisième ?

— Rémi Blanchard. Un des opérateurs réseau. Un soir, il s'est jeté sous un train. À ce que j'en sais, il était célibataire. Son travail représentait toute sa vie.

— Je vois que vous avez été très marquée par ces disparitions, mademoiselle Tiersen. Pourquoi ?

— J'occupe ici mon premier poste de RH, répondit Julie. Les études ne nous préparent pas à ce genre de chose, lieutenant. Cette femme semblait complètement dénuée d'empathie. Elle était… sans pitié.

19

Le téléphone sonna pour la troisième fois consécutive. Encore mouillée de sa douche, enroulée dans sa serviette, l'étudiante prit l'appel sans regarder le numéro affiché et se laissa choir sur son lit.

— Allô ?

Seul un souffle lui répondit. Elle répéta son « Allô » un peu plus fort, mais n'obtint aucune réaction. Elle allait raccrocher, agacée, lorsqu'elle comprit tout à coup qui était au bout du fil.

— Vous êtes Justine, n'est-ce pas ?

— Qui... Qui êtes-vous ?

La jeune femme hésita. Pouvait-elle donner son nom à cette fille qu'elle ne connaissait pas ? Elle pesa le pour et le contre. Bien sûr, qu'elle le pouvait. Elle lui avait déjà communiqué son numéro, après tout.

— Je m'appelle Alice Pernelle. C'est... C'est moi qui ai trouvé le corps de votre maman. Je... Je suis désolée...

— C'était vous, avec la moto.

Ce n'était pas une question.

— Oui. Je n'ai pas voulu vous déranger. C'était trop tôt. J'ai pensé que vous me contacteriez peut-être.

— Qu'est-ce que vous voulez ?

Surprise par le ton soudain agressif de son interlocutrice, Alice se redressa.

— Je ne veux rien. Je me suis juste dit que... En fait, je ne sais pas vraiment ce que je me suis dit. Je...

— Où était-elle ?

— Au bord de la rivière.

En arrière-plan, elle entendit sa correspondante allumer son poste de télévision.

— La Cure...

— Oui.

— Comment est-elle morte ? La flic ne me l'a pas expliqué.

Alice ferma les paupières et la montagne de vers se mit à grouiller de nouveau. Elle avala sa salive et eut, à cet instant, très envie de se téléporter ailleurs, loin de son téléphone et de cette voix désincarnée qui s'en échappait.

— Je l'ignore. Je ne l'ai pas approchée.

Elle se sentait mal de mentir, mais son timbre ne la trahit pas.

— J'ai tout de suite appelé les gendarmes, ajouta-t-elle. Ce sont eux qui sont allés la chercher.

— Vous habitez dans l'Yonne, et vous êtes venue jusqu'ici pour me donner votre numéro ?

— Non, mes parents sont là-bas. Moi, je suis étudiante. Je vis à Paris la semaine.

— Il faut que je vous voie. Demain matin, vous pouvez ?

— Bien sûr. Vous voulez que je vous rejoigne chez vous ?

— Je préférerais un endroit neutre.

— Je comprends. Écoutez, j'ai cours à la fac de médecine, 10, avenue de Verdun, dans le Xe. Il y a un café un peu plus bas, à l'angle de la rue du Faubourg-Saint-Martin. Ça vous conviendrait ?

— Dix heures ?

— D'accord, je...

— Alors à demain.

Justine coupa la communication et Alice resta interdite sur son lit, son portable à la main. Elle finit par se lever, acheva de s'essuyer, enfila un pyjama et se blottit devant une émission lénifiante qui gesticulait sur une chaîne publique. Elle avait besoin de se vider la tête, de ne penser à rien.

Une demi-heure plus tard, son téléphone sonna de nouveau. Romain. Encore. Elle mit son mobile en mode avion et monta le son de la télé. Elle savait déjà qu'elle allait avoir beaucoup de mal à s'endormir, ce soir-là.

20

La capitaine tourna la clé dans la serrure, et le claquement du pêne se répercuta jusque dans les moindres recoins de son appartement, désormais vide. Le fauteuil roulant de son père était posté devant la fenêtre, là où celui-ci avait vécu ses dernières semaines, le front penché au-dessus de cette rue où il savait qu'il ne mettrait jamais plus les pieds. La policière n'avait pas encore eu la force de le descendre à la cave. Elle songea qu'elle devrait s'en débarrasser. Il y avait bien quelqu'un à qui ce truc pourrait être utile. Elle se promit de se renseigner auprès des associations de la mairie du XVIIIe et le remisa dans la chambre d'amis, où se trouvait encore aussi le lit médicalisé.

Marianne recula et referma lentement l'huis sur cette odeur si familière, prégnante, comme incrustée dans les murs. Une fois la porte close, elle se sentit un peu mieux, mais ses mains étaient moites et tremblaient. Ses pas la guidèrent dans la salle de bains où elle s'aspergea le visage d'eau fraîche. Peut-être devrait-elle revendre cet appartement, après tout. Il fallait qu'elle accepte, une bonne fois pour toutes, de clore ce chapitre de son histoire.

Perdue, elle se rendit dans le salon et se servit un verre de Martini. Elle affronta son regard dans un miroir avant de s'asseoir dans son fauteuil, pinça les lèvres, alla verser l'alcool dans l'évier de la cuisine et mit la cafetière en route. Les deux paumes appuyées sur le plan de travail, elle attendit que le parfum entêtant de l'arabica élimine les relents de la chambre funèbre qui imprégnait encore ses narines.

La journée avait été rude. Seules la compagnie du commandant Montboissier, et ensuite celle de Lucas lui avaient permis de respirer un peu. L'officier icaunais lui avait paru ouvert et plutôt attentionné, ce qui ne lui déplaisait pas. En revanche, elle allait devoir se coltiner l'enquête de voisinage de la victime, et cela ne l'enchantait guère. Heureusement, Moreau était là, fidèle et précieux. Elle consulta l'écran de son mobile : il ne l'avait pas encore contactée. Il avait dû avoir un après-midi chargé, lui aussi, à interroger les employés de Canal 13. Il n'avait sûrement toujours pas terminé. Elle, occupée à la paperasse et à faire le point sur les différentes pistes qu'il lui faudrait rapidement explorer, avait préféré remettre au lendemain sa visite chez Richeval.

Son mug plein, elle revint dans le salon. Le son de la vie bourdonnait depuis la rue populeuse. Des bruits de moteurs, de klaxons, des cris et des rires. Des chants, parfois. Des mélodies d'ailleurs, importées dans la capitale par des gens nés sur un autre continent. L'été, les odeurs cuivrées de cuisine orientale envahissaient le logement à peine les fenêtres entrebâillées. Du plus loin qu'elle se souvenait, elle avait toujours connu cela. Mais aujourd'hui, ce magma humain qui enflait quatre étages plus bas lui donnait envie de s'enfuir là où rien ne lui rappellerait son existence d'avant. Avant la maladie. Avant la mort.

Plongée dans ses pensées, elle sursauta au carillon de son téléphone. Puis décrocha, circonspecte. Le numéro ne lui évoquait rien.

— Capitaine Ferrand ?

— Oui…

— Bonsoir. Je ne vous dérange pas ?

— Oh… Euh, non, répondit-elle en reconnaissant la voix de l'officier icaunais.

— Pardonnez-moi de vous contacter si tard, j'imagine que vous n'êtes plus au bureau à cette heure-là.

— Pas ce soir. Mais ça n'a aucune importance, commandant. Dites-moi…

— Eh bien, nous avons du nouveau. Nous savons de quelle substance la victime a été… enduite. Il s'agit de liquide putride provenant d'une carcasse de sanglier. L'animal avait déjà été bien attaqué par les larves au moment où le meurtrier s'en est servi.

Marianne ferma les yeux. La nausée, qu'elle avait réussi à juguler depuis son retour chez elle, réapparut en lui laissant un goût écœurant sur la langue. Finalement, cette maudite journée n'avait pas fini de la pousser dans ses retranchements.

— À la lumière de ce nouvel élément, nous pensons que l'assassin a une corrélation très étroite avec la région, continua Montboissier. En effet, nous savons qu'un sanglier a récemment été blessé lors d'une battue dans les alentours de Pierre-Perthuis sans qu'on réussisse à retrouver sa dépouille. Ça colle plutôt bien. De plus, on ne se balade pas sur des kilomètres avec une bestiole en décomposition dans le coffre de sa voiture, ce qui tendrait à éloigner la piste de quelqu'un venu d'ailleurs. Au cours de vos interrogatoires, cherchez un détail qui pourrait relier l'un de vos interlocuteurs au Morvan, ou du moins à l'Yonne, à la Nièvre ou à la Côte-d'Or. Les trois départements sont limitrophes.

— Très bien. Je note.

— Comment cela s'est passé, de votre côté, avec la fille de la victime ?

— Difficile. Cette pauvre gamine est toute seule, désormais…

— Quand on perd son dernier parent, c'est toute l'enfance qui s'écroule… soupira le commandant, compatissant. Enfin, je ne vous dérange pas plus longtemps, capitaine. Encore désolé pour l'heure tardive, mais il fallait que je vous prévienne.

Marianne raccrocha après avoir affirmé du bout des lèvres qu'il n'y avait pas de problème. Elle resta alors plantée devant son écran de télévision éteint, à écouter les battements de son cœur qui ralentissaient peu à peu.

Là, seulement, elle parvint enfin à se concentrer sur la révélation du commandant.

Du liquide putride de sanglier…

21

Quand j'ai coupé le contact, après trois heures de trajet sans encombre, la tranquillité de la ferme m'est brutalement tombée dessus. J'ai conservé les mains sur le volant pendant que le moteur refroidissait en cliquetant dans la grange. J'étais enfin en sécurité, loin de la ville et de la foule parisienne, de ce long tuyau sans fin qu'avait été l'autoroute, et surtout du péage de Nitry où j'avais craint un éventuel contrôle de police. C'est là que j'ai commencé à me sentir mieux, véritablement en paix avec moi-même.

J'ai fini par sortir de l'habitacle et j'ai refermé la portière sans la claquer. J'avais conscience d'avoir désormais toute la place et le temps nécessaires afin d'accomplir le dernier acte de mon projet. J'ai récupéré l'égoïne que j'avais préparée sur l'établi, avant d'immobiliser dans l'étau le plâtre qui emprisonnait mon poignet intact. Je l'ai alors lentement fragilisé avec les dents de la scie, et j'ai achevé de le briser à petits coups de marteau. J'ai ensuite broyé les morceaux et les ai répandus sur le tas de calcaire abandonné depuis des lustres au bout du terrain.

Au moment où je parcourais l'allée pour rabattre le haut portail de fer, l'odeur de la cheminée froide a pénétré mes poumons et étreint mon âme d'une tristesse infinie. J'ai toujours aimé cet endroit. Il est le reflet de mon enfance heureuse, de l'insouciance. En dépit du drame qui a plongé les miens dans l'obscurité, je n'ai jamais pu oublier les jours merveilleux que j'ai vécus ici. Et je pense très sincèrement que cela fait partie des choses qui m'ont permis de survivre à tout cela.

À chacune de mes visites à mon père, je constate l'état de délabrement croissant des bâtiments et du terrain. En plus des tuiles arrachées par le vent, le mastic des vitres se craquelle et tous les volets sont pourris par l'humidité. Le potager, où il passait autrefois des journées entières courbé, n'est plus qu'une jachère envahie d'herbes sauvages. Papa a cessé de s'en occuper il y a une dizaine d'années.

Quand j'ai compris qu'il amorçait l'ultime virage de son existence, j'ai radicalement changé de vie et lui ai consacré plus de temps qu'auparavant. Seulement, il était trop tard, le mal était fait. Son esprit s'effilochait déjà en lambeaux que rien ne pouvait raccommoder. Je n'ai pu qu'assister, dans toute l'amertume de mon impuissance, à sa lente dégradation physique et intellectuelle.

En ce qui me concerne, j'ai trouvé refuge dans la course à pied dès l'âge de dix ans. J'ai commencé à arpenter les bois, par ici, avant d'adhérer au club d'athlétisme du collège. J'ai appris à transcender la douleur, à disparaître derrière un objectif. À n'être plus qu'une flèche d'énergie en équilibre entre le néant, le présent et le futur. J'ai remporté mes premières compétitions et pratiqué ce sport avec encore plus d'acharnement, semaine après semaine, comme si ma vie en dépendait. J'ai gagné quelques médailles, j'ai fêté ma sélection en équipe départementale, régionale, et enfin, à seize ans, j'ai remporté le championnat de France. Là, ça a été l'envol de ma carrière internationale. Je n'ai fait que ça pendant les deux décennies qui ont suivi. Courir. J'avais tellement à oublier, tant besoin de me détacher de ce passé qui me rongeait le cerveau à l'acide depuis si longtemps...

L'acide. J'y ai pensé immédiatement, je l'avoue. Je me suis promis que j'allais forcer cette vérole à en avaler des litres, elle aussi, comme ce type qui s'était suicidé à cause d'elle, pour qu'elle comprenne ce que cela faisait d'en baver. Et puis j'allais la ligoter avec de la corde à linge pour compléter le tableau. Les flics n'étaient pas des abrutis, ils établiraient rapidement le lien avec tous ces gens qu'elle avait poussés à bout. Et ils partiraient dans la mauvaise direction.

Le souci, c'était que ce procédé ne me satisfaisait qu'à moitié. L'ingestion d'acide ne pouvait en effet pas durer sans qu'elle tombe dans les vapes. Elle mourrait beaucoup trop vite pour payer l'addition à sa juste valeur. Combien de temps allais-je la torturer pour étancher ma soif de vengeance ? Ça, je n'y avais pas encore songé. J'ai alors froidement décidé que je profiterais d'elle trois semaines entières avant de lui ôter la vie. Vingt et un jours et nuits de souffrance, cela me permettrait de donner libre cours à mon imagination. De me rassasier.

Parce qu'il ne faut pas négliger le plaisir que l'on éprouve à concevoir les pires supplices envers une personne que l'on hait jusqu'à la folie.

22

Marianne tourna la tête, lut les chiffres affichés sur le réveil, puis grogna de frustration en se laissant retomber sur l'oreiller. Elle tenta de dormir encore un peu, mais comprit bientôt que c'était vain : le sommeil l'avait déjà désertée, alors qu'il n'était que cinq heures. La veille, Lucas l'avait appelée pour lui toucher deux mots au sujet de la corde à linge et de l'acide liés aux suicides de deux salariés licenciés de Canal 13. La résonance de ces événements tragiques avec l'affaire paraissait évidente, mais, pour l'instant, elle ne menait à rien, en dehors de la certitude que ces faits n'étaient pas le fruit du hasard, et de l'insomnie.

Quinze minutes plus tard, après une douche vivifiante, elle posa une tasse de café corsé à côté de son ordinateur et lança une requête sur le Web. Le nom de Valérie Freysse avait envahi les innombrables rubriques de faits divers que l'on trouvait sur la Toile. La policière dut faire défiler une bonne trentaine de résultats pour accéder enfin à ceux qui ne concernaient pas l'affaire en cours. Un réseau social professionnel, où il semblait de bon ton d'étaler son parcours au vu et su de tous, détaillait le sien depuis son enfance jusqu'à 2020.

Elle cliqua sur la page, mais n'y découvrit rien qu'elle n'avait déjà glané la veille. Leur victime était née en décembre 1969 à Paris. Après une scolarité remarquable en collège privé bilingue, elle avait suivi un cursus économique et social de 1983 à 1986 et avait obtenu une mention très bien au bac. Elle était alors passée par Polytechnique où elle avait reçu son diplôme d'ingénieur en 1990. Forte de ces succès, elle avait intégré dans la foulée l'École nationale des ponts et chaussées de 1990 à 1993.

Le premier véritable emploi indiqué sur son profil était celui de chef de projet du développement urbain au ministère de l'Équipement en 1993. Elle en était partie au bout de trois ans pour prendre la responsabilité des transports au même portefeuille. Déjà rodée aux coulisses du pouvoir, elle avait ensuite accédé au poste convoité de conseillère du ministre, qu'elle avait conservé jusqu'en 1998 avant d'être recrutée par LVMH, le plus grand consortium d'articles de luxe français. Marianne songea que les actionnaires avaient dû allonger un gros chèque pour que cette femme, manifestement intéressée, accepte de lâcher de but en blanc les dorures empesées pour les aléas du CAC 40.

En 2002, elle avait curieusement quitté l'apparat pour entrer aux ressources humaines chez Biathlon, un groupe d'articles de sport. Elle y avait passé huit ans, puis était devenue membre du comité de direction de la chaîne de télévision suisse RTS 5. Entre 2014 et 2017, elle avait été embauchée par Canal 13. Après son départ, elle était retournée dans le luxe, en rejoignant Richeval, cette fois en tant que DRH.

Son impressionnant CV s'arrêtait là, en 2020. Mais l'enquêtrice, à force de patience, trouva des renseignements supplémentaires sur d'autres sites. Autant l'ascension de Valérie Freysse avait été fulgurante jusqu'en 2013, autant les années suivantes avaient été chaotiques et parsemées d'articles lapidaires dans la presse. Durant les vingt-quatre ultimes mois de sa vie, elle avait présidé aux destinées de plusieurs grosses boîtes d'ameublement provenant des pays asiatiques basées à Paris. Et puis elle avait fini par pointer au chômage après avoir été éjectée de ses derniers postes, comme cela lui était déjà arrivé précédemment.

Ferrand réécouta également la vidéo que Lucas lui avait montrée au parc Martin-Luther-King. Freysse cherchait tellement à monopoliser l'entretien en évoquant sans ambages ses qualités qu'elle en devenait ridicule. Elle seule semblait ne pas s'en rendre compte. Les commentaires, rédigés par une bonne centaine d'internautes, étaient sans appel. Elle y était traitée d'incapable, de vendue, de criminelle et d'autres noms d'oiseaux nettement plus vulgaires. Les courageux qui l'avaient clouée au pilori prenaient cependant le soin de cracher leurs insultes sous couvert d'anonymat.

Valérie Freysse : tellement « vipère au point » qu'elle en faisait l'unanimité, aussi bien dans le cadre de ses différents emplois qu'avec sa propre fille.

Prise d'une soudaine inspiration, la capitaine envoya un SMS à son jeune collègue :

Tu dors ?

L'appareil resta muet un instant, puis trois petits points clignotèrent. Enfin, la réponse apparut :

Non, et toi ?

Marianne sourit.

Je peux t'appeler ?

Je préfère pas. Si tu réveilles ma copine, elle va m'arracher les yeux. Qu'est-ce qui te travaille ?

La policière tâcha de résumer au mieux sa pensée.

Vu son profil, Freysse était une louve solitaire. Toute sa vie est fondée là-dessus. Pourtant, elle s'est mariée en 2003 et a donné naissance à une fille en 2004. Une enfant qui explique que sa mère la rejetait. Cette parenthèse familiale, qui dure jusqu'à son divorce en 2010, est boiteuse, comme s'il nous manquait un élément pour la comprendre.

Elle avait peut-être besoin de fric ?

Son mari était toubib. Sans compter qu'elle était déjà RH. Si ça avait juste été pour avoir plus d'argent, elle aurait choisi quelqu'un d'autre. Et étant donné sa personnalité, je ne la vois pas s'accommoder d'un bébé contre son gré. Ça ne colle pas.

Pendant un instant, Lucas sembla réfléchir. Quand il se manifesta de nouveau, il demanda :

Qu'est-ce que tu as en tête, Marianne ?

Justine prétend que sa naissance est un accident, mais je pense qu'elle se trompe. En 2004, sa mère était en poste depuis deux ans, et elle y est restée encore six ans après l'accouchement. C'est la période la plus stable de sa carrière. Pour moi, elle a mis à cette époque son ambition de côté et a sciemment choisi de donner la vie à cette petite graine qui poussait en elle. Comme si elle voulait réparer quelque chose, tu vois ?

Admettons que tu aies raison. Ça prouve quoi ?

Rien. Mais j'ai juste l'impression qu'il y a un trou dans ce que l'on sait d'elle. Cette case ne colle pas avec le reste. Pourquoi une mère, qui a fait des sacrifices afin de fonder une famille, décide-t-elle soudain de divorcer et de se transformer en marâtre avec sa fille qu'elle a tant désirée ? Si elle avait des problèmes de couple, pourquoi l'éloignement avec son mari n'a-t-il pas suffi à assouvir cette rancœur ? Et s'il fallait chercher plus profond que ça ?

OK. Je m'en occupe en arrivant. Pas dormi de la nuit. Je ne serai pas là avant 10 heures. À tout'...

Marianne abandonna son mobile sur la table. Le fait d'avoir écrit les mots qui rôdaient dans son esprit depuis sa rencontre avec Justine leur avait conféré une réalité tangible. Le cœur de ce drame semblait trouver ses racines loin, très loin dans le passé de Valérie Freysse…

23

Le commandant observa l'écume qui bouillonnait à la base du barrage. Il était parti seul du pont de Pierre-Perthuis, à pied et au lever du jour, et avait longé la rivière sur quatre kilomètres. Il s'était arrêté à Malassis, à l'endroit où l'assassin aurait pu mettre son embarcation à l'eau. Au-delà, cela paraissait impossible, aucune rampe ne permettait de franchir l'énorme structure productrice d'électricité.

En notant la présence des caméras de sécurité fixées aux façades du bâtiment pour surveiller les alentours, l'officier fut certain que le criminel n'aurait pas pris le risque de se faire repérer de façon aussi stupide. Le militaire passa néanmoins un coup de fil à ses hommes afin qu'ils récupèrent et visionnent les enregistrements, mais il savait que cela ne servirait à rien, parce qu'il détenait déjà une bonne idée de la manière dont l'assassin avait opéré.

Celui-ci avait nécessairement utilisé une voiture pour transporter sa victime et son bateau. Et, d'après la carte du secteur, il n'y avait que deux accès carrossables à la rivière. Ici, devant le barrage, et en aval, au pied de l'ancien moulin de Gingon. L'endroit était isolé et se prêtait parfaitement à un sombre projet de ce genre.

Montboissier, pensif, fit demi-tour. Entre ce moulin et la Roche percée, il n'y avait pas plus de deux kilomètres à parcourir par le cours d'eau. Quelques branches d'arbres abattus par le vent crevaient dangereusement la surface, mais ça semblait réalisable pour quelqu'un qui connaissait bien la Cure.

L'officier ne mit qu'une quinzaine de minutes pour se rendre sur les lieux. Les bâtiments, tombés en ruine depuis des décennies, émergeaient à peine de la brume qui noyait le bas de la falaise. Le lierre omniprésent dévorait les poutres écroulées et s'incrustait dans les fissures des murs encore debout. Des bardeaux moisis vomissaient leurs dernières tuiles dans des massifs inextricables qui obstruaient le sentier longeant la rive.

Des ronces, pourtant, avaient récemment été écrasées. Quelques empreintes, fraîches, ressortaient dans la boue au bord d'une anse. Au centre de cette dernière, des rameaux fraîchement coupés flottaient sur l'eau stagnante dans la lueur pâle de l'aube. Certainement l'endroit où le tueur avait dégagé le passage pour pouvoir pousser son sinistre chargement.

Le gendarme appela l'équipe de la Scientifique pour leur donner ses instructions ainsi que les coordonnées du site, puis il remonta vers le chemin de cailloux qui reliait le pont au moulin. Celui-ci était trop accidenté pour qu'une berline s'y aventure. En revanche, il était tout à fait praticable pour un quatre roues motrices. La caillasse ne gardait pas les traces de pneus, mais, avec un peu de chance, ils trouveraient d'autres indices exploitables.

Là, le tueur avait pris un risque. Même si c'était hautement improbable en novembre au milieu de la nuit, il aurait en effet pu croiser un témoin. Parfois, les gardes forestiers effectuaient des rondes dans la zone du parc Natura 2000. Apparemment, ça n'avait pas été le cas. Sinon, il y aurait eu un mort de plus à ramasser au bord de la Cure.

Près du cours d'eau, Montboissier n'avait remarqué que des traces de pas. L'individu avait de toute évidence pris soin de garer son véhicule dans les cailloux et avait ensuite transporté son embarcation sur le dos.

Le gendarme fronça les sourcils. Les branches coupées par le tueur étaient plutôt fines et ne l'auraient pas empêché d'avancer. Alors pourquoi s'être donné autant de mal, en pleine nuit, au risque en outre de basculer dans la rivière glaciale ? Il repensa aux traces de peinture noire que la Scientifique avait décelées sur du bois au pied de la Roche percée. Pourquoi avoir pris certaines précautions au départ et pas à l'arrivée ? Il y avait là quelque chose qui…

Et soudain, il percuta. Il se redressa et enfonça ses mains gelées dans les poches. L'assassin n'avait pas sectionné ces branches car elles le gênaient, mais parce qu'elles étaient pointues et auraient pu crever son embarcation.

Une embarcation éphémère que l'on ne retrouverait sans doute pas.

Bref : une impasse de plus.

24

Mal réveillée, Alice se hâta pour son rendez-vous avec Justine. Incapable de trouver le sommeil la veille, elle avait passé la nuit à surfer sur Internet pour essayer de se faire une idée de la vie que la jeune fille avait pu mener avec sa mère. Cependant, si les articles étaient nombreux dans la presse à propos de Valérie – et souvent peu élogieux –, aucun ne mentionnait qu'elle avait un enfant. Elle enfila son cuir, attrapa son casque et dévala l'escalier jusqu'à la rue.

Quand elle gara sa Suzuki devant l'établissement, elle aperçut tout de suite le visage de celle qui la fixait à travers la vitre. Elle pénétra alors dans le bistrot et, le cœur cognant fort dans sa poitrine, la rejoignit.

— Bonjour, dit-elle, empruntée.

Un thé infusait sur la table. Justine n'y avait apparemment pas touché. Alice s'assit et posa son casque sur une autre chaise.

— Tu l'as découverte, attaqua la jeune fille, la voix sourde. J'ai besoin que tu me racontes ce qui lui est arrivé. La police me cache des choses. Ils ne me laissent pas aller la voir.

L'étudiante s'attendait à la question, mais ignorait toujours comment y répondre. Le brusque tutoiement avait déchiré la distance qui les séparait.

— Je… Eh bien… murmura-t-elle, horriblement mal à l'aise.

— Qu'est-ce qui s'est passé, putain ? J'ai le droit de savoir ! Je suis sa fille, oui ou merde ?

Alice se sentit coincée. Mentir lui était impossible. Alors, elle parla. Doucement, d'abord, avec énormément de précautions. Ensuite, elle dut affronter l'indicible. Lui donner corps, trouver les mots les moins sordides pour décrire ce à quoi elle avait assisté.

Quand elle eut terminé, son interlocutrice la dévisageait, hébétée. Les larmes roulèrent sur ses joues, soudain libérées d'un insoutenable silence qui entourait le décès de sa mère. L'étudiante, au comble de la gêne, resta immobile sur son siège tandis que l'orpheline pleurait en sourdine. Le garçon, qui s'était approché, se détourna avec discrétion et s'éloigna vers de nouveaux clients.

— Je suis désolée, tenta Alice. Vraiment. Je…

Justine, le front appuyé sur une main, lui intima d'un geste l'ordre de se taire. Une poignée de secondes plus tard, elle se dressa d'un bond, agrippa son sac et se dirigea d'un pas vif vers la porte.

— Attends ! s'écria Alice, qui la rattrapa dehors en courant et se planta devant elle. Ne pars pas comme ça. Je dois savoir, moi aussi…

— Quoi ? Ma mère est morte et s'est fait bouffer par des vers ! Qu'est-ce qu'il y a à savoir de plus que ça ?

— Pourquoi ça s'est passé chez moi, à plus de deux cents kilomètres de Paris. Vous connaissez des gens, là-bas ?

— Mais qu'est-ce que ça peut te foutre ? T'es de la police ?

En prononçant ces mots, elle fit un pas de côté pour échapper à la discussion, mais l'étudiante l'en empêcha et la coinça contre la vitrine du café.

— Tu l'as dit toi-même : c'est moi qui l'ai trouvée. Les gendarmes m'ont interrogée pendant des heures. Je suis impliquée dans cette histoire, que tu le veuilles ou non ! Et j'ai besoin de comprendre. Je ne dors presque plus !

— Non, on ne connaît personne dans ta putain de cambrousse ! éructa Justine. Ma mère n'a pas mis un pied hors de Paris depuis qu'elle est revenue de Suisse, il y a plus de huit ans. C'est bon ? Tu me fous la paix, maintenant ?

Stupéfaite, Alice se prit un coup d'épaule dans le bras et s'écarta malgré elle. Quelques pas plus loin, la fille de Valérie Freysse se retourna, affichant l'air mauvais que sa défunte génitrice arborait face aux caméras des journalistes.

— Je ne veux plus jamais te revoir, Alice Pernelle.

25

— Du nouveau sur l'affaire Freysse, capitaine ?

Arrachée à son écran par l'irruption de Lefebvre dans son bureau, Marianne se massa les yeux. Tandis que de grosses gouttes de pluie s'écrasaient sur les vitres, elle répondit :

— Le commissariat du XVIe arrondissement m'a transmis ce matin la liste des appels captés et émis par son mobile durant ces trois derniers mois. Leur rapport indique une absence totale d'activité sur les trois semaines qui viennent de s'écouler. Tous les numéros ont été dûment identifiés, hormis celui qui l'a contactée vers dix-neuf heures la veille de sa disparition. Celui-ci provenait d'un appareil à carte prépayée, inactif après ça. Et, bien entendu, il n'y a aucun moyen de remonter à celui qui l'a acheté.

— Rien d'autre ?

— Le téléphone de notre victime a borné le 5 novembre dans le XIVe entre douze et treize heures. Peut-être est-elle allée dans un restaurant du côté de Montparnasse. En début d'après-midi, on capte encore son signal près du bois de Boulogne. Ensuite, c'est le néant.

— On a des images de vidéosurveillance dans ces deux quartiers ?

— C’est en cours de vérification. Les collègues du XVIe n’ont rien découvert au cours de leurs recherches, en tout cas.

— Et à propos de l’ordinateur que vous avez récupéré hier chez sa fille ?

— Le service technique m’a indiqué que la carte réseau était HS. Il est donc impossible de se connecter avec ce truc. En revanche, le fournisseur d’accès nous a listé un historique de navigation qui ne correspond pas à son adresse IP, mais à deux autres référencées sur la même ligne : celles de son mobile et celle du Mac de sa fille. Le 4 novembre, les deux appareils ont consulté la documentation financière d’une société parisienne en mauvaise posture. Freysse a visiblement emprunté l’ordinateur de sa gamine pour poursuivre ce qu’elle avait initié avec son smartphone.

— Pourquoi ?

— Je l’ignore. Peut-être que sa batterie était épuisée…

— Vous envisagez un rendez-vous qui aurait mal tourné ?

— À cause du portable prépayé, je pense plutôt à un guet-apens.

Lefebvre garda le silence un instant, puis il opina.

— Très bien. Continuez à investiguer. Et, s’il vous plaît, tenez-moi au courant sans que je sois obligé de venir chercher moi-même les informations.

L’officier allait sortir, mais, une fois à la porte, il lança encore :

— Capitaine, je vous réitère mes consignes : vous seule êtes réquisitionnée pour aider les gendarmes de l’Yonne à boucler leur enquête. Lucas et Vanessa doivent rester en dehors de cette affaire. Ils ont d’autres chats à fouetter.

— Je…

— Je sais que le lieutenant Moreau est allé hier s’entretenir avec le personnel de Canal 13. La DRH s’est méfiée de son air de petit loubard de banlieue, et elle a téléphoné pour avoir la confirmation de son identité.

— C'est moi qui le lui ai demandé. Il y a trop de monde à interroger en très peu de temps. Il n'a pas osé me refuser ce coup de main.

— Contentez-vous d'obéir aux ordres, capitaine ! Est-ce que je suis bien clair, à présent ?

La policière serra les dents et ravala avec peine une réplique cinglante.

— Très clair, commandant.

— Parfait. Alors à vous de jouer.

La tête bourdonnante d'injures bien senties, Ferrand contacta Lucas sans tarder. Celui-ci lui apprit qu'il était de retour à Canal 13 et s'apprêtait à y entrer pour terminer la mission qu'elle lui avait confiée. Elle lui expliqua qu'il devait rentrer illico au Bastion, qu'elle s'en occuperait elle-même : la DRH l'avait balancé à Lefebvre.

— Si tu veux, je vais rendre visite à l'ex-épouse de Martial Poncet, le type qui a avalé une bouteille d'acide. C'est à Levallois-Perret, ce sera rapide. L'autre victime, la femme au gamin malade, n'avait pas de famille proche. Rien à creuser de son côté.

— Laisse tomber. Je ne veux pas que tu aies des ennuis à cause de cette enquête.

— Si le boss ne l'apprend pas, il ne pourra pas râler. J'y vais. Je te rappelle plus tard.

Marianne raccrocha avec un sourire aux lèvres. Lucas, éternel rebelle, ne changerait jamais. Elle s'habilla chaudement et s'en fut vers la station de métro tout en évitant de lorgner vers la fenêtre où, autrefois, se dessinait le visage de son père, et pas celui du commandant Lefebvre.

26

Alice repoussa son livre de biochimie sur son pupitre et posa les poings sur ses tempes. Impossible de se concentrer, de travailler. Impossible de penser à autre chose qu'à sa rencontre écourtée avec Justine. Le visage torturé de la jeune fille ne l'avait pas quittée de toute la matinée. À présent que l'heure du déjeuner dispersait tous les étudiants dans les rues de Paris, elle se rendait compte qu'elle n'avait faim que d'une chose : savoir.

— On va au food truck ! Ça te dit ?

Romain remettait ça. Ce garçon, elle en était désormais certaine, ne comprendrait jamais qu'il la fatiguait.

— J'ai pas envie. Je rentre.

— Tu veux que je vienne avec toi ?

— Romain, lâche-moi, maintenant ! D'accord ?

C'était la goutte de trop. Elle le planta là, au milieu du brouhaha de leurs camarades stupéfaits par son éclat, et s'éloigna à grands pas vers la sortie de l'amphithéâtre. Quelques rires fusèrent dans son dos. Une injure aussi, peut-être. Elle n'avait pas entendu distinctement le mot, juste une terminaison en « -asse ». Peu importait. Elle voulait que ce mec arrête de la harceler. Et si elle n'y était pas parvenue aujourd'hui, elle tâcherait d'être encore plus claire la prochaine fois.

Sa moto était humide sur le trottoir de la contre-allée, mais, au moins, la pluie avait cessé. Elle détacha l'antivol et, après avoir enfilé son équipement, partit à vive allure sur l'avenue de Verdun. Quelques feux plus loin, elle glissa sur un passage piéton et manqua de tomber. Elle se força aussitôt à ralentir et prit à vitesse plus modérée la direction du XVIe arrondissement.

Elle traversa le quartier Strasbourg-Saint-Denis, puis passa devant l'opéra Garnier, la Madeleine et la Concorde. Longea les quais rive droite vers la Maison de la Radio tout en se répétant qu'elle était en train de commettre une connerie. Elle allait se faire jeter, c'était sûr et certain. Alors, à quoi bon y retourner ?

Place Rodin, elle effectua un trois quarts de tour et ne put résister à l'envie de lancer les chevaux de sa GSX-R pour redescendre l'avenue Léopold-II. Quand elle coupa son moteur en face de l'immeuble de Justine, elle la distingua qui l'épiait depuis le balcon de l'appartement, au dernier étage. Son arrivée sur les chapeaux de roues dans ce quartier bien tranquille ne pouvait passer inaperçue.

Alice ôta son casque, et les deux jeunes femmes restèrent un instant à se dévisager. Quand l'étudiante pénétra dans le hall, elle entendit vibrer la clenche électrique, se précipita avant que la fille de Valérie ne change d'avis. Elle appela ensuite l'ascenseur, appuya sur le bouton du septième et scruta son reflet qui retenait son souffle dans le miroir. Qu'est-ce qui lui avait pris, enfin ? Qu'espérait-elle, en venant ici ?

Sur le palier, elle trouva une unique porte entrebâillée. De la musique douce en filtrait, comme un filet de vent sur un lac gelé. Du piano. Lent et triste. Chopin, peut-être. Une mélodie de circonstance, assurément. Elle s'approcha à pas lents et s'arrêta sur le seuil. Une voix féminine lui parvint.

— Entre et referme derrière toi.

Elle obéit machinalement. Une fois sur le parquet ciré, elle s'accroupit pour retirer ses chaussures, mais Justine sembla deviner son intention à distance et la coupa dans son élan :

— Laisse tomber, Maria nettoiera ça demain.

Mal à l'aise, Alice avança pourtant jusqu'à ce qui se révéla être un salon. Un canapé et deux fauteuils en cuir en vis-à-vis encadraient une table basse en marbre face à une télévision d'une taille ahurissante. Elle n'était pas certaine d'en avoir déjà vu une de cette dimension, même dans un magasin.

— T'es du genre têtu, toi, hein…

Justine affichait un air détendu et presque joyeux qui étonna sa visiteuse.

— Mon père dit ça souvent, oui, parvint-elle finalement à articuler.

— T'as de la chance. Le mien s'est barré. Et ensuite, il est mort.

Ne sachant quoi répondre, l'étudiante embrassa la pièce d'un regard circulaire impressionné.

— Qu'est-ce que tu veux, à la fin ?

La question paraissait abrupte, mais la voix de la jeune fille s'était adoucie par rapport au matin même. Alice comprit pourquoi quand elle vit le cube d'aluminium rangé près du cendrier en compagnie de papier à rouler et de tickets de métro usagés. Voilà pourquoi la fenêtre qui donnait sur la rue était ouverte : afin d'évacuer l'odeur de shit.

— Même si tu ignores lequel, ta mère a forcément un lien avec le Morvan. Et il faut qu'on le trouve si tu souhaites que celui qui l'a assassinée finisse ses jours en prison. Sinon, il ne paiera jamais pour son crime. Je suis sûre que tu ne veux pas ça, toi non plus.

Justine avait cessé de sourire.

— Prétends que je me trompe, et je m'en vais, martela Alice. Et cette fois, tu ne me reverras pas, je te le jure.

27

— Tu reprends un café ?

Jacques Pernelle s'était levé tôt et avait marché longtemps dans les bois. Alors que le patron attendait sa réponse en essuyant des tasses, il se fit la réflexion que le premier arabica n'avait pas suffi à le réchauffer.

— Oui, merci, Antoine.

Au comptoir, le silence pesait, seulement rompu par le bruit du percolateur. Plus nombreux que d'ordinaire, les clients du bar des Deux Ponts louchaient dans sa direction en retenant leur souffle. Il était le père de celle qui avait découvert le cadavre. Tous mouraient d'envie de poser les questions qui leur brûlaient les lèvres, mais chacun avait de la considération pour l'homme, assis sur un tabouret haut, qui fixait sans les voir les bouteilles accrochées au mur.

Après quelques années passées au conseil municipal, où il possédait d'excellentes relations, Jacques avait dû renoncer à son mandat. Officiellement pour raisons de santé, même si tout le monde savait qu'il s'était brouillé avec son ami Armand Pelissier, deuxième adjoint à l'époque. On lui avait en revanche bien détecté un début d'emphysème pulmonaire lors d'un contrôle de routine en 2015. Décelée très tôt, la maladie avait été jugulée par une thérapie aux antibiotiques, mais pas éradiquée, et les lésions définitives. Il avait eu de la chance de s'en tirer à si bon compte. Depuis, il n'avait plus touché à une cigarette et avait pris l'habitude d'aller marcher le matin pour aérer ses poumons.

Comme tous les élus qui avaient œuvré pour le bien-être de leurs concitoyens, il était respecté au sein de Pierre-Perthuis et on prenait plaisir à le rencontrer au bistrot pour boire un verre et plaisanter en parlant de tout et de rien. Mais, ce matin-là, l'humeur était tout autre et il en avait une conscience aiguë.

— C'était une Parisienne, déclara-t-il enfin en se tournant vers les villageois. Une femme d'affaires.

Un murmure collégial lui confirma que chacun avait suivi de près les informations à la télévision.

— La gendarmerie ignore encore pourquoi elle s'est retrouvée là, continua-t-il. Vous avez une idée, vous ?

— Y s'passe jamais rien, ici, dit un vieux en tirant sur sa casquette. C'est pas croyab', un truc pareil.

— Il y a des dizaines d'années qu'y a pas eu de crime chez nous, renchérit un autre. Des accidents, ça oui. Des jambes cassées, des bras, des hanches… même quelques suicides, comme ç'ui du pont en 1907. Mais des tragédies si horribles, non. Jamais. T'as raison, Marcel.

Le patron servit l'expresso à Jacques et saisit une nouvelle tasse à essuyer.

— C'est vraiment bizarre. Elle a dû avoir la trouille, ta gamine, quand elle est tombée là-dessus.

— Ouais, soupira Pernelle. Moi qui pensais, en emménageant dans le coin, éviter à mes gosses d'être confrontés à des faits divers aussi malsains, c'est raté.

— Faut pas t'en vouloir, répondit le cafetier. Vous avez pris la bonne décision, ta femme et toi, en vous installant à la campagne. La ville, c'est un truc qui te ronge petit à petit le ciboulot. Et quand tu t'en rends compte, c'est trop tard. Elle a creusé sa tanière en toi et tu es incapable de t'en extraire. Toi, au moins, tu as pu élever ta fille loin de ces cités de banlieue. Ne regrette rien. C'est la fatalité, c'est tout.

En réalité, l'arrivée des Pernelle dans le Morvan, trente ans plus tôt, n'avait pas été aussi simple que cela. Après avoir jeté leur dévolu sur une longère à restaurer, qui leur avait paru le meilleur investissement de leur vie, Corinne et lui s'étaient très vite heurtés à un élément dont ils n'avaient pas pris la mesure : l'éloignement de tout. Ils habitaient désormais à dix kilomètres de la première boulangerie et du supermarché le plus proche, à quinze d'un magasin de bricolage…

Les débuts furent donc difficiles. Il avait même fallu plusieurs années pour qu'ils perdent leurs habitudes de citadins, pour qu'ils oublient de fermer leur voiture ou leur maison en allant se promener dans les bois. Mais, au fur et à mesure, ils avaient noué des amitiés, construit des relations, et créé tout un tissu social qu'aujourd'hui ils ne quitteraient pour rien au monde.

Le père d'Alice sourit.

— Oui, tu n'as pas tort. C'est juste que j'aurais préféré découvrir ce cadavre moi-même. En tout cas, tout à l'heure, j'ai aperçu les gendarmes au moulin de Gingon. C'est lié à cette histoire, j'imagine…

— Mon neveu est major à Vézelay, intervint un autre client en reposant son verre de calva sur le comptoir et en montrant l'écran de son mobile. Il m'a envoyé un message il y a dix minutes. Il a entendu le commandant appeler le central tôt ce matin pour dire que c'était là que le type aurait mis un bateau à l'eau avec le corps. La brigade scientifique est revenue. Apparemment, ils ont trouvé des empreintes de bottes.

— Moi, il y a quelque chose qui m'inquiète, lança le patron, la voix blanche. Pourquoi ce type a-t-il assassiné cette femme précisément ici ? Et si… Et s'il s'en prenait maintenant à *l'un ou l'une d'entre nous* ?

28

Après avoir longuement songé à ma famille, et à tout ce que cette maudite femme avait anéanti, j'ai ouvert le coffre. Elle était revenue à elle et roulait des billes emplies d'épouvante. La lumière vive de la grange l'obligeait à cligner des yeux comme une chouette surprise par une torche. La bouche toujours prisonnière du bâillon de tissu, elle respirait par saccades, les narines pincées. J'ai perçu la terreur exsuder de sa peau quand, le cou tordu, elle a essayé en vain de distinguer mon visage dans le contre-jour.

Je me tenais au-dessus d'elle, immobile, si ivre de vengeance que j'en tremblais lorsque j'ai scotché ses paupières pour qu'elle ne reconnaisse pas tout de suite les lieux. Elle n'avait pas mis les pieds ici depuis plusieurs décennies, je voulais que la surprise soit complète. L'obscurité forcée par l'adhésif allait en outre accentuer sa peur et l'amener à se ronger la cervelle pour essayer de comprendre qui j'étais, où elle était, et pourquoi elle se retrouvait saucissonnée, aveuglée, et à ma merci. Mais le Grand Moment n'était pas encore arrivé.

Pour éviter d'avoir à la porter jusqu'à la maison, je l'ai basculée dans la brouette de mon paternel. J'avais préparé une seconde bâche pour qu'elle n'y laisse pas de traces ADN comme dans la voiture. Elle a gémi quand la roue a atterri sur la première des marches en pierre qui mènent au sous-sol et que son crâne a heurté la ferraille. J'ai moi-même senti le choc de l'engin se propager de mes doigts à mes clavicules à chacune des suivantes. Les coups devaient se répercuter dans tout son squelette maintenu dans une position improbable par les Rilsan et la cordelette. Sur le dernier degré, plus haut que les autres, son nez a éclaté comme une fraise trop mûre en heurtant l'angle du bac. C'est là qu'elle s'est uriné dessus. Je n'avais pas pensé à ce type de désagréments, et j'ai pris conscience que ce n'était que le début. Bientôt, j'aurais à m'occuper de sa merde aussi. À moins que je ne la laisse mariner dedans. Après tout, c'était son élément de prédilection, non ? La poisse, j'allais devoir passer la brouette à l'eau de Javel pour nettoyer ça.

Enfin en bas, je l'ai balancée sur le béton et j'ai coupé ses liens pour la rattacher avec des menottes à des morceaux de chaîne neuve scellés aux murs. Tandis que je menais cette opération à bien, elle s'est tortillée de douleur, mais sans force, complètement ankylosée par son voyage éprouvant. J'avais acheté les bracelets en liquide à Pigalle quelques jours plus tôt, dans des magasins différents, devant des vendeurs à la mine complice qui m'avaient tous adressé le même genre de sourire lubrique. S'ils avaient su…

Quand elle a été entravée, bras et jambes écartés et tendus à bloc, je l'ai entièrement déshabillée au son de ses gémissements. Je prévoyais de brûler ses vêtements le soir même dans un bidon, au fond du jardin. De toute façon, elle n'en aurait plus besoin. Les entailles que je lui avais occasionnées sur le corps pour la mettre à poil en m'aidant d'une lame de rasoir laissaient couler un sang très rouge sur sa peau blafarde. À partir de là, elle pouvait bien se vider par tous les trous – ceux avec lesquels elle était née et ceux à venir –, je n'en avais plus rien à foutre.

J'ai enlevé d'un geste sec le Scotch de ses paupières pour qu'elle puisse me voir en face et lui ai envoyé dans les côtes le coup de pied que je retenais depuis des heures. J'ai senti que ça craquait sous la pointe de ma chaussure. Elle s'est cambrée dans un hurlement muet et ses yeux ont presque jailli de leurs orbites. Je lui avais laissé son bâillon pour l'empêcher de me casser les oreilles, mais je me suis dit que c'était une mauvaise idée, finalement. Ici, il n'y avait aucun risque que quelqu'un l'entende me supplier. Alors j'ai également ôté le gros adhésif qui maintenait le chiffon coincé dans sa bouche et l'ai regardée vomir sa douleur sur sa poitrine avec de grands spasmes désordonnés. Quand elle en a eu terminé, elle n'avait plus de force pour crier. Elle haletait comme un chiot qu'on vient tout juste de sauver de la noyade, et qui n'a pas compris qu'il est toujours vivant.

J'ai contemplé son corps maigre hérissé par la chair de poule, sans doute à cause de la fraîcheur de la cave, et me suis demandé si cette vieille carne pouvait encore séduire. En tout cas, une chose était sûre, elle n'en aurait plus jamais l'occasion.

Il était temps que j'aille me reposer un peu. Je voulais être en pleine forme pour la suite des événements. Je n'avais pas prévu de caméra ni d'enregistrement quelconque. Ma mémoire seule me suffirait. Et elle, personne ne me la volerait.

À cet instant précis, j'ai vraiment commencé à me relaxer. À mesurer tout ce qui allait lui arriver. Elle m'appartenait, corps et âme. J'allais enfin libérer ma rage.

Cette colère assourdissante.

Ce monstre en moi.

29

La DRH de Canal 13 comprit que son coup de fil de la veille au Bastion avait fait son petit effet en découvrant l'attitude froide de sa visiteuse.

— Bonjour. Capitaine Ferrand. Je viens continuer le travail initié hier par le lieutenant Moreau.

Rachel Duvernier s'empressa de conduire la policière vers le bureau de son service où elle passa le relais à Julie. La jeune femme eut du mal à masquer sa déception de ne pas retrouver Lucas, mais elle se ressaisit et l'invita à la suivre dans la salle où les interrogatoires seraient menés.

La veille, certains des collègues qui connaissaient bien les suicidés étaient absents, mais, ce matin, ils étaient tous là. L'injonction de leur hiérarchie avait été unanimement entendue. Julie fit entrer la première d'entre eux sans attendre. La cinquantaine obèse, celle-ci pénétra timidement dans la pièce, le regard fuyant. À l'évidence, elle avait été prévenue de la raison pour laquelle on l'avait convoquée. L'officière se tourna vers la chargée des ressources humaines.

— Vous voulez bien nous laisser, s'il vous plaît ?

— Euh, oui, bien sûr. Excusez-moi. Désirez-vous quelque chose ? Du café ?

— Une bouteille d'eau et quelques gobelets, merci.

— Je vous apporte cela tout de suite.

Julie s'éclipsa aussitôt et Marianne croisa les yeux de la femme qui se tenait debout devant elle, raide comme un bout de bois.

— Asseyez-vous, je vous en prie, et détendez-vous. Mon rôle aujourd'hui est de recueillir des témoignages, rien de plus. Votre patron ne saura rien de ce que vous me révélerez. Notre échange restera strictement confidentiel, je vous le promets. D'accord ?

— D'accord, répondit-elle d'une petite voix aiguë en se laissant tomber sur la chaise.

La capitaine lui sourit pour achever de la mettre à l'aise.

— Acceptez-vous que j'enregistre notre entretien ? Ça m'évitera de revenir vous interroger si ma mémoire me fait défaut, vous comprenez ?

La salariée acquiesça du bout des lèvres. Marianne enclencha alors son dictaphone numérique et posa sa première question :

— Je vais vous demander vos nom et prénom, votre âge, le travail que vous exercez au sein de Canal 13, et depuis combien de temps.

— Roux, Monique. J'ai cinquante-quatre ans. Je suis au secrétariat de l'opérateur de réseau depuis dix-sept ans.

— L'opérateur de réseau ?

— C'est celui qui assure les contraintes techniques liées à la transmission et à la diffusion des programmes auprès du public. Sans lui, vous ne recevriez rien sur votre écran.

— Je vois. Je suppose de toute façon que, chacun à votre niveau, vous êtes tous indispensables. Chaque maillon d'une chaîne est garant de sa solidité. Votre collègue Rémi Blanchard occupait quel poste, dans cet organigramme ?

— Rémi…

Monique Roux toussa dans sa main pour masquer son émotion, et continua, le timbre un peu altéré :

— Rémi était mon responsable. Il chapeautait tout le service. C'était un homme très ouvert, très compréhensif. Quand on avait des ennuis et qu'on devait s'absenter, il nous couvrait. Tous. Sans exception. Dans le fond, il était trop juste et trop bon. Ça ne pouvait pas durer, pour eux, là-haut.

Le dernier mot avait été appuyé d'un geste du menton vers le plafond, mais à voix plus basse et après un coup d'œil furtif en direction de la porte derrière laquelle Julie Tiersen avait disparu.

— Si je comprends bien, vous voulez dire qu'il faisait tache au sein d'une boîte telle que celle-ci. C'est cela ?

— Le rendement, c'est ce qui tue l'humain, dans la société. Toujours plus, toujours plus vite. Partant de là, un salarié qui absorbe les erreurs ou les faiblesses des autres et leur permet de passer sous les radars de la hiérarchie est une épine dans le pied des actionnaires. Tôt ou tard, il doit être débusqué et dégagé, comme un caillou dans un engrenage. C'est pour ça qu'ils ont embauché cette… cette…

On toqua et Monique Roux se tut. Marianne fit entrer l'assistante, qui déposa l'eau et les gobelets sur la table, puis referma soigneusement la porte après son départ. Elle servit deux verres, en offrit un à son interlocutrice et lui demanda doucement :

— Valérie Freysse. C'est d'elle qu'il s'agit, n'est-ce pas ?

Monique Roux acquiesça en retenant l'injure qui se cognait contre ses dents.

— C'est à cause de moi que Rémi est mort, confia-t-elle soudain.

— À cause de vous ? s'étonna la policière. Pourquoi affirmez-vous cela ?

L'interrogée se tordit les doigts, le front baissé.

— Je suis boulimique. Je prenais un traitement de cheval depuis des semaines et, ce jour-là, je n'en pouvais plus. J'ai téléphoné à Rémi. Je me suis plainte, comme souvent. Et j'ai menti. J'ai prétendu que je n'arrivais pas à me lever. Il m'a alors suggéré de rester à la maison, de prendre soin de moi, il m'a promis qu'il allait s'occuper de mon travail. Ce que j'ignorais, c'était qu'il avait déjà badgé pour moi, afin qu'on ne remarque pas mon retard et que je n'aie pas d'ennuis. En temps normal, personne ne se serait aperçu de quoi que ce soit. Seulement, cette salope a inspecté les fiches de pointage et a vu que quelque chose ne collait pas. C'est à cause de ça qu'elle lui est tombée dessus et ne l'a plus lâché. Deux mois après, il s'est jeté sous un train en rentrant d'ici. Il ne pouvait plus supporter cette pression permanente sur les épaules.

La tête de Monique, trop lourde de remords, chuta dans ses paumes et elle se mit à pleurer à chaudes larmes. Marianne posa une main délicate sur son poignet.

— Cette femme est morte assassinée. Vous le saviez avant d'entrer dans cette pièce, j'imagine ?

Monique acquiesça rageusement au milieu de ses sanglots.

— Elle n'a eu que ce qu'elle méritait. Mais ça ne nous ramènera pas Rémi…

— Madame Roux, pour mon rapport, je dois vous demander où vous étiez le 5 novembre dernier. Vous comprenez l'implication de cette question, je suppose ?

— J'étais en cure de thalasso à Noirmoutier, répondit sans hésiter la technicienne.

Marianne raya a priori la salariée de la liste des suspects potentiels. Son alibi serait facile à vérifier.

— Encore une chose, s'il vous plaît. Puisque vous connaissiez bien Rémi Blanchard, seriez-vous capable de m'indiquer s'il avait un lien quelconque avec l'Yonne ou le Morvan ?

— Je ne crois pas, mais je ne peux pas être formelle. Nous n'étions pas intimes…

Trois heures plus tard, après avoir interrogé tous les employés et enregistré une série d'entretiens qui ne conduisaient qu'à des impasses, la policière regagna son véhicule avec le sentiment désagréable d'avoir fait chou blanc. Une certitude, cependant : qui que fût l'assassin de la Cure, il n'était visiblement pas le seul à éprouver de la haine envers « la salope ».

30

Le téléphone de Montboissier vibra dans sa poche. Il se détourna des hommes en blanc qui ratissaient les environs du moulin de Gingon et qu'il était sur le point de rejoindre.

— Commandant, on a retrouvé l'endroit où le sanglier a été récupéré !

C'était la voix du sous-lieutenant Guillon, excité comme une puce.

— Vous en êtes sûrs ?

— Affirmatif. C'est sur la D453, à mi-chemin entre le croisement avec la D958 et la ferme de la Cure. L'animal a voulu se réfugier dans les bois, mais il n'en a sans doute pas eu la force. La zone est encore pleine de vermine. Un petit morceau de la bête est resté dans l'herbe, alors les bestioles sont toujours en train de…

— Très bien, j'ai compris. Merci, Sylvain. Quel morceau, exactement ?

— Une patte avant. Elle a dû être arrachée par le coup de fusil. Elle ne tenait sûrement plus que par un mince filet de peau quand il s'est écroulé. C'est rustique et très coriace, ces bestiaux-là. Il devait être salement touché pour ne pas être capable d'aller plus loin.

— Des empreintes ?

— Non, aucune. L'animal était tombé dans le fossé, juste en contrebas de la route, sur un tas de cailloux. Celui qui l'a ramassé n'a rien relevé dans les labours.

— Pas de traces de freinage sur la chaussée ? Des marques de pneus dans la terre emportée par les roues des tracteurs ?

— Rien.

— Bien, merci. Sécurisez la zone, je vous envoie la Scientifique dès qu'ils ont terminé ici. Ils vont quand même effectuer des prélèvements sur la patte et sur la végétation. On ne sait jamais.

Montboissier raccrocha et se dirigea vers le lieutenant Petrosky pour lui annoncer qu'il y avait une autre scène à inspecter. Celui-ci ôta sa charlotte et ses gants, et s'essuya le front du revers de la main.

— On ne se quitte plus, on dirait, commandant !

— Du nouveau ? rétorqua l'officier. J'avoue que je ne m'attendais pas à vous voir là. Ce n'est pas votre rayon, en principe : il n'y a pas de cadavre, ici…

— Non, mais c'est la même affaire, et le bon sens veut qu'il y ait une continuité dans la recherche des indices afférents, qu'ils soient biologiques ou non. D'où ma présence. D'ailleurs, j'ai peut-être quelques précisions à vous fournir.

— Vous avez trouvé quelque chose ?

Petrosky fit la moue.

— Pour être honnête, c'est encore difficile de se prononcer avec exactitude, mais, en dehors des empreintes de bottes de la marque Aigle taille 43 imprimées dans le sol, il semblerait qu'un de nos gars ait identifié une trace de sang sur l'une des ronces, près de l'endroit où le bateau a été mis à l'eau.

— Vous voulez dire que ce type nous a offert son ADN sur un plateau ? s'étonna l'officier.

— Je ne peux pas être formel pour le moment. Seule la comparaison avec celui de Valérie Freysse nous permettra, dans un premier temps, d'affirmer qu'il ne s'agit pas du sien. Ce qui me paraît plus que probable.

— Pourquoi ?

— Parce que son corps était recouvert de vers et que je vois mal le tueur laisser un bras ou une jambe du cadavre émerger de la bâche qu'il a dû utiliser pour le déplacer. De plus, un mort ne saigne pas. Du moins, pas une fois que les lividités sont fixées, quelques heures après le décès, ce qui était le cas quand nous sommes arrivés dimanche sur la scène de crime.

— C'est donc celui de notre salopard, non ? s'emporta l'officier.

— Ou d'un pêcheur. Ou de deux amoureux amateurs de sensations fortes qui sont venus jouer à touche-pipi. Ça peut être aussi celui d'un chevreuil, d'une chauve-souris, d'un chasseur, ou encore d'un randonneur qui a voulu ramasser des champignons au bord de l'eau. Pour l'instant, tout ce qu'on sait c'est qu'on a une trace brune sur une ronce.

Gontran retint un juron et, d'un coup de pied, envoya valser une pierre dans la Cure.

— Mais ça pourrait être aussi celui de l'assassin, en effet, poursuivit Petrosky. Dès que je rentre à Pontoise, je transmets le prélèvement au labo, qui fera mouliner l'ADN dans le FNAEG[1]. On verra bien ce qu'il en sort. D'ici là…

— D'ici là, il vous reste à analyser l'emplacement où mes gars ont retrouvé cette patte de sanglier pourrie. L'un d'eux m'a indiqué qu'il y avait encore pas mal de larves à prélever dans le secteur.

— Y a pas à dire, on se marre bien chez vous, commandant, fit Petrosky en continuant à se débarrasser de ses habits salis par la boue de la rivière.

Montboissier adressa un sourire sans joie à l'équipe des scientifiques.

1. Fichier national automatisé des empreintes génétiques.

— Je vous invite tous à déjeuner à l'auberge de Pierre-Perthuis dès que vous terminerez. Vous l'avez bien mérité. La cuisine d'Antoine est un vrai régal, vous verrez. Rien que pour ça, vous allez adorer revenir dans le coin la prochaine fois, je vous le promets.

— Merci, avec plaisir ! répondit le lieutenant Petrosky en se pourléchant les lèvres. Ça me donne faim, moi, toutes ces petites bestioles qui gigotent dans des sachets en plastique. Pas vous ?

31

Marianne poussa la porte de la société Richeval après avoir mentionné son nom et son grade face à l'œilleton du visiophone. Une jeune femme en talons se précipita à sa rencontre, sourire de façade et parfum capiteux en bandoulière. Ses faux cils battaient une mesure convenue, mais qui devait être plus efficace avec les messieurs.

— En quoi puis-je vous aider ?

— Je désire voir l'un ou l'une de vos responsables. C'est urgent, merci.

L'hôtesse ne se le fit pas dire deux fois et disparut derrière le comptoir sobre où trônaient un énorme écran de contrôle et un téléphone sans fil. Elle décrocha ce dernier et parla à mi-voix tout en jetant des coups d'œil furtifs à la visiteuse. Enfin, elle revint vers elle, le sourire moins assuré que précédemment.

— Mme Dubreuil est en réunion, mais elle va vous recevoir. Puis-je vous demander votre carte d'identité pour établir votre badge ?

— Ma carte d'identité ? répéta Marianne, stupéfaite. C'est une blague ?

L'employée piqua un fard, embarrassée.

— Pardon, mais c'est la règle pour tous ceux qui entrent ici. Le service de la sûreté est intransigeant là-dessus…

La policière soupira. On ne la lui avait encore jamais faite, celle-là. Elle s'apprêtait à piocher le document dans son portefeuille lorsqu'un ascenseur s'ouvrit dans le hall sur une femme quinquagénaire qui adressa un signe autoritaire à l'hôtesse, mettant fin à l'échange.

— Capitaine Ferrand ?

Elle hocha la tête.

— Laurie Dubreuil, DRH du groupe, bienvenue chez Richeval. Que puis-je pour vous ?

La capitaine embrassa du regard le hall exempt de sièges dans lequel il était impossible de parler sans que le son se propage dans toutes les directions.

— Dans un premier temps, merci de trouver un bureau où je pourrai vous poser quelques questions, si vous voulez bien.

Face à la rudesse de son ton, Laurie Dubreuil se ferma comme une huître.

— Bien. Suivez-moi.

Marianne lui emboîta le pas sans un mot. Au troisième étage du bâtiment, la directrice la guida jusqu'à une salle de réunion vide et rabattit la porte derrière elle, avant de s'asseoir du bout des fesses sur un fauteuil d'acier au design épuré. La policière prit le temps de détailler la femme qui la toisait, et lâcha :

— Je suis ici à propos de Valérie Freysse.

— Je me doute, oui. J'ai appris ce qui lui était arrivé.

— Je suppose que cela ne vous attriste pas plus que ça. Je me trompe ?

Mme Dubreuil se renfonça dans son siège. Elle croisa les jambes avec affectation, puis joignit les doigts sur ses genoux. Alors, elle sourit avec un cynisme pleinement assumé.

— C'est exact. Elle ne nous a pas laissé un souvenir… impérissable, puisque vous me demandez mon avis.

— Voulez-vous dire qu'elle n'a pas effectué le travail pour lequel elle avait été embauchée ?

— Bien au contraire.

— Vous l'avez cependant licenciée...

La DRH leva un regard ennuyé vers la fenêtre qui donnait sur la rue Saint-Honoré.

— Moi, non. J'étais sa première assistante à l'époque, et j'ai été nommée à sa suite quand elle nous a quittés. Mme Freysse avait d'autres projets. La Maison n'a opposé aucune objection à son départ. Mais je présume que vous saviez cela avant de venir, n'est-ce pas ?

Marianne sentit que la conversation lui échappait. Laurie Dubreuil était le genre de femme dominatrice difficile à déstabiliser.

— Madame Dubreuil, deux démissions successives de grosses sociétés dans lesquelles cette femme touchait un salaire plus que confortable, ça commence à faire beaucoup. J'ai besoin que vous m'expliquiez ce qu'il s'est réellement passé. J'ai vu et lu un certain nombre d'entretiens qu'elle a accordés à la presse. Les articles prétendaient qu'elle avait été renvoyée de chez vous, ce qu'elle niait.

— Les journalistes pour qui la réalité rejoint la fiction doivent vendre du papier, alors ils inventent leurs propres arguties quand la réalité n'est pas assez raccoleuse. Si Valérie Freysse a affirmé être partie de son plein gré, pourquoi mettez-vous en doute sa parole ?

— Parce que c'est contraire à la logique, et que cette affaire ressemble à un gros tas de purin que quelques-uns, comme vous, essaient d'enterrer. Mais une fosse septique, ça a la vie dure, madame Dubreuil. Ça ne disparaît pas en claquant des doigts. Et quand on finit par marcher dedans, on s'éclabousse, c'est fatal.

La directrice consulta sa montre et se leva, pincée.

— Désolée, je ne peux m'absenter davantage de ma réunion. Je vous envoie l'une de mes adjointes aux ressources humaines. C'est elle qui s'est occupée de recruter cette femme, et ensuite de gérer son départ quand elle a voulu nous quitter. En ce qui me concerne, je ne peux rien vous apprendre de plus, je regrette. Bonne journée, capitaine Ferrand. Ravie de vous avoir rencontrée.

32

Alice se redressa, les mains sur les reins. La table basse du salon était recouverte de papiers jaunis et d'albums photo qu'elle parcourait depuis des heures avec Justine, en vain.

— Purée, j'en peux plus. T'aurais pas un peu d'eau ?

— J'ai tout ce que tu veux. Du Coca, du jus d'orange, du Schweppes, mais aussi du whisky, de la vodka ou du shit. T'as qu'à demander.

La jeune femme secoua la tête.

— Merci, mais de l'eau, ça me suffira.

Son hôte alla chercher une bouteille d'Évian fraîche et deux verres. En passant, elle attrapa également une barrette enveloppée dans de l'aluminium ainsi qu'un paquet de feuilles à rouler. Alors qu'elle se préparait un joint, Alice, qui n'avait jamais touché à aucune drogue, l'observait avec circonspection.

Quand l'orpheline alluma le pétard et souffla un long nuage de fumée vers le plafond, l'étudiante discerna sur son visage extatique l'expression qu'elle contemplait si souvent sur celui de ses camarades de cours. Justine prendrait rapidement congé du réel et Alice ne comprenait pas cette volonté de fuir.

— On s'y remet ? tenta-t-elle.

— Vas-y, toi. Moi, j'en ai marre. Ça me soûle, tous ces vieux trucs. En plus, il y a rien, là-dedans.

Alice était déçue. Comment la fille de Valérie Freysse pouvait-elle renoncer aussi vite ? Elles avaient trouvé douze cartons remplis de photos dans une armoire. Il en restait huit à vider et à examiner. À elles deux, vu le temps qu'elles avaient consacré aux premiers, elles en avaient encore pour des heures. Si elle devait s'y coller toute seule, elle ne terminerait pas avant la fin de l'après-midi. Pourtant, elle n'allait visiblement pas avoir le choix...

En face d'elle, Justine appuya sa nuque contre le canapé et se mit à chantonner un air du bout des lèvres après avoir tiré une taffe sur son joint. La fumée sortait cette fois en un mince filet qui suivait les paroles indistinctes de la chanson. Alice ne reconnaissait pas le morceau. Peut-être s'agissait-il d'une mélodie qui avait relié la jeune fille à sa mère, quelque part dans le passé, avant que la fracture ne se produise. Avant qu'elles ne deviennent deux étrangères à jamais irréconciliables.

Elle ouvrit un nouveau carton et y piocha une pile de photographies. Valérie Freysse en avait pris des centaines, peut-être des milliers, tout au long de sa vie. D'abord en argentique, des clichés rangés pêle-mêle dans des pochettes. Puis en numérique, dès le début des années 2000. Des albums, cinq ou six par année, regroupaient ceux-ci. Mais la jeune femme supposa qu'il ne s'agissait là que de la partie émergée de l'iceberg. Il devait y en avoir une énorme quantité sauvegardée sur différents disques durs, voire en ligne sur un cloud quelconque.

Soudain, elle réalisa qu'il lui était rigoureusement impossible d'inspecter tout ça. C'était aux flics de mener ce travail à bien. D'ailleurs, ils s'en occupaient peut-être en ce moment même.

— Justine...

— Hmm...

— La police a-t-elle embarqué l'ordinateur de ta mère ?

— Ouais. Mais ça ne servira à rien : son PC était HS.

— Ils ont pris son téléphone, aussi ?

— Non. Elle l'avait sur elle H24.

— Tu as remarqué si un truc inhabituel s'était produit avant sa disparition ?

— Du genre ?

— Je ne sais pas... Un inconnu au comportement bizarre dans la rue ou devant l'immeuble, un coup de fil ou un mail qui aurait fait réagir ta mère ?

Justine tourna vers elle un œil brumeux.

— Eh, redescends. Tu te prends pour Sherlock Holmes, ou quoi ?

Amusée, elle pris une autre bouffée. Ensuite, contre toute attente, elle parut rassembler ses souvenirs.

— Elle a fait une longue recherche sur Internet, la veille, dit-elle enfin. En soi, ça n'a rien d'étonnant, c'était son quotidien. Seulement, ce jour-là, elle m'a pris mon ordi parce que le sien ramait et qu'elle galérait avec son iPhone. Elle venait de passer une heure enfermée dans sa piaule, et elle semblait super excitée. Après, j'ai entendu l'imprimante cracher des pages dans son bureau.

— Tu as effacé l'historique ?

— Non, mais ma mère ne laissait jamais rien traîner derrière elle. Elle a dû s'en charger.

— On vérifie quand même ?

Justine soupira, mais exhuma de sous la table basse un ordinateur portable. Elle releva le capot, composa un code, cliqua sur le navigateur et remonta la liste des pages consultées depuis le 3 novembre.

— Tiens, tu vois ? Elle a tout viré.

— Si elle a imprimé des fichiers, ils sont peut-être encore dans le dossier « Téléchargements », non ?

Justine aspira une longue latte de son joint et souffla avec langueur la fumée vers le plafond.

— Non, poubelle.

L'odeur du shit, épaisse et âcre, saisit l'étudiante à la gorge. Elle détourna la tête et reluqua l'icône de la corbeille.

— Et si elle avait oublié de les supprimer ensuite ?

La jeune fille, les paupières fermées, ne répondit pas. Le regard d'Alice revint se poser sur l'écran. Elle avança une main hésitante et se lança.

Parmi tous les éléments, elle repéra ceux qui dataient du 4 novembre et les restaura sur le bureau du Mac. Elle les ouvrit. Vit qu'il ne s'agissait que des comptes rendus de l'état financier d'une société dont le nom ne lui évoquait rien. Par acquit de conscience, elle se connecta à sa propre boîte mail et se les envoya. Puis, afin que Justine ne s'aperçoive pas qu'elle avait fouiné dans ses affaires, elle effaça l'historique et remis les documents dans la corbeille.

Dans la foulée, elle rangea l'ordinateur sur le plateau inférieur de la table basse. Puis, avec un soupir de découragement, elle extirpa une pochette de photographies d'un énième carton des archives de Valérie Freysse.

Celui-ci était griffé « 1986 ».

33

— Toi qui battais la campagne à sa recherche, j'ai appris par Montboissier que les gendarmes avaient retrouvé l'endroit où ton sanglier a fini par crever, dit Jacques au premier adjoint.

Le bar, peu fréquenté à cette heure-là, était aussi silencieux qu'un sépulcre. Seul le bruit du pied de son verre, qu'il faisait glisser en ronds concentriques sur le zinc, résonnait. Philippe Millot se tourna vers lui et haussa ses sourcils broussailleux.

— Ah ? Et où ça ?

— Dans un fossé, pas très loin de la ferme de la Cure.

— Et personne ne l'a aperçu plus tôt ? s'étonna l'élu.

— Les herbes sont encore hautes et la bête n'était pas très grosse. Peut-être une jeune femelle. Mais ce n'est pas ça, le plus bizarre.

— Raconte, tu m'intrigues...

— Eh bien, j'avais jamais entendu parler d'un sanglier mort qui se fait la malle.

Philippe Millot partit d'un rire franc qui secoua sa bedaine.

— Ça serait pas le premier gibier qu'un petit malin opportuniste aurait fourré dans son congélateur !

— Farci d'asticots, ça me surprendrait beaucoup. À moins que le mec crève méchamment la dalle, évidemment. Apparamment, il restait une patte bien dégradée dans l'herbe.

— Ton voleur est sûrement tombé sur la carcasse quand elle était encore fraîche, tu ne crois pas ?

— Non. Gontran paraissait formel : l'animal avait commencé à se décomposer quand il a été embarqué.

Philippe Millot cessa soudain de ricaner.

— Tu es en train de me dire qu'un type a embarqué une charogne dans sa voiture ?

— C'est ça.

— C'est complètement dingue !

— S'il avait l'intention de la manger, c'est clair. Mais ce n'est pas l'hypothèse des enquêteurs.

Le premier adjoint au maire de Pierre-Perthuis saisit sa grenadine et siffla la moitié d'un trait, attendant la suite.

— En fait, ce n'était pas vraiment la viande que ce type voulait récupérer, reprit Jacques. Mais les vers qui grouillaient dessus. Et les mouches qui continuaient à y pondre.

L'élu, blême, le considéra avec effarement.

— Pardon ?

— Tu as bien compris. Un élevage de vermine. Voilà ce qu'il voulait se constituer. Une réserve.

— Alors c'est pour ça que…

— Oui, c'est pour ça que ma fille a trouvé cette femme dans cet état.

Philippe Millot semblait aussi déboussolé qu'écœuré. Après quelques secondes, il descendit du haut tabouret de bar.

— Je crois que je vais rentrer. Ça me donne la gerbe, tout ça. Antoine, tu mets les consos sur mon compte, d'accord ?

Le patron, qui lisait le journal à une table près de la fenêtre, acquiesça sans lever le nez. Jacques termina sa bière et rejoignit l'adjoint qui s'était arrêté au milieu de la rue pour inspirer un grand bol d'air frais, comme pour éliminer les miasmes que la conversation lui avait laissés au fond des poumons.

— Philippe… ce crime, c'est l'expression d'une vengeance absolue. Ça vient de loin. De très loin, même. Les gendarmes focalisent leur enquête sur la victime, et c'est bien normal. Mais cette histoire a un rapport très étroit avec notre village. L'assassin n'a pas choisi ce lieu au hasard, j'en suis à peu près sûr. Et c'est pour ça que j'ai besoin de toi…

Millot tourna un visage tourmenté vers le père d'Alice.

— Qu'est-ce que tu es en train de me demander, là ?

Jacques soupira.

— Tu as toujours vécu ici. Tu as forcément entendu parler de quelque chose qui pourrait se révéler utile dans cette affaire.

L'élu fronça de nouveau les sourcils.

— Les gendarmes m'ont déjà interrogé. Aucun Freysse n'a jamais habité à Pierre-Perthuis.

— C'est pourtant précisément chez nous que le tueur a largué son cadavre, et tu ne m'ôteras pas de l'idée qu'il avait une putain de raison de faire ça.

L'adjoint sortit sa pipe de sa veste en velours côtelé et la bourra méticuleusement. Il en alluma le fourneau, tira une longue bouffée et jeta un regard accablé vers son camarade.

— Les gens n'aiment pas qu'on fouille dans les égouts du passé. Le virus de la haine y est toujours endormi quelque part, prêt à sauter à la gorge de ceux qui le dérangent. Il suffit d'un souffle d'air pour le réveiller, et je n'ai pas envie d'en être la cause. Tu devrais laisser les bleus faire leur boulot, Jacques.

Pernelle l'observa alors qu'il s'éloignait en secouant la tête comme un vieillard, le dos courbé, crachant des ronds de fumée dans le ciel immobile.

34

Gontran décrocha à la seconde sonnerie.

— Commandant ? Capitaine Ferrand. J'ai du nouveau...

— Nous aussi, mais je vous écoute d'abord.

— Quand je suis allée hier annoncer la mauvaise nouvelle à la fille de Freysse, j'ai récupéré l'ordinateur de notre victime. Depuis, la Scientifique a découvert que sa carte réseau était fichue. Rien à creuser de ce côté-là. En revanche, les interrogatoires chez Canal 13 ont révélé un lien avec la scène de crime. À la suite des licenciements qu'elle a causés au sein du personnel de la chaîne, l'une des salariées s'est pendue avec une corde à linge, un deuxième a avalé le contenu d'une bouteille d'acide chlorhydrique, et un troisième s'est jeté sous un train.

— Je vois. Et chez Richeval ?

— Silence sur toute la ligne. Les RH ne m'ont rien lâché. Je sens que ça va être plus compliqué de savoir ce qu'il s'est passé chez eux. En tout cas, aucun suicide à déplorer, a priori.

— Des proches des personnes décédées chez Canal 13 auraient pu s'en prendre à elle, selon vous ?

— C'est possible, mais je n'y crois pas trop. Constance Lacassade n'avait aucune autre famille que son fils, auquel elle a donné la mort avant de se suicider. Martial Poncet était divorcé, et il ne voyait plus ni son ex-épouse ni ses enfants. Quant à Rémi Blanchard, il était célibataire et ne sortait jamais. Pas de centre d'intérêt notable connu en dehors de son activité professionnelle, qui représentait tout pour lui.

— Il faut donc chercher ailleurs. Peut-être un vengeur collectif ? Quel est votre sentiment sur Freysse, après avoir échangé avec ceux qui l'ont connue ?

— Au travail, on la voyait comme un parangon d'indifférence, voire de cruauté. Elle s'est chargée d'une centaine de licenciements dans plusieurs boîtes sans se soucier le moins du monde de savoir si ces gens étaient en souffrance. Et…

Marianne se tut. Les entretiens menés auprès des collègues de Constance Lacassade, Martial Poncet et Rémi Blanchard avaient été plus éprouvants qu'elle ne l'avait cru. Montboissier attendit d'abord patiemment qu'elle finisse son exposé. Mais, comme elle gardait le silence, il l'aida :

— Et ?

— Peu importe, vous avez compris l'idée. En tout cas, de ce que j'ai appris jusque-là, aucun des trois employés, qui ont mis fin à leurs jours à cause d'elle, n'a quoi que ce soit à voir avec l'Yonne ni avec le Morvan.

— Bien, dit l'officier. Envisagez-vous de venir ici, là où les faits se sont produits ?

— Oui, mais pas tout de suite. Le 5 novembre, le téléphone de la victime a borné dans le XIVe aux alentours de midi et une dernière fois au niveau du bois de Boulogne en début d'après-midi. Ensuite, c'est le néant. Il faut absolument que je reconstitue ses déplacements, ça peut être déterminant. Pour le moment, nous savons que sa voiture est restée dans son box, et nous avons lancé une requête auprès de la RATP qui n'a rien donné. La durée légale de conservation de leurs images est d'un mois maximum, mais, en l'absence de procédure judiciaire, les fichiers des caméras de surveillance sont le plus souvent effacés plus tôt. Impossible, donc, de la tracer avec ça. Ni avec un passe Navigo puisque, selon sa fille, elle n'utilisait que des tickets à l'unité quand elle en avait besoin. Sans compter qu'elle aurait aussi pu prendre un taxi…

— Je vois. Vous croyez qu'elle s'est rendue à un déjeuner ?

— C'est probable. Qu'y a-t-il de plus efficace qu'un lieu public pour aborder une proie sans éveiller en elle le moindre soupçon ?

— Elle connaissait son ravisseur, à votre avis ?

— Aucune idée, mais ce n'est pas exclu, répliqua la policière. En tout cas, il y avait un autre risque avec cette rencontre. Celui qu'elle soit reconnue par une tierce personne.

— Si le tueur l'avait bien ciblée, il n'a pas dû choisir un restaurant haut de gamme où elle aurait pu avoir ses habitudes et croiser un de ses semblables. Je dirais qu'il a jeté son dévolu sur un établissement suffisamment bon pour que l'instant soit agréable, mais sans chichis.

— Très bien. Je vais axer mes recherches là-dessus. Et vous, qu'avez-vous trouvé ?

— L'endroit où notre sanglier a été récupéré est situé juste au bord d'une route de campagne. Pas d'empreintes de pas là-bas, mais on en a relevé au moulin de Gingon, en amont de la Roche percée, là où l'on suppose que le bateau a été mis à l'eau avec le cadavre. Du 43, des bottes de la marque Aigle en caoutchouc. Il y en avait à profusion. En revanche, nos techniciens n'ont pas décelé de trace ADN en dehors d'une goutte de sang sur une ronce. C'est un peu comme si ce type nous indiquait clairement qu'il se moquait de nous. Ah, d'ailleurs, nous sommes désormais presque sûrs qu'il a opté pour une embarcation gonflable.

— Ça alors… souffla la capitaine.

— Oui, bien plus discret à trimbaler qu'une en dur. Il avait bien manigancé son coup, ce salopard.

— En effet. Bon, je vous rappelle dès que j'avance au sujet du restaurant.

— Parfait ! Ah, Marianne…

— Oui ?

— Je pense que vous devriez vous focaliser sur ceux qui sont proches du périphérique. Du XIVe, le bois de Boulogne est plus simple d'accès en passant par la porte d'Orléans. Peut-être pourriez-vous consulter les bandes des caméras de la ville de ce côté-là ?

— Nous sommes déjà en train de les vérifier. Espérons que la mairie de Paris conserve plus longtemps ces données que la RATP…

35

Au commencement, il y a eu les larmes. Elle venait de reconnaître le visage, le même sur toutes les photos que j'avais accrochées aux murs pendant qu'elle était évanouie. Plus tard, ça a été les supplications, quand je lui ai révélé mon nom. Et, enfin, les hurlements.

Je n'oublierai jamais son regard empli d'horreur quand elle a découvert le cadavre en décomposition que j'avais descendu dans la cave avec la brouette. Ça devait être un peu moins de deux semaines après son arrivée. Le climat ensoleillé de ce mois de novembre avait fait remonter la température au-dessus de dix degrés, si bien que les mouches brutalement réveillées de leur léthargie s'en donnaient à cœur joie sur la carcasse du jeune sanglier que j'avais aperçue dans un fossé en rentrant d'Avallon. J'avais dû me rendre en ville pour acheter des outils et des matériaux en prévision des travaux programmés au sous-sol. La prudence la plus élémentaire voulait que j'élimine toute trace du séjour de Freysse chez moi dès que j'en aurais terminé avec elle.

C'est devant cette vermine grouillante sur le groin de l'animal mort que j'ai eu l'*idée*. L'ensemble dégageait des effluves ignobles, insoutenables. Fort heureusement, je conduisais ce jour-là le pick-up de mon père. J'ignore combien elle pesait exactement – je ne suis pas un de ces chasseurs qu'on croise partout dans la région –, mais ce n'était pas une grosse bête. Pas plus de quarante kilos, à la louche. Sinon, j'aurais eu du mal à la soulever pour la charger sur la plate-forme.

Lorsqu'elle a senti l'odeur de putréfaction, elle a eu un mouvement de recul instinctif pour y échapper, mais les menottes l'en ont empêchée. Moi, j'avais pris la précaution de porter un masque de peintre. J'avais même déposé quelques gouttes d'essence de menthe dans la cartouche afin de ne pas tourner de l'œil, mais j'avais sous-estimé la puanteur de ce truc. C'était à s'écrouler par terre. À tel point que je me suis demandé si je parviendrais un jour à débarrasser la maison de cette infection. Puis j'ai vite repoussé cette pensée parasite. Je devais mener autre chose de bien plus important à son terme.

J'ai basculé la brouette, et l'immondice s'est renversé sur elle. Si elle avait conservé un mince espoir de survivre à sa séquestration, malgré tout ce qu'elle avait déjà enduré, elle a compris à cet instant qu'elle ne sortirait jamais vivante de cette cave. Là, elle est devenue complètement hystérique. Elle s'est débattue si fort qu'un os de ses poignets s'est brisé. Les asticots, dérangés par le transport de l'animal, sont tombés en masse de la carcasse. Ils ont commencé à ramper et, sans tarder, ont trouvé sa peau blême.

Le masque serré à bloc sur mon visage, j'ai enfilé des gants à vaisselle en caoutchouc. J'ai alors trempé un pinceau dans l'humeur poisseuse qui s'écoulait de la charogne. Une fois qu'il en a été bien imprégné, j'ai badigeonné le corps de Valérie Freysse de la pointe des orteils jusqu'à celle de ses cheveux, après lui avoir de nouveau enfoncé un morceau de tissu dans la bouche pour juguler ses cris de terreur. Là, j'ai repeint sa vulve, son anus, ses oreilles et ses yeux.

Ensuite, j'ai ramassé des poignées entières de vers bien vivaces pour les semer un peu partout sur elle en une belle couche uniforme. Et puisqu'elle avait les jambes écartées par les chaînes reliées aux pitons scellés dans les murs, j'avoue avoir cédé à la tentation d'en introduire également, et en grand nombre, dans les recoins les moins accessibles de son anatomie. J'ai juste laissé ses narines et sa bouche intactes quand j'ai dénoué son bâillon afin qu'elle parvienne à respirer et à hurler à son aise. Je ne voulais pas qu'elle meure tout de suite. Je désirais qu'elle en profite. Et moi aussi, par la même occasion.

Lorsque j'ai eu terminé, j'ai posé mes fesses sur la première marche de l'escalier de la cave et l'ai regardée perdre les ultimes étincelles de raison qu'il lui restait. Les poignets en sang, elle a finalement renoncé à essayer de se libérer. Elle avait compris que c'était inutile. Sa poitrine se soulevait désormais par à-coups comme si elle allait succomber à une attaque, mais je savais qu'il n'en serait rien. Valérie Freysse était une femme de tête, une lutteuse, qui avait toujours eu le dessus. Une criminelle qui avait tenu des vies dans sa main et les avait broyées, sans aucune pitié. Elle résisterait très, très longtemps. Et mon plaisir n'en serait que plus complet.

La semaine qui a suivi, j'ai vérifié son état trois fois par jour pour nettoyer son nez et sa bouche. Les asticots, ces petits opportunistes, avaient bien senti qu'il y avait aussi à manger de ce côté-là. Seulement, c'était trop tôt. Ma haine n'était pas assouvie. J'avais encore faim de l'écouter gémir et de la contempler, allongée dans ses excréments et dans cette fange qui suintait chaque heure un peu plus du sanglier décomposé.

Un matin, j'ai remarqué que la vermine avait commencé à la ronger de l'intérieur. À l'exception de ses narines et de sa bouche, que j'avais protégées de l'invasion, ses orifices naturels grouillaient d'œufs et de jeunes larves translucides. Je savais que je ne pourrais plus la maintenir vivante dans cet état. L'heure de l'étape finale était venue.

J'ai alors repris mon pinceau et lui ai enduit le nez, les lèvres et la langue de liquide putride avant de lui recouvrir la tête de vers. Quand elle a voulu les cracher, je lui ai collé le manche de l'outil en travers des dents et l'ai scotché pour qu'elle ne soit pas en mesure de l'éjecter. Rien ne pouvait plus les empêcher de se frayer un chemin jusqu'à son estomac et à ses poumons.

Le lendemain, elle ne réagissait presque plus. Les diptères composaient une carapace noirâtre et mouvante autour de son corps. Un sarcophage vrombissant qui ne cessait de croître, minute après minute. Ma proie s'éteignait, désormais hors de mon contrôle.

C'est là que j'ai pris la décision de la réveiller. À l'acide chlorhydrique. Pour lui rappeler l'homme qui en avait ingurgité une bouteille entière par sa faute.

Et pour en finir, une bonne fois pour toutes.

36

Alice se figea, incrédule. Elle lorgna vers Justine, vit que celle-ci s'était endormie, assommée par la drogue. Dans sa main, une photo montrait une jeune fille sur un pont. Celle-ci ne devait pas avoir plus de dix-sept ans. Ses traits étaient déjà durs, marqués par le caractère intraitable de la femme de pouvoir en puissance. L'étudiante retourna le cliché. Au verso, le prénom « Valérie », écrit en cursive, lui confirma qu'elle ne se trompait pas.

Ne résistant pas à la tentation, elle glissa sa trouvaille dans la poche de sa veste et fouilla le carton jusqu'au fond, mais ne dénicha pas d'autres souvenirs qui mettaient la mère de Justine en scène au même endroit. Elle inspecta également en vain tous les négatifs. À l'évidence, Valérie Freysse avait effacé toute trace de cette période de sa vie. Une seule image, collée par l'humidité à une autre deux fois plus grande, avait échappé à sa vigilance. Le format, improbable, indiquait qu'elle avait été découpée, comme pour évincer une personne qui se serait tenue à ses côtés.

Alice, à présent, n'avait plus rien à faire ici. Elle ramassa son casque et son cuir, puis quitta l'appartement sans bruit et roula en direction de chez elle avec le sentiment d'avoir réalisé une découverte d'importance. Elle savait où cette photo avait été prise. Sur le pont de Ternos, en contrebas du viaduc de 1874, le fleuron historique de son village. Voilà qui contredisait les affirmations de Justine selon lesquelles sa mère n'avait jamais mis les pieds dans l'Yonne. Restait à savoir pour quelle raison elle s'y était rendue en 1986. Et, surtout, qui se trouvait derrière l'objectif.

Il y avait en effet forcément eu un témoin de la scène. Quelqu'un qui savait que Valérie était déjà venue là. La télévision répétait en boucle que les enquêteurs cherchaient une corrélation entre la morte de la Cure et le Morvan. Si cette personne possédait une information capitale pouvant orienter les investigations, elle se gardait bien de le dire.

Alice songea de nouveau à la flic qu'elle avait aperçue la veille. Elle coupa son moteur et ouvrit le navigateur de son mobile. La presse s'était faite l'écho de l'avancée des recherches, aussi bien dans l'Yonne qu'à la capitale. L'officière parisienne était mentionnée à plusieurs reprises par les journalistes qui suivaient l'affaire. Son visage apparaissait même dans deux articles. L'étudiante mémorisa ses traits, photographia le cliché qu'elle avait dérobé à Justine, et se mit en tête de rejoindre le quartier des Batignolles où était implanté le centre névralgique de la police judiciaire de Paris. Quelques minutes plus tard, elle gara sa moto au pied du gigantesque bâtiment.

Un peu intimidée, elle pénétra dans le hall et se présenta à l'accueil après avoir franchi le premier sas de sécurité. Une hôtesse, protégée par ce qui devait être une vitre pare-balle, lui adressa un sourire engageant en même temps qu'elle détaillait le cuir de sa visiteuse et le casque qu'elle tenait à la main.

— Bonjour, mademoiselle. Comment puis-je vous aider ?

— Je voudrais voir la capitaine Ferrand, s'il vous plaît.

— Vous avez rendez-vous ?

— Euh… non.

L'air avenant de la policière s'estompa légèrement.

— Dans ce cas, ça ne va pas être possible, je le crains.

— C'est important, madame, répliqua Alice en glissant des doigts nerveux dans ses cheveux.

La femme allait répondre plus vertement, mais quelque chose dans le regard de son interlocutrice l'en dissuada. Elle saisit son téléphone, composa un numéro et s'entretint à voix basse avec son interlocuteur. Alice l'entendit distinctement insister sur les mots « jeune personne » et « important », mais l'hôtesse raccrocha et lui renvoya un nouveau sourire désolé.

— Elle est sortie, je suis navrée. Voulez-vous me laisser vos coordonnées ? Je les lui transmettrai dès son retour.

L'étudiante s'exécuta et quitta le Bastion. Cette affaire, c'était une certitude à présent, puisait ses origines chez elle, à Pierre-Perthuis. Il fallait qu'elle retourne dans l'Yonne pour creuser. À la campagne, les gens optaient souvent pour le silence face aux képis. Mais en famille ou entre amis, les langues se déliaient plus facilement. Elle connaissait tout le monde au village. Ce serait bien le diable si elle ne parvenait pas à découvrir la vérité à travers les souvenirs des uns et des autres.

Les lampadaires s'allumèrent autour d'elle. Elle hésita. Partir dès ce soir ? L'idée la tenta, mais la fatigue de ses récentes insomnies pesait sur elle. Elle prendrait la route le lendemain matin, ce qui lui permettrait de prévenir sa mère de son arrivée. Celle-ci râlerait sûrement parce qu'elle séchait les cours, mais Alice était consciente qu'elle dissimulait ainsi son ravissement. Comme son père, elle avait tendance à taire ses sentiments. Et si la jeune fille avait toujours trouvé cela bizarre, elle savait qu'ils l'aimaient très fort tous les deux, et c'était le plus important.

Une heure plus tard, alors qu'elle était rentrée chez elle et essayait de réviser, son mobile sonna. De nouveau Romain. Elle attrapa l'appareil, le mit en mode avion et se replongea dans sa biochimie, les sourcils froncés. Ça devenait une habitude, mais, à moins de bloquer définitivement le garçon, c'était la seule façon d'avoir enfin la paix.

37

— Du nouveau ? s'enquit le commandant Lefebvre.

Marianne venait d'apparaître sur le seuil de son bureau.

— Aucun membre du personnel de Canal 13 ni de Richeval n'a de rapport avéré avec le Morvan. Rien d'évident non plus dans les premiers éléments glanés au sujet de la victime. Je crois qu'il faut remonter plus loin dans son passé.

— Jusqu'où ?

— Je l'ignore encore, je suis en train de décortiquer sa trajectoire. Un lien est peut-être dissimulé quelque part. Elle a eu une vie professionnelle mouvementée, ce qui me laisse à penser que ça a pu être la même chose en privé. D'ailleurs, sa fille m'a confié qu'elle avait fréquemment des aventures sans lendemain avec des hommes, mais qu'elle-même ne les avait jamais rencontrés. A priori, cette femme gardait jalousement son jardin secret.

— Elle n'a sûrement pas séduit ces types dans le cadre de son travail, vu l'activité qu'elle menait, commenta Lefebvre.

— C'est ce que je pense aussi. Le problème, c'est que son ex-mari est décédé en 2017. Donc rien à tirer de ce côté-là. Justine est née en 2004, il y a des pans entiers de la vie de sa mère dont elle n'a jamais eu connaissance. Valérie n'avait pas de profil Facebook, Twitter ou autre. Juste un compte sur LinkedIn. Et il ne nous a rien appris de plus.

— Si je résume, on est dans une impasse.

— Sur ce terrain-là, oui. En revanche, grâce au bornage du mobile qui nous a indiqué que…

La sonnerie du téléphone lui coupa la parole. Lefebvre décrocha, écouta, puis lui tendit le combiné.

— C'est pour vous. L'accueil. Vanessa leur a dit que vous étiez ici.

Marianne saisit l'appareil, surprise.

— Capitaine Ferrand. J'écoute.

— C'est la brigadière Lorraine Corbier. Pardon de vous déranger chez le commandant, mais c'est peut-être important.

— De quoi s'agit-il, Lorraine ?

— Quelqu'un est passé vous voir, vers dix-sept heures. Je vous ai appelée, mais la brigadière Fleuret m'a répondu que vous n'étiez pas sur site.

— Qui était ce visiteur ?

— Une jeune femme. Pas plus de vingt ans, je dirais. Très jolie, avec un cuir, un casque et…

— Son nom, Lorraine, s'il vous plaît.

Elle croisa le regard interrogatif de Lefebvre. Personne ne venait jamais la trouver personnellement au Bastion en dehors de ses collègues, du procureur ou d'un expert de la maison. Un cuir, un casque : ce n'était pas Justine Freysse.

— Elle m'a laissé ses coordonnées sur un papier, se hâta d'expliquer la brigadière Corbier pendant qu'elle fouillait, déstabilisée par l'impatience de la capitaine. Où l'ai-je mis, bon sang ?

À l'autre bout du fil, Marianne entendit des froissements de feuilles. Elle allait raccrocher et descendre au rez-de-chaussée quand un soupir de soulagement lui parvint.

— Ça y est, je l'ai. Elle s'appelle Alice Pernelle.

Inquiète du silence soudain de sa correspondante, Lorraine demanda d'une petite voix :

— Capitaine ? Vous êtes toujours là ?

— Elle n'a rien dit de plus ? se reprit l'officière.

— Non, elle avait l'air pressée. Elle voulait vous parler. Elle est repartie aussi vite. Vous voulez son numéro de téléphone ?

— Oui, je vais l'appeler. Merci, Lorraine.

Marianne nota les informations sur un Post-it qui traînait sur le bureau de Lefebvre et, la communication terminée, fit face à son chef de groupe.

— J'ai besoin de Lucas et de Vanessa, commandant.

— Je vous ai déjà dit que...

— Laissez-moi finir. Comme je vous l'expliquais, le bornage de son téléphone a montré que Freysse se trouvait dans le XIVe arrondissement le 5 novembre à midi. Le commandant Montboissier et moi pensons qu'elle y a peut-être déjeuné avant de disparaître. C'est sans doute capital pour la suite des événements. Et une chose est certaine : je ne peux pas interroger seule tous les restaurateurs d'une zone aussi étendue. Il me faut des renforts.

Lefebvre se tut quelques secondes, puis acquiesça finalement avec raideur.

— Deux jours. Pas un de plus. Et rapportez-moi quelque chose de concret.

Grisée par sa petite victoire, la policière fila et contacta illico Alice Pernelle, mais elle tomba sur son répondeur. Tant pis, elle réessaierait le lendemain. Il était de toute façon trop tard pour aller frapper à sa porte. Et, la jeune femme n'ayant pas précisé la raison de sa visite, elle estima qu'il ne devait pas y avoir d'urgence particulière.

La capitaine envoya dans la foulée un message à ses deux coéquipiers pour leur annoncer la décision de Lefebvre. S'ils étaient libres, ils pouvaient la rejoindre dès maintenant au bureau. Ils l'aideraient ainsi à dresser la liste de tous les établissements chics situés dans le rectangle matérialisé par Montparnasse, la porte d'Orléans, le parc Montsouris et l'hôpital Cochin. Il fallait qu'ils bouclent cette étape avant de commencer les recherches sur le terrain.

Dans la minute qui suivit, elle reçut deux textos empressés et sourit pour la première fois de la journée.

38

Montboissier trempa les lèvres avec délectation dans le verre de puligny-montrachet 2018 que son hôte, qui connaissait son goût pour le très bon vin, avait ouverte spécialement pour lui. Tandis que le gendarme se régalait du grand cru, Jacques contempla le loden gris qui couvrait le costume en tweed de son visiteur. Même en privé, le militaire affectionnait une mode à l'anglaise un peu désuète. Cette superposition de tissus coûteux, couplée au port d'une cravate et d'une chevalière en or jaune ornée d'un blason qui représentait les armoiries de sa famille, montrait clairement à quelle classe sociale l'officier appartenait. Un étalage dont Jacques ne faisait plus cas, mais qui l'avait agacé par le passé. Avec le temps, il avait appris à apprécier cet homme malgré sa propension à vouloir être systématiquement le plus beau coq de la basse-cour. On aime ses amis comme ils sont, ou bien ce ne sont pas nos amis.

— Quelle affaire, souffla-t-il après avoir resservi Gontran.

— Ça, c'est le moins qu'on puisse dire. Un tel événement ne s'est, je crois, jamais produit dans les alentours.

— Bon, maintenant, lâche le morceau : qu'est-ce qui t'amène ? Ce n'est pas une heure pour une visite officielle. Et, de toute manière, tu ne boirais pas si tu étais en service.

— Je voulais prendre des nouvelles de ta fille. Comment va-t-elle ?

— Comme on peut aller dans ce genre de situation. Mais ne me raconte pas d'histoires. Ça, tu pouvais me le demander au téléphone. Il y a autre chose.

Le commandant avala une nouvelle gorgée et croisa le regard de Jacques.

— Ta femme n'est pas là ?

— Non, elle est à son cours de yoga, ce que tu sais parfaitement puisqu'elle s'y trouve avec la tienne. Tu vas arrêter de tourner autour du pot, oui ou non ?

Montboissier fit lentement osciller le vin blanc dans son verre.

— À ton avis, où peut-on dégotter l'historique de ce qu'il s'est passé dans le village durant les dernières décennies ?

— C'est simple, répliqua Pernelle. La mairie et l'église. Mme le maire n'est là que depuis quelques années, mais le premier adjoint est né ici.

— Tu le connais bien, il me semble ?

— Bien sûr. Nous avons été membres du même conseil pendant un mandat.

— Et le curé ?

— Pas du tout. La religion, franchement, ce n'est pas ma tasse de thé. Les curés, moins je les croise, mieux je me porte. Y compris celui de Vézelay qui se trimbale avec son combi Volkswagen pour répandre la parole du Christ dans toutes les paroisses du coin. Corinne est une fidèle de ses homélies. Moi, ce frère Ancelin me sort par les yeux, avec son air de ne pas y toucher tout en voulant tout savoir.

— Il est arrivé quand ?

— Il a pris son poste peu après le décès du père Grégoire. On venait juste d'emménager. Ça devait être en 1991, si je me souviens bien.

— Je vois. Concernant le premier adjoint, recadra Montboissier, je l'ai interrogé le jour de la découverte du cadavre, quand il attendait avec toi près de la Roche percée. Mais je suis également revenu lui poser des questions une fois l'identité de cette femme établie. Il a été très net. D'après lui, aucune Valérie Freysse n'a jamais mis les pieds dans ton patelin. Je ne saurais pas te dire exactement pourquoi, mais je le trouve un peu trop… catégorique. Tout le monde peut se tromper, ou avoir un trou de mémoire. Là, il n'a pas hésité une seconde. Il semblait vouloir couper court à la discussion.

Jacques songea aussitôt au conseil de Millot. Laisser tomber, ne pas réveiller le passé, « le virus de la haine endormi ».

— À quoi penses-tu ? s'enquit Gontran, scrutateur.

— Philippe a beau être un élu, c'est un taiseux. Un type qui vit au milieu de ses livres et de ses chats. Il ne dira rien qui puisse nuire à quelqu'un qu'il connaît depuis des lustres. Tu n'en tireras rien, je le crains.

Le silence s'installa entre eux, rythmé par la comtoise du salon.

— Et sinon, tu as des pistes pour identifier le gars qui a ramassé le sanglier pourri dont tu m'as parlé ? finit par demander Pernelle.

— Non, aucune. Sauf qu'il fallait obligatoirement un utilitaire pour transporter cette saloperie. Dans l'état où elle était, il paraît inenvisageable que notre type l'ait collée dans le coffre d'une voiture. Mais tu sais comme moi combien il y a de véhicules de ce genre dans la région…

— Ouais, c'est pas gagné…

— Nous avons déjà établi une liste des propriétaires dans le département, mais également dans la Nièvre et la Côte-d'Or. On balaie tout à cinquante kilomètres à la ronde. Les équipes démarrent le porte-à-porte demain matin à l'aube même si, et je te rejoins, ça va être coton.

— D'autant que le tueur a eu tout le loisir de le nettoyer à fond, depuis, tu ne crois pas ?

— C'est peut-être un coup d'épée dans l'eau, oui, mais nous n'avons que ça à nous mettre sous la dent. Depuis que nous savons, grâce au légiste, pour quelle raison un type a récupéré cette carcasse, je ne cesse de me dire qu'il faut une sacrée dose de ressentiment pour fomenter un plan aussi épouvantable. Et la rage amène parfois les criminels à commettre des erreurs. Alors nous ne devons absolument rien négliger.

Jacques acquiesça, saisit la bouteille de montrachet et les resservit tous les deux.

— En tout cas, cette affaire pue la mort, mon cher Jacques, soupira l'officier. Elle sent le moisi. La poussière sous le tapis. La rancune tenace, inextinguible.

— Toi, tu as une idée derrière la tête…

— Oui. Je crois qu'il y a un deuxième outil dont le tueur s'est servi pour qu'on ne puisse jamais le retrouver.

Devant l'air interrogateur de son ami, l'officier laissa encore filer quelques secondes, et lâcha :

— Le temps.

39

La jeune femme vérifia la pile de linge qu'elle avait préparée pour emporter chez ses parents, et y ajouta un bloc-notes. Elle suivrait les cours à distance et répartirait les feuilles dans leurs différents classeurs à son retour. Cela lui épargnerait le poids de tout ce barda inutile dans le top-case de sa moto.

Sur une chaise, elle déposa les vêtements de route grâce auxquels elle échapperait à la fraîcheur matinale du lendemain et, éventuellement, à la pluie. Après quoi elle prit soin de graisser ses bottes qui avaient souffert de ses dernières sorties, piocha une épaisse paire de chaussettes en laine, un col en polaire, et un tee-shirt à manches longues en Damart afin de rester le plus possible au chaud pendant le trajet. Cette fois, elle respecterait les limitations de vitesse pour éviter de se faire arrêter bêtement par la police. La mésaventure de l'aller l'avait calmée.

Elle était sur le point de ranger son ordinateur portable dans sa housse quand elle songea au courriel qu'elle s'était envoyé plus tôt depuis celui de Justine. Elle n'avait pas encore pris le temps de l'ouvrir. Elle brancha l'appareil et, tandis que le PC s'allumait, s'en fut chercher un soda dans le réfrigérateur. Ensuite, elle téléchargea les fichiers que Valérie Freysse avait consultés.

Alice avait choisi la médecine pour plusieurs raisons, l'une des moins avouables étant sans doute le fait qu'elle ne pourrait jamais suivre les traces de sa mère dans une boîte de comptabilité. La simple idée de jongler avec des chiffres tout au long de la journée, de la semaine, de la vie, lui donnait des sueurs froides. Mais elle devait surtout sa vocation au décès prématuré de son grand-père, puis de sa grand-mère, fauchés tous les deux en 2020 par le Covid-19. Ses parents, devant la détermination de leur unique enfant, avaient cédé à sa volonté de s'inscrire à la fac. Ils lui avaient trouvé ce petit appartement grâce à une connaissance de Jacques.

En dépit de son aversion pour les tableaux Excel, Alice se plongea dans les données du bilan. Et elle avait beau ne pas être experte, il était évident que la société Lavergue se trouvait dans le rouge, et que ça ne datait pas d'hier. Malgré un apport de fonds conséquent, matérialisé par une ligne imprimée en gras sur l'avant-dernier relevé datant d'octobre, la chute avait continué, inexorable.

La jeune femme consulta Internet. Lavergue était spécialisée dans le marketing événementiel. La crise sanitaire lui avait été fatale. L'entreprise avait perdu sa clientèle et n'était pas parvenue à remonter la pente. La mère de Justine s'apprêtait-elle à proposer ses services, ou bien les gestionnaires avaient-ils eux-mêmes, en ultime recours, pris contact avec elle pour tenter de redresser la barre ?

Elle pencha aussitôt pour la seconde solution. Il y avait en effet des centaines de sociétés au bord de la faillite qui survivaient tant bien que mal depuis le retour à la vie normale. Si elle avait dû se renseigner sur toutes les boîtes en difficulté, Freysse aurait mis des mois rien que pour relever leurs noms. Alors aller inspecter leurs comptes en profondeur comme avec celle-ci…

L'étudiante imprima les documents et les regroupa dans l'enveloppe où elle avait déjà inséré la photo de Valérie, jeune, au pont de Ternos. Elle envisagea un instant d'effectuer un nouvel aller-retour au Bastion afin de déposer la lettre, mais rien ne lui permettait d'être sûre que la capitaine serait de retour. Elle prit alors la décision de s'y rendre le lendemain matin, en partant dans l'Yonne. Elle la remettrait à un planton de service, libellée au nom de la capitaine Ferrand, pour que celle-ci la trouve à son arrivée. Alice avait réinscrit ses coordonnées en gros en haut de la première feuille, même si elle se doutait qu'on les avait déjà transmises à la policière. Cette fois, en revanche, elle l'appellerait sûrement sans tarder. D'ici là, l'étudiante aurait rejoint ses parents et sa tanière rassurante de petite fille, mais elle pourrait expliquer au téléphone de quelle façon ces éléments étaient entrés en sa possession.

Avec le sentiment du devoir accompli, Alice rangea l'ordinateur et le chargeur dans son sac à dos et se prépara sa sempiternelle assiette de pâtes. Elle se coucha une demi-heure plus tard, incapable de songer à autre chose qu'à cette femme venue trouver la mort dans son village natal, à plus de deux cents kilomètres de Paris.

Elle tourna longtemps dans son lit avant de réussir à s'endormir.

40

Corinne embrassa son homme et recula, les mains sur les hanches, les sourcils froncés, tentant de se composer un air sérieux.

— Ah, je comprends mieux pourquoi tu tiens tant à ce que je ne rate aucune séance de yoga. Tu ne t'es pas ennuyé, on dirait !

Jacques sourit, puis se justifia comme un gamin pris en faute :

— J'ai bu deux verres avec Gontran, pas plus.

Elle ôta son manteau et l'observa, amusée, alors qu'il allait s'avachir sur le canapé du salon.

— Bon, trois, peut-être, admit-il. Mais c'est tout.

— Puisque tu en as oublié la cuisson du poulet, je vais préparer une salade de brocolis.

— Beurk.

— Ça t'apprendra. Et ça ne te fera pas de mal. Pourquoi Montboissier est-il venu ? Il y a du nouveau ?

— On ne peut rien te cacher.

— Tu racontes, ou je dois te tirer les vers du nez ?

Jacques grimaça.

— Eh bien, justement. À propos de vers…

Corinne frissonna aussitôt.

— Bon, je vois, on dîne d'abord et tu m'expliques ensuite. Et, tant que j'y pense, Alice m'a téléphoné, tout à l'heure. Elle arrive demain, elle vient passer quelques jours à la maison.

— Elle n'a pas cours ?

— Elle m'a parlé d'une grève à la fac, mais j'ai entendu autre chose dans sa voix. Je crois qu'elle a besoin de se retrouver avec nous. Là-bas, elle doit ruminer.

— Ce n'est pas en revenant sur les bords de la Cure qu'elle va oublier toute cette histoire, objecta Jacques.

— Je te l'accorde. Sauf qu'ici, elle pourra en discuter. Je comprends que ce soit compliqué pour elle d'être seule à Paris en ce moment.

Jacques hocha la tête. Sa femme avait raison. Comme toujours. Enfin, presque toujours.

— Elle vient à moto ?

— Je suppose. Elle ne m'a pas demandé d'aller la chercher à la gare.

— Elle ne devrait pas se balader en deux-roues avec un temps pareil. C'est un coup à se choper une bonne crève ou à se planter dans un virage. Avec les tracteurs qui labourent les champs et qui remontent sur la route avec leurs pneus pleins de boue, c'est dangereux. J'essaierai de la convaincre de rouler avec la 205 quand elle sera là.

Corinne était sur la même longueur d'onde que lui : savoir sa fille sur cet engin l'épouvantait. Elle se contenta d'acquiescer, reconnaissante.

— On a ce qu'il faut pour les repas de la fin de la semaine ? poursuivit Jacques.

— Non, ça va être juste. J'irai faire quelques courses.

— Laisse, je m'en occuperai. Je vais au marché demain matin.

— Tu es sûr ?

— Oui. Je prendrai de l'onglet chez Gérard. Elle adore ça. Dis-moi ce que tu veux.

— D'accord, je te ferai une liste.

Après le dîner, un café à la main, Jacques contempla sa femme penchée sur sa feuille, mâchouillant son stylo Bic avec concentration. Lorsqu'il l'avait rencontrée, en 1990, il avait immédiatement compris qu'elle était celle qu'il attendait durant toutes ces années. La naissance de leur fille, début 2003, avait ensuite apporté le bonheur ultime dans leur foyer. Et c'était toujours le cas aujourd'hui. Alice décidait de venir, et cela devenait soudain l'événement le plus important de leur existence. La vie était là, simple et tranquille, et rien ne le rendait aussi heureux que la perspective de la partager avec les deux êtres qu'il aimait le plus au monde.

Corinne avait à présent toute son attention tournée vers l'arrivée de sa fille. Il en avait profité pour éluder sa question au sujet de la visite de Gontran. Et il devait bien admettre que ça l'arrangeait de ne pas lui faire part des interrogations que le gendarme nourrissait à propos de ce que savait Philippe Millot. Ce point-là relevait de la subjectivité, et il n'était pas censé être au courant des soupçons du militaire.

Ni les propager.

41

Excédée, Vanessa Fleuret repoussa son clavier.

— Putain, il y en a combien, dans ce quartier ?

— Cent soixante-dix-huit, lâcha Lucas. Ils sont tous à moins de dix minutes du périph. Si on prend le milieu de gamme, tu divises par deux. Bref, on n'a pas fini !

Il était déjà presque vingt-deux heures. Marianne soupira et ses collègues tournèrent un regard fatigué vers elle.

— OK. On piétine, là, confirma-t-elle. Qu'est-ce qu'on peut faire pour avancer ?

— Visionner les bandes des caméras de surveillance de la ville, suggéra Moreau. Les gars de la Scientifique sont débordés, ils n'ont pas encore eu le temps de se pencher dessus, mais on a une copie des enregistrements. Si on la trouve quelque part, ça pourrait restreindre le périmètre de nos recherches sur le terrain demain.

— D'accord. Je propose qu'on s'y colle ensemble. Je commence à ne plus y voir très clair, moi...

S'installant les uns à côté des autres, ils s'attelèrent à cette tâche fastidieuse. Deux heures plus tard, Lucas s'exclama soudain, victorieux :

— Je l'ai !

Vanessa, qui avait capitulé et fermé les yeux un court instant auparavant, bondit sur sa chaise. Marianne plissa les paupières.

— Où ?

Lucas revint en arrière, excité.

— Elle est là. C'est très rapide, mais c'est elle, j'en suis sûr. Tu es prête ?

La capitaine lui fit signe de lancer la lecture du fichier. Et elle aperçut, elle aussi, le visage de Valérie Freysse alors que celle-ci ouvrait son parapluie à la sortie du métro.

— Quelle station ?

— Alésia.

— Quelle heure, exactement ?

— Onze heures cinquante.

Les trois policiers échangèrent un regard tendu.

— En partant du principe que notre théorie selon laquelle elle se rendait dans un restau est bonne, et qu'elle était attendue pour midi, ça signifie que son point de chute est à moins de dix minutes à pied d'Alésia, martela Lucas.

— Ça nous laisse quand même un paquet de rues.

— Par quoi on commence ? demanda la brigadière.

— Comme il faut bien débuter par quelque chose, on se coltine d'abord les artères principales, indiqua la capitaine. Avenues du Maine, du Général-Leclerc, René-Coty et Jean-Moulin, ainsi que la rue d'Alésia. Après, on fera toutes les voies annexes. Rues des Plantes, Didot, Sarrette, du Moulin-Vert, etc.

— Et nous sommes d'accord que l'on cherche un établissement avenant sans pour autant être tape-à-l'œil ?

Marianne confirma et, dans la foulée, le lieutenant hocha la tête, marquant son approbation.

— Là-dessus, je rejoins ton commandant de cambrousse. Ça me semble pertinent.

— Alors on réduit la liste sur ces critères et on va se coucher. Il faut qu'on soit en forme demain, on risque de marcher pendant des plombes.

— Très bien. Menu entre trente et cent euros, ça te paraît correct ?

— Limite à ceux qui sont autour de soixante, ça devrait suffire. Si on ne trouve pas parmi tous ceux-là, on regardera les autres ensuite.

— OK. Qui veut un café ? lança Vanessa.

— Pas pour moi, merci, répondit Marianne. J'ai eu ma dose pour la journée.

Ils se quittèrent finalement devant le Bastion à minuit et demi. Vanessa se dirigea vers la voiture de son mari, qui l'attendait en bas de l'immeuble, tandis que la capitaine refusa la proposition de Lucas de la ramener chez elle. Après cette longue soirée passée devant son écran, elle avait besoin de se nourrir des bruits nocturnes de la ville.

À peine quarante minutes plus tard, elle atteignit son appartement de Barbès. Elle s'endormit comme une masse malgré le remue-ménage qui montait des bars encore ouverts de la rue Muller.

42

Autant ça avait été simple de l'y descendre, autant j'en ai bavé pour la sortir de la cave. Pourtant, elle avait maigri durant ses trois semaines de captivité. Mais ça pèse un âne mort, un cadavre. En plus, on ne sait pas par quel bout l'attraper. Surtout lorsque, bourré de vers et d'acide chlorhydrique, il est enveloppé dans une bâche.

Même avec les températures glaciales de la saison, j'ai transpiré comme en plein été pour la hisser jusqu'au jardin, puis sur le plateau du pick-up Nissan. Une fois terminé, je n'en pouvais plus. Je me suis collé les fesses sur une marche devant l'entrée et me suis tapé une bière pendant que je refroidissais un peu. J'avais encore beaucoup de travail à accomplir avant le lever du jour, et il fallait que je tienne le coup.

Le canoë gonflable était déjà rangé à l'arrière de la voiture avec la pompe et la pagaie démontable. J'avais vérifié sa résistance à la pression d'air la semaine précédente, et l'avais repeint la veille à la bombe noire. J'aurais pu m'épargner cette peine, mais, en dépit de la faible probabilité que ça arrive, j'avais peur que quelqu'un l'aperçoive depuis la rive. Il était neuf et le fabricant n'avait pas lésiné sur le fluo.

Dès que j'ai pris la décision de me débarrasser du corps à la Roche percée, je me suis demandé comment j'allais procéder pour que l'on ne me voie pas. Par le haut de la falaise, c'était inenvisageable. Porter un tel poids dans la pente conduirait à une chute. Sans compter que je risquais de laisser des empreintes. Venir par le chemin qui longeait le cours d'eau paraissait trop aléatoire également. La terre, rendue très meuble par la pluie, trahirait forcément mon passage et j'aurais galéré à pousser la brouette sur une aussi longue distance. De plus, on pourrait me surprendre à tout moment.

Finalement, la rivière s'est imposée. Je la connais très bien, il faut dire, depuis le temps. Même si je n'ai pas vécu ici ces dernières années, je n'ai oublié aucun méandre, aucun remou. Il y a toujours des choses qui changent, bien sûr. Mais un petit tour sur la rive m'avait permis de repérer les quelques arbres affaissés qui représenteraient un potentiel danger en naviguant dans l'obscurité.

J'aurais bien mis mon embarcation à l'eau près de la maison. Impossible malheureusement. Un peu en aval, le barrage de Malassis, site sensible à cause de la production d'électricité, était surveillé en permanence par des caméras. De toute façon, il formait un obstacle insurmontable. Le moulin de Gingon constituait donc mon unique option. Le jour, déjà, cet endroit est lugubre comme un tombeau. La nuit, c'est carrément flippant. Les bâtiments tombent en ruine, les ronces et le lierre ont tout envahi, tels des chancres.

Seul souci : la berge serait ramollie au ras de l'eau. J'ai alors compris que je devais renoncer à l'idée de ne laisser aucune empreinte derrière moi et j'ai contourné le problème. J'ai acheté des bottes neuves à Auxerre. Bonne chance pour retrouver leur origine ! Enfin, pour ne pas laisser des traces de pneus identifiables, j'avais décidé de garer le 4 × 4 dans le chemin d'accès, très raide, mais pavé depuis la route.

J'avais tout anticipé et, quand il a fallu mettre mon plan à exécution, tout s'est passé tel que je l'avais imaginé. J'ai descendu le corps dans la brouette et l'ai transporté jusqu'à la rive. J'ai ensuite sorti le canoë et je l'ai gonflé. J'y ai déposé mon fardeau et l'ai rejoint, la pagaie à la main, après avoir élagué quelques branchettes acérées qui risquaient de crever mon embarcation.

C'était le point le plus critique. Je ne pouvais plus faire marche arrière. Le courant nous a saisis, le bateau, le cadavre et moi. Heureusement que j'avais une bonne expérience de ce type de navigation, sinon j'aurais très vite basculé par-dessus bord et fini la tête dans l'eau glaciale. Le vent s'engouffrait dans la vallée. L'odeur de la rivière m'est montée au nez. Un mélange de terre, de végétation pourrie et de vengeance.

Quand nous avons dépassé le pont de Ternos, j'ai serré les dents très fort en repensant à ce jour-là. Freysse, dans son sarcophage de plastique, l'a peut-être senti aussi, depuis cet ailleurs où je l'avais envoyée. Après ça, la Roche percée m'est apparue sur la droite dans la lumière de la lune. Nous avons glissé vers une petite crique que j'avais repérée. Le dernier problème, c'était de sortir le corps du bateau sans basculer dans la Cure. C'est très instable, un canoë. Même sans cadavre à l'intérieur. J'avais prévu de l'arrimer des deux côtés à des arbustes, et de placer une planche en travers jusqu'à la rive. Planche que j'avais dissimulée la veille dans les buissons pour voyager aussi léger que possible.

Là encore, tout s'est déroulé à la perfection. J'ai attrapé mon paquet et l'ai déposé au sec sans anicroche. Puis j'ai fendu le plastique avec un cutter et tiré la bâche de sous ce qu'il restait de Valérie Freysse. Le cadavre a roulé et s'est immobilisé sur le dos. Nombre de vers avaient péri à l'intérieur avec l'acide, mais à l'extérieur, la fête battait son plein.

Après l'avoir étendue entre les arbres, j'ai attaché ses poignets et ses chevilles à quatre troncs avec de la cordelette à linge – autre allusion à son passé dont j'avais eu l'idée après avoir lu un article sur cette pauvre femme qui avait tué son fils et s'était pendue ensuite – et j'ai reculé pour contempler le tableau. Il correspondait exactement à celui que j'avais imaginé.

J'aurais aimé m'attarder un peu, mais je ne devais pas prendre le moindre risque supplémentaire. J'ai balancé la planche à la flotte, enfoncé la bâche dans le sac-poubelle que j'avais prévu à cet effet, et j'ai rembarqué, dénoué les cordes de maintien et filé. Deux kilomètres en aval, j'ai quitté la Cure au pied du pont de la route d'Avallon, sur la D53, où il ne doit pas passer plus de cinq voitures par nuit. J'ai sorti le bateau de l'eau, l'ai cisaillé pour le dégonfler et l'ai caché dans la végétation avec la pagaie, en contrebas de la chaussée.

Il m'a fallu une heure et demie pour revenir au 4 × 4 en contournant le village par la forêt. Il ne me restait plus qu'à récupérer le canoë, la rame et le sac-poubelle. De retour à la maison, j'ai tout découpé en petits morceaux dans la grange. J'ai allumé un brasero dans un vieux bidon d'huile derrière l'ancienne étable, et j'ai tout brûlé au fur et à mesure pour éviter de générer un feu trop voyant. À la fin, j'y ai aussi jeté les bottes ainsi que tous les vêtements que j'avais portés durant ces trois semaines. Le vent a poussé l'odeur de plastique carbonisé vers les bois.

Une fois ces preuves éventuelles carbonisées, j'ai tendu les mains vers les flammes et laissé ma colère s'éteindre peu à peu, au rythme des braises qui perdaient leur couleur rougeoyante.

Cette fois, c'était bel et bien terminé.

Crevée, la bête.

43

Alice frissonna lorsqu'elle démarra sa Suzuki. La température avait chuté drastiquement pendant la nuit et elle songea qu'elle n'était peut-être pas prête pour un trajet dans de telles conditions. Elle coupa le contact, enfila son pantalon de pluie, ramassa un journal dans une poubelle et le plaqua derrière la fermeture Éclair de son cuir pour réduire le ressenti du vent glacial. Son père lui avait raconté qu'il procédait ainsi, autrefois, avant que les tenues du motard moderne n'envahissent les rayons des magasins spécialisés. Quand elle remonta en selle, elle fit d'abord un détour par le Bastion pour déposer son enveloppe, puis elle prit la direction de la porte de Charenton et fila, comme elle se l'était promis, à vitesse modérée sur le périphérique.

Une fois sur l'autoroute du Sud, la jeune femme augmenta progressivement l'allure, mais garda un œil sur le compteur. Elle s'arrêta pour faire le plein peu après Nemours. Frigorifiée, elle profita de cette pause pour commander un café au lait et se posa au fond de la salle, le cerveau en ébullition. Sans se l'expliquer, elle éprouvait un besoin viscéral de savoir ce qui avait pu se passer au bord de la Cure. Elle avait hâte que l'officière en charge de l'affaire prenne connaissance des documents qu'elle lui avait transmis. Ceux-ci aideraient peut-être leur investigation.

L'étudiante réunit ses doigts autour du gobelet brûlant. Elle avala une longue gorgée, examina du coin de l'œil le garçon entièrement vêtu de cuir qui venait de pousser la porte de la station-service. Un casque intégral à la main, ses cheveux noirs tombant sur les épaules, le motard se dirigea à son tour vers les distributeurs de café. Tandis que l'appareil rugissait, il jeta un regard à cette routarde solitaire qui faisait semblant de ne pas l'avoir remarqué. Quand sa boisson fut prête, il s'assit non loin d'elle et lui sourit.

— Fait pas chaud, hein ?

La jeune femme ne répondit pas. Elle n'avait pas envie de parler, même avec un beau gosse qui voulait se la jouer cool avec elle. Face à son silence, il ne s'avoua pourtant pas vaincu.

— Tu vas où ?

Alice était coincée. Sauf à passer pour une bêcheuse, elle se sentait cette fois bien obligée de prononcer un mot ou deux.

— Vézelay.

Ce n'était pas tout à fait vrai, mais il n'avait pas besoin de le savoir. L'intrus hocha la tête.

— Ce qu'il te faut, c'est des gants chauffants. T'en as pas ?

— Non. Trop cher pour moi.

Le motard ouvrit son sac, piocha dedans et lui en tendit une paire.

— Tiens. Essaie ça.

L'étudiante le fixa sans comprendre. Amusé, il expliqua :

— Ce sont ceux de mon petit frère. Je suis venu le déposer à la gare de Nemours à cause des travaux sur la ligne du TER. Il ne les utilisera pas avant la semaine prochaine, quand j'irai le chercher. Moi je rentre à Avallon. Vézelay, c'est pas loin, tu me les rapporteras dès que tu pourras.

— Mais je…

— Mais je quoi ? T'as pas envie de moins te les geler ?

Les yeux d'Alice se perdirent dans ceux, verts, de l'inconnu.

— Et je te les rapporte où, exactement ?

— Tu les laisses au Chapeau Rouge, place Vauban.

— C'est quoi ? Un café ?

— Un restau. Mes parents le tiennent. Il y a trois réglages sur ce modèle, reprit-il, les gants toujours en main. Tu choisis celui que tu veux avec ce bouton. Plus c'est chaud, moins ça dure, forcément. Allez, faut que je file, je dois être à l'heure pour le service de midi.

— Attends ! lança-t-elle alors qu'il tournait déjà les talons. Qu'est-ce qui te prouve que je vais te les rapporter ?

Le jeune motard sourit de nouveau.

— Il n'y a qu'à te regarder pour en être certain.

L'instant d'après, il était sorti. Elle entendit sa bécane rugir et elle sut qu'il l'avait fait exprès, rien que pour elle. Elle se rendit alors compte qu'elle ne connaissait même pas son prénom.

En revanche, une chose était sûre : ce garçon-là avait oublié d'être idiot.

44

— Bon, on commence par quelle rue ?

Marianne contempla le plan du XIVe dans son ensemble. L'arrondissement n'était pas le plus grand de Paris, mais la liste des établissements qu'elle avait imprimée en trois exemplaires, ainsi qu'une photo récente de Valérie Freysse, s'allongeait sur quatre pages. À côté du nom de chaque restaurant, elle avait inscrit la qualité du service indiquée sur un guide Internet.

— Moi, je vais attaquer par l'avenue du Maine. Lucas, tu prends celle du Général-Leclerc et Vanessa, l'avenue Jean-Moulin. OK pour vous ?

Les deux jeunes flics hochèrent la tête.

— C'est parti. On se rejoint à quelle heure ? demanda Moreau.

— Celui qui en a marre fait signe et on se pose quelque part pour manger un bout.

— D'accord. À tout à l'heure.

La capitaine observa ses collègues disparaître au coin de la rue, puis elle s'engagea sur l'artère qu'elle s'était attribuée en direction du nord-ouest avant de pousser une première porte trente mètres plus loin. Là, elle présenta sa carte de police, et le patron lui servit un café serré pendant qu'il prenait le temps d'étudier la photographie de la morte de la Cure. Il ordonna ensuite à tout le personnel de venir la regarder chacun son tour avec attention. Une dizaine de minutes plus tard, Marianne se retrouva dehors avec la langue rendue âpre par l'arabica corsé et un nom barré tout en haut de sa liste.

Le lieutenant Moreau s'autorisa une pause sur un banc vers onze heures. Il détailla la foule qui circulait sur les trottoirs, ceux qui se hâtaient d'aller faire des courses, ceux qui filaient à un rendez-vous médical, d'autres, peut-être, avec des idées criminelles en tête. Il se demanda combien, comme cet assassin insaisissable, ourdissaient en ce moment même sans frémir le meurtre d'un de leurs semblables. Combien réussiraient à échapper aux poursuites ? Combien parviendraient à faire croire à un suicide ? À une disparition volontaire ? Par essence, les flics ne le sauraient jamais. Et c'était un truc vraiment angoissant, quand on prenait le temps d'y réfléchir.

Interrompant ces pensées déprimantes, son téléphone vibra dans sa poche. C'était la capitaine.

— J'en ai ma claque. Tu nous rejoins ? Je suis avec Vanessa dans un bistrot à l'angle de la rue Gassendi. Le Cardinal.

— J'arrive.

Marianne reposa son mobile et ôta ses chaussures sous la table. Elle avait délaissé les talons, mais ses baskets, qu'elle n'avait pas l'habitude de mettre, lui faisaient mal aux pieds. Quand le jeune flic entra, il portait lui aussi l'échec de la matinée sur son visage.

— Combien il en reste ? s'enquit-il d'une voix lasse en s'asseyant devant ses deux collègues.

— Soixante-douze, soupira Vanessa. À ce rythme-là, on en a pour au moins trois jours.

— Si on a la chance qu'un serveur la reconnaisse, renchérit Lucas. Parce que non seulement on n'est pas certains de taper dans la bonne gamme, mais en plus tous les employés ne sont pas de service aujourd'hui. Entre ceux qui sont en congés et ceux qui alternent entre le midi et le soir…

— Sans compter que si on tombe sur un témoin qui ne peut pas nous donner de précisions sur l'homme qui accompagnait Valérie Freysse, on aura fait tout ça pour rien, conclut la brigadière.

— Pas tout à fait, tempéra Marianne. On pourra encore interroger la clientèle. Ce serait pas de bol que personne, ce jour-là, n'ait remarqué cette femme. Sa voix aiguë, ses manières désagréables, vous les avez constatées comme moi lors de ses interviews. Elle ne devait pas être bien différente loin des caméras, j'en suis sûre. Péremptoire, hautaine et méprisante, elle avait un caractère exécrable. Quelqu'un a forcément froncé le nez en l'écoutant pérorer à table et s'en souviendra. Et puis, avec les bandes-vidéo des magasins adjacents à éplucher, on a aussi de quoi s'occuper.

— Génial, grommela Vanessa. Je sens que je vais aimer ce boulot.

45

Quand Alice coupa le contact de la GSX-R dans l'allée, sa mère sortit de la maison et vint la serrer dans ses bras avant même qu'elle ait ôté son casque. L'étudiante rit, descendit de sa bécane, lui rendit son étreinte et lança un regard vers la cuisine.

— Papa n'est pas là ?

— Il est parti au marché. Il sait que tu adores l'onglet, alors…

— Maman, j'ai arrêté d'en manger. Vous le savez, pourtant.

— Oui, mais un peu de viande de temps en temps, c'est important, quand même. Et puis tu ne vas pas te priver d'un plaisir juste pour suivre une mode, si ?

— Tu crois vraiment que c'est une mode ? se rebiffa la jeune femme. Ces animaux souffrent. Tu as bien dû voir ces terribles reportages sur les conditions d'élevage !

— Des millions d'enfants souffrent de malnutrition. Si on leur donnait le choix entre manger de la viande ou continuer à crever de faim en grignotant de l'herbe, ils diraient quoi, à ton avis ?

— Maman, je ne suis pas venue pour discuter de ça. S'il te plaît…

Corinne prit alors conscience de l'expression douloureuse de sa fille. D'habitude, celle-ci avait tendance à s'emballer et à parler plus vite et plus fort que tout le monde sans même se demander si elle pouvait se fourvoyer. Mais là, elle baissait déjà les armes. L'orage était passé.

— D'accord, je vais te préparer une salade d'endives pour ce midi. On se partagera l'onglet avec ton père et je congèlerai le reste.

— Merci, souffla Alice, visiblement soulagée. Je monte dans ma chambre. Je voudrais faire un peu de tri avant le déjeuner, ça ne te dérange pas ?

— Du tri ?

— Oui, je crois que j'ai envie de changement, lança-t-elle en souriant.

— Je comprends. Ne te presse pas. Ton père aime bien traîner quand il part à Vézelay.

Le pied sur la première marche de l'escalier, l'étudiante tourna un visage neutre vers sa mère.

— Du nouveau, sur l'enquête ?

— Tu le lui demanderas. C'est lui qui discute avec les gendarmes. Je sais juste qu'ils ont trouvé…

Corinne Pernelle s'interrompit, brusquement gênée par les détails qu'elle s'apprêtait à donner à sa fille de dix-neuf ans.

— Ils ont trouvé quoi ?

La femme de Jacques soupira. Alice n'allait pas la lâcher tant qu'elle n'aurait pas achevé sa phrase.

— Du salpêtre et de l'acide sur le corps de cette pauvre femme. Apparemment, elle n'est pas morte sur les bords de la Cure, où tu l'as trouvée. Ni le jour de ta découverte, mais plutôt la veille…

— Pardon ?

— Je sais, c'est incroyable. C'est Gontran de Montboissier, l'ami gendarme de ton père, qui le lui a appris. C'est… horrible.

Sur ces mots, elle fit volte-face et se réfugia dans la cuisine. L'étudiante, elle, continua de monter les marches au ralenti, sonnée par ce qu'elle venait d'apprendre. À l'étage, elle posa son sac sur la chaise de son bureau et avisa les posters qui décoraient son antre depuis de trop longues années. La plupart étaient à l'effigie de groupes qu'elle jugeait à présent insipides et qui avaient même déjà sombré dans l'oubli. Elle les décrocha tous, les déchira et les jeta à la poubelle. Elle grimpa ensuite au grenier, en redescendit des cartons où elle rangea les nounours et les poupées alignés sur ses étagères depuis sa tendre enfance. Une fois tout ça évacué dans les combles, elle s'assit sur son lit et contempla avec satisfaction les murs redevenus virginaux.

Là, elle songea au motard rencontré sur l'aire de l'A6 et aux gants chauffants qu'il lui avait prêtés. Il avait eu raison. Ce truc était une pure merveille. En reprenant la route quelques minutes après lui, elle avait essayé de le rattraper, mais il avait dû mettre les gaz, car elle ne l'avait pas revu. En tout cas, il faudrait qu'elle fasse bientôt un saut au Chapeau Rouge, à Avallon. Elle ne le lui avait pas promis, mais il avait compris qu'elle n'y manquerait pas. Sans compter qu'elle ne parvenait pas à oublier le regard vert de ce garçon dont elle ne savait rien…

Soudain, ses pensées furent chassées. Elle entendit sa mère, dans la cuisine, s'activer aux fourneaux. Alice saisit alors son mobile et fit défiler les photos du cadavre. *Salpêtre. Acide*. Les mots tournaient en boucle dans sa tête, obsédants.

Elle éteignit l'écran. Ces nouvelles informations indiquaient clairement que cette femme avait été torturée avant d'être assassinée.

Et qu'elle avait peut-être été séquestrée.

Nue.

Tout près de chez elle.

46

Lorsque la capitaine répondit à son coup de fil, Montboissier reconnut l'environnement sonore caractéristique d'une brasserie en plein coup de feu.

— Je peux vous rappeler plus tard, si vous préférez.

— Ça ira, dit la policière. Nous cherchons le restaurant où Freysse aurait déjeuné le 5 novembre. Jusque-là sans succès. Quoi de neuf, de votre côté ?

— En partant du principe que la personne qui a ramassé la dépouille du sanglier devait avoir un véhicule adapté pour la transporter, nous avons établi la liste de tous les propriétaires d'utilitaires de la région. Pick-up, camions, plateaux, y compris ceux de location. Nous y avons ajouté toutes les remorques. Plusieurs équipes ont commencé le porte-à-porte tôt ce matin. Cependant, comme vous, j'ai peur que ce soit comme chercher une aiguille dans une meule de foin. Nous allons y passer un temps démesuré pour un résultat plus qu'incertain. Histoire de se débarrasser au plus vite de ce travail de titan, j'ai demandé des renforts à Château-Chinon et à Saulieu. Ils seront des nôtres dès demain.

— Espérons que la chance soit avec nous, commandant...

— Ce n'est pas gagné, et nous en avons tous pour un bon moment. En vérité, je vous appelais surtout pour vous annoncer que je vous avais réservé une chambre à l'auberge de Pierre-Perthuis, au cas où vous décideriez de venir.

— Est-ce bien nécessaire ?

— Un congrès de cardiologues va se tenir à Vézelay la semaine prochaine. Tous les hôtels de la ville sont déjà complets, et les hébergements des alentours vont être pris d'assaut. Je ne voulais pas que vous vous retrouviez coincée si votre présence devenait indispensable. Le patron est un vieil ami.

Le petit rire de Marianne tinta dans les oreilles de Gontran.

— Eh bien, je vous remercie pour cette attention. Cependant, nous risquons d'en avoir encore pour quelques jours, ici. La zone est vaste et il y a beaucoup de restaurants, à Paris.

— Vous y avez sans doute déjà pensé, mais privilégiez peut-être ceux qui disposent d'un parking à proximité ? Notre tueur a sans doute réfléchi à garer sa voiture au plus près. Et c'est là, à mon avis, qu'il a choisi de neutraliser Valérie Freysse. Nous ne savons pas comment il l'a attirée, mais il ne l'a pas embarquée de force en pleine rue, au beau milieu de la journée.

— Nous y avions effectivement songé. J'ai envoyé une réquisition d'images à tous les parcs de stationnement de l'arrondissement.

— J'espère qu'ils les auront conservées…

— Je vous tiendrai au courant. Allez, j'y retourne, le commandant Lefebvre m'a laissé peu de latitude pour mener à bien cette tâche avec mes coéquipiers.

Montboissier raccrocha. Il songea que la quête de la capitaine dans les rues de Paris ne mènerait probablement à rien. Le criminel avait visiblement tout planifié dans les moindres détails. La façon dont il avait exposé le cadavre, non loin d'un chemin emprunté quotidiennement ou presque par les riverains, était la preuve qu'il voulait révéler son crime au grand jour et ne craignait pas qu'une enquête ait lieu.

De nouveau, les paroles du premier adjoint, que lui avait rapportées Jacques, lui revinrent en tête. Certes, chacun avait droit à ce que ses secrets restent enfouis dans le passé. Mais là, la sécurité de tous en dépendait. En effet, la jeune Alice avait eu de la chance de ne pas croiser le tueur en allant courir très tôt ce matin-là. Il s'en était sans doute fallu de peu. La réalité, c'était qu'un assassin se trouvait actuellement en liberté tout près d'ici. Et si leurs hypothèses penchaient plutôt pour une vengeance nourrie de longue date, rien ne prouvait qu'il ne recommencerait pas.

Le militaire se leva, enfila sa veste en loden, ses gants en peau, et sortit sur le parking. Il était temps qu'il aille rendre visite à quelqu'un qui pourrait lui en apprendre un peu plus sur la pratique du canoë-kayak, et notamment celle de nuit. Il y avait un club, à Saint-Père, très prisé des amateurs d'eau vive de la région. Là, il trouverait forcément un interlocuteur compétent pour le renseigner.

47

Marianne continuait, même si elle avait de plus en plus mal aux pieds, à arpenter les trottoirs du XIVe arrondissement avec l'espoir qu'elle ou l'un de ses coéquipiers finisse par obtenir un renseignement exploitable. Cependant, chaque nouvel insuccès la minait un peu plus.

Et s'ils s'étaient trompés sur toute la ligne ? Et si le tueur n'avait jamais eu dans l'idée de déjeuner avec sa cible ? Et si le piège avait été monté autrement ? Dans le sous-sol d'un immeuble de bureaux, ou à Boulogne, là où le téléphone de Freysse avait borné pour la dernière fois ? Dans ce cas, comment retrouver un témoin ? Si l'activité de la carte SIM avait été enregistrée dans la soirée près du Bois, ils auraient pu interroger les filles et les garçons qui rôdaient en lisière des routes en quête d'un client. Mais en plein après-midi, alors qu'il pleuvait des cordes et que les sentiers devaient être déserts, quelle chance avaient-ils d'en dénicher un ?

Pleine de doute, la capitaine poussa la porte du Magnum et fut tout de suite enchantée par le cadre un peu désuet de l'établissement. Les nappes empesées, la vaisselle ouvragée et les longs verres à pied disposés sur les tables en faisaient un lieu à la fois suranné et intimiste. Le service s'était achevé à quinze heures et le prochain ne débuterait qu'à dix-neuf.

Le patron, un solide gaillard d'une cinquantaine d'années, les cheveux soigneusement coiffés et la chemise blanche impeccable, s'avança après avoir jeté un coup d'œil ostensible à sa montre.

— Bonjour, madame. Je…

Marianne coupa court à l'objection en lui présentant sa carte tricolore.

— Police criminelle, crut-elle bon d'ajouter pour enfoncer le clou avant de montrer la photo de Valérie Freysse et de débiter le laïus qu'elle répétait depuis le matin. Je cherche des renseignements sur cette femme, qui a peut-être déjeuné chez vous le 5 novembre dernier. Son visage vous évoque-t-il quelque chose ?

— Non, je regrette, lâcha le patron après avoir étudié attentivement le cliché. Je ne l'ai jamais vue.

La capitaine hocha la tête, dépitée par cette réponse qu'elle entendait depuis des heures, mais ne s'avoua pas vaincue. Elle n'en avait pas le droit.

— Pouvez-vous réunir votre personnel ici, s'il vous plaît ? J'ai besoin d'être absolument sûre.

— Les serveurs et les cuisiniers ne sont pas tous là, mais je vais appeler ceux qui assurent la plonge de ce midi. Voulez-vous boire quelque chose pendant ce temps ?

— Un verre d'eau, merci, répondit-elle avec un sourire las.

Elle se hissa sur l'un des trois tabourets hauts du bar et patienta en embrassant la salle d'un regard panoramique. Rideaux occultants aux fenêtres qui coupaient la vue sur la rue, absence de caméras, nombre de tables réduit… Si elle-même avait dû choisir un restaurant pour attirer quelqu'un, elle en aurait sélectionné un comme celui-ci.

Le patron revint bientôt avec deux jeunes femmes et un homme. Marianne leur confia la photographie et croisa les doigts intérieurement, comme elle l'avait déjà fait bon nombre de fois. Soudain, les yeux de l'une des employées s'éclairèrent.

— Je me souviens. Il pleuvait à verse, ce jour-là, et elle m'a engueulée quand je lui ai demandé de laisser son parapluie dans le pot, à l'entrée, pour ne pas mettre de l'eau partout.

La policière ferma un bref instant les paupières. *Bingo.*

— Elle était seule ?

— Non. Je l'ai compris quand elle est partie vers la table du fond. Celle derrière les plantes, vous voyez ?

La capitaine Ferrand détourna le regard vers l'endroit indiqué, puis redirigea son attention vers son interlocutrice.

— Il n'y a pas de caméras, ici, nous sommes d'accord ?

— C'est exact, confirma le patron. La discrétion est l'un des atouts les plus appréciés de notre maison.

— Je vois. Et vous pourriez me décrire la personne qu'elle a rejointe ? tenta Marianne qui n'avait pas quitté la jeune femme des yeux.

— Non, je suis désolée. Je n'ai pas vu ce client arriver, et je ne m'occupais pas de cette partie de la salle. Mais voyez avec Stephen. C'est lui qui l'a orientée vers cette table. Il a dû gérer leur commande.

— Stephen ?

Le directeur consulta un listing qu'il venait de sortir de sous le bar.

— Il s'agit d'un autre serveur. Cette semaine, il est du soir. Il doit se trouver dans les transports en commun. Il sera là dans une heure environ.

— Appelez-le. Maintenant, s'il vous plaît.

Mal à l'aise devant l'expression déterminée de la policière, l'homme chercha le numéro de son salarié et le composa. Quelques secondes s'écoulèrent, durant lesquelles elle devina la tonalité qui sonnait dans le vide.

— Désolé, dit le patron en reposant le combiné sur le comptoir. Mais vous pouvez l'attendre ici, si vous le souhaitez.

Stephen ne répond que rarement à son portable, en revanche il est toujours ponctuel. Vous ne voulez vraiment pas un café ?

Marianne poussa un très long soupir et accepta du bout des lèvres. Elle envoya un message à Lucas et Vanessa avec l'adresse du Magnum, puis téléphona au commandant Montboissier quand les employés du restaurant furent retournés à leurs occupations.

Le gendarme allait être content. Cette fois, ça y était. Ils tenaient *enfin* quelque chose.

48

Alice redescendit pour le déjeuner. Son père, comme prévu, avait rapporté du marché un bel onglet, mais l'étudiante resta sur sa position et déclina la viande au profit de la salade d'endives. Jacques, devant la mine contrariée de son épouse, garda prudemment le silence, car il devinait le sujet épineux.

Une heure plus tard, après avoir parlé de tout et de rien en évitant soigneusement ce qui concernait le crime, Alice se leva, fila dans sa chambre et réapparut vêtue de son survêtement, ses baskets à la main.

— Où vas-tu ? demanda Corinne.

— Courir avec Pepper.

— C'est hors de question, dit fermement Jacques.

— Mais, papa…

— Tant que ce type n'a pas été arrêté, je ne veux pas que tu y retournes. Tu es inconsciente, ou quoi ?

— Ton père a raison, ajouta sa mère d'un ton plus conciliant. Je sais que tu as presque vingt ans et que tu es une adulte, mais…

La jeune femme n'attendit pas la fin, c'était inutile. Elle jeta ses chaussures dans l'entrée, souffla fort pour marquer son mécontentement et remonta. De dépit, elle s'installa à son bureau et se pencha sur ses cours. Alors qu'elle tentait désespérément de se concentrer, ses parents réitérèrent leur recommandation. Ils partaient faire une course à Avallon, mais seraient de retour rapidement.

L'occasion était trop belle. Aussitôt, l'étudiante referma son programme de bio, enfila sa paire de bottes et s'éloigna en direction de la rivière, le braque sur les talons. Elle traversa le pont, descendit le talus jusqu'à la rive qu'elle longea par le chemin qui menait à la Roche percée. La truffe au vent, Pepper la suivait en levant haut les pattes dans les herbes trempées.

Dès qu'elle arriva, elle vit avec soulagement que le site avait été nettoyé. Des engins avaient imprimé des sillons profonds dans la terre meuble. Alice s'approcha de l'endroit où le corps grouillant d'asticots avait été abandonné. Les liens avaient été ôtés des arbres et probablement emportés dans des sachets à scellés. La zone était propre, même si elle aperçut quelques vers qui rampaient sur les feuilles mortes et témoignaient encore de sa terrible découverte.

La jeune femme frissonna. Elle analysa avec froideur ces lieux qu'elle connaissait depuis son enfance et qu'elle ne verrait plus jamais de la même façon. Elle rejoignit le bord de l'eau, aux aguets. Elle y avait beaucoup réfléchi, et était à présent persuadée que le tueur devait avoir amené sa victime par la rivière. Et si elle ne se trompait pas, il avait forcément attaché son bateau à une branche. Il ne fallut que quelques secondes à l'étudiante pour avoir la confirmation de son intuition et repérer les restes de poudre blanche de la Scientifique sur l'écorce d'un aulne. Elle en vit également autour de traces de peinture noire. *Bizarre*… songea-t-elle.

Les empreintes de pas des militaires recouvraient le sol. Elle vit cependant que deux d'entre elles, isolées des autres, avaient été moulées. Des résidus de plâtre en attestaient.

Alice enfonça les poings dans ses poches. Que cherchait-elle, au juste ? Que pouvait-elle trouver de plus que les gendarmes et leur équipe de spécialistes de la mort ?

Pepper dressa soudain les oreilles et tourna le museau vers la falaise qui s'élevait au-dessus du chemin. L'étudiante suivit son regard et ne distingua, au bord du vide, que quelques branches nues agitées par la brise.

— Qu'est-ce que tu as, mon gros ? Ne me dis pas que c'est encore un de ces sangliers, hein ?

Elle posa une main sur l'encolure du chien dont l'épine dorsale s'était brusquement mise au garde-à-vous.

— Bon, allez, on rentre. Tu me fais flipper.

Quand elle traversa le pont de Ternos, elle s'arrêta un instant à l'endroit exact où la photo de la mère de Justine avait été prise. Quelqu'un, ici, connaissait le lien entre cette femme et son village. Et cette personne n'avait toujours pas parlé aux enquêteurs.

*

* *

Quand j'ai vu le chien se tourner vers moi, en contrebas, j'ai reculé la tête derrière les rochers et craint le pire. Mais il n'a pas aboyé. Le vent soufflait depuis l'autre côté de la rivière. Il n'a pas pu flairer mon odeur. Il avait juste entendu mes pas sur les cailloux. Et il valait mieux. Je n'aurais pas aimé avoir à le tuer. J'ai toujours eu horreur de ceux qui font souffrir les animaux.

La jeune femme qui l'accompagnait, en revanche, m'inquiétait. J'avais compris que c'était elle qui avait trouvé le corps et qu'elle revenait là, comme moi, pour observer les lieux de mon crime. Une chance que j'aie eu la prudence de ne pas m'approcher, sinon elle me serait tombée dessus.

Du haut de la falaise, je l'ai vue scruter les taillis à la recherche de je ne sais quoi.

Elle voulait fouiner, je le sentais. Je devais désormais découvrir qui elle était. Et, à mon grand regret, faire ce qu'il faudrait pour me protéger.

49

Beaucoup considèrent Vézelay comme l'un des plus beaux villages de France. Du haut de la colline dite « éternelle », la basilique domine la région depuis bientôt mille ans. Les reliques de sainte Marie-Madeleine, qui lui ont donné son nom, y attirent chaque année nombre de pèlerins en chemin pour Saint-Jacques-de-Compostelle.

Moi, une seule chose n'y amenait ce jour-là, alors que je n'y avais pas mis les pieds pendant des lustres : le petit cimetière à l'ombre de son clocher, à flanc de coteau. Là où reposent les membres de ma famille. C'est un endroit calme, isolé de l'écho de la route, qui serpente plus loin dans la vallée.

Visiblement, ça faisait un bail que les dalles de granit n'avaient pas été nettoyées. Je me suis demandé si quelqu'un était venu s'y recueillir ces dernières années. Alors, j'ai pris le temps de gratter la pierre à la brosse métallique et d'arracher les mauvaises herbes, puis j'ai déposé dans un pot un bouquet de fleurs acheté au marché le matin même. Ensuite, seulement, je leur ai parlé à tous les deux. Je leur ai expliqué ce que j'avais appris de la bouche de mon père : ses regrets et sa culpabilité, ainsi que celle de cette femme qui nous avait trahis. Je leur ai confié ma tristesse et mon désespoir, et livré ce que j'avais accompli.

Je leur ai tout raconté. Mes recherches, le piège tendu au restaurant et son retour à Pierre-Perthuis, pour finir là où tout avait commencé. Je leur ai détaillé le sanglier, les vers, l'acide, la corde à linge, le canoë et la Roche percée. Il fallait que je me libère de toute cette colère qui me rongeait les entrailles.

J'étais presque en transe, aux limites de ma résistance mentale et physique. Lorsque j'eus vidé mon sac, j'ai flanché et pris appui sur la pierre tombale de ma mère. Une voix a alors résonné dans mon dos.

— Ça faisait longtemps…

J'ai pivoté, le cœur battant. J'avais reconnu le timbre du vieux frère Ancelin. Enfant, je ne me rendais pourtant pas à la messe – j'avais tenu tête à mon père et refusé d'aller au catéchisme à mes dix ans –, mais le prêtre n'avait rien lâché. Si la population ne venait pas à lui, il venait à elle.

Avant sa maladie, mon père m'avait raconté le parcours de cet homme hors du commun. Pour lui, frère Ancelin était un véritable soldat de Dieu. Ancien missionnaire pendant une vingtaine d'années au Congo, où il se déplaçait de village en village pour porter la parole du Christ, il avait voulu procéder de la même façon à son retour en métropole au début des années 1990 pour pallier la raréfaction des fidèles. L'archevêque du diocèse, séduit par l'engagement sans faille du bonhomme, lui avait accordé sa bénédiction. Le curé voyageur avait donc dégotté un antique camping-car on ne savait où, et il avait inlassablement arpenté les paroisses de la région pour ramener les ouailles perdues dans le giron de l'Église.

D'après mon souvenir, il avait ainsi frappé à plusieurs reprises à la porte de notre ferme. Jusqu'au jour où, mon père étant absent, je lui avais hurlé d'aller se faire foutre. J'étais sur le point de partir en sport-étude, je ne devais pas avoir plus de quinze ans. Je ne l'avais jamais revu depuis, mais, à voir son air réjoui, là, tout près de la basilique, l'ecclésiastique n'avait visiblement pas gardé en mémoire ces regrettables événements.

— Que devient ton père ? Il y a longtemps qu'il n'est pas venu à la messe.

Une alarme se déclencha dans mon for intérieur tandis que le vieux prêtre me détaillait de la tête aux pieds. Cet homme possédait un regard d'une telle intensité que j'avais l'impression d'être à poil quand il me scrutait ainsi. Il semblait voir au fond de mon âme.

— Alzheimer. Il faut que j'y aille.

Il m'a souri avec cette expression compassée que j'avais toujours trouvée faussement bienveillante.

— Il n'est plus chez lui, j'imagine.

— Non, ai-je reconnu à contrecœur.

— C'est terrible, cette maladie, a-t-il ajouté. La raison se morcelle et la conscience s'évanouit peu à peu dans l'obscurité. Mais l'âme, l'essence humaine, est éternelle. Ne l'oublie pas. Parce que Dieu est en nous, avec nous, et pour l'éternité. Tu pourras le lui dire, si tu veux. Cela pourrait l'aider.

J'ai ramassé mon sac et l'ai jeté sur mon dos. Puis j'ai tendu l'index vers les tombes de ma mère et de mon frère, et j'ai balancé :

— Racontez-leur ça, à eux, si vous osez !

Sur ces paroles, j'ai pris la direction de la sortie à grands pas, maîtrisant difficilement mon envie de lui faire bouffer son crucifix. Quand j'ai franchi le portillon, j'ai entendu ses mots comme s'il les avait criés à mon oreille, et non murmurés à l'autre bout du cimetière :

— Que Dieu t'ait en Sa sainte garde. Qu'Il veille sur ton père et qu'Il te protège de toi-même, Nathalie.

50

— C'était une femme qui l'attendait ? Vous êtes sûr ?

Stephen dévisagea la policière comme si elle était sourde ou simple d'esprit.

— Évidemment ! Je suis pas dingue, quand même !

Le patron fronça les sourcils devant l'attitude peu convenable de son jeune employé, mais ce dernier ne le vit pas. Marianne, elle, rangea la photo de Valérie Freysse qu'elle venait de lui montrer et échangea un regard lourd de sens avec Lucas. Puis elle reporta de nouveau son attention sur Stephen. Celui-ci avait poussé la porte de l'établissement quelques minutes plus tôt pour prendre son service et n'avait même pas encore eu le temps d'ôter son manteau.

— La femme qui attendait, elle avait réservé ?

— Non.

— Où était-elle assise ?

— Là. Dos au mur. Elle a pris un kir en l'attendant.

— Décrivez-la-moi. Brune ? Blonde ? Grande ? Petite ? Mince ? Enveloppée ? À quoi ressemblait-elle ?

— À rien de particulier. Ah, par contre, elle avait un plâtre.

— Un plâtre ? répéta l'officière. Où ça ?

— À l'avant-bras.

— Lequel ?

— Le droit, je crois.

— Ça l'handicapait ?

— Non. Le coude n'était pas pris dedans puisqu'elle a retiré son manteau sans problème.

Un plâtre, songea Marianne. Un leurre ? Un bon moyen, peut-être, de paraître diminuée face à la femme méfiante que cette criminelle avait l'intention de kidnapper.

— À part ça, reprit-il avec un vrai effort de concentration, je dirais qu'elle n'était ni grosse ni maigre, et de taille normale. Un peu plus petite que moi, peut-être. Elle avait l'air bien gau… euh, bien faite, mais au visage quelconque. Elle était en pantalon, ça, je m'en souviens. Elle portait un trench qu'elle n'a pas voulu que je mette au vestiaire. C'est rare. D'habitude, les femmes n'aiment pas avoir un vêtement pendu à leur chaise. Et dans le style pas commun, elle portait des lunettes fumées. Je me suis dit que c'était pas vraiment la saison, mais avec les bourges, on voit parfois des trucs bizarres. Je me rappelle aussi qu'elle n'avait pas de sac à main. Vu qu'elle semblait nerveuse, j'ai pensé qu'elle avait peur qu'on lui pique ses papiers et que, du coup, elle les avait peut-être glissés dans son manteau, raison pour laquelle elle préférait le garder.

— Ce qui ne s'est d'ailleurs jamais produit ici, s'empressa de préciser le patron.

La policière profita de cette intervention pour se tourner vers lui.

— Y a-t-il la moindre chance qu'on puisse retrouver une empreinte digitale ou d'autres traces, sur cette table ?

L'homme secoua la tête d'un air désolé.

— Absolument pas. Depuis l'épidémie de Covid, la salle est nettoyée tous les soirs à l'eau de Javel et le mobilier entièrement désinfecté. Le standing de notre établissement ne permet pas les à-peu-près.

— Je vois... Je vais tout de même vous envoyer la Scientifique. Je ne peux pas me permettre de négliger la moindre piste.

Le lieutenant s'éloigna illico, le téléphone à la main. Le patron, quant à lui, avait pâli.

— La Scientifique ? Vous n'y pensez pas sérieusement ? Ça va faire fuir ma clientèle, madame !

Excédée, Marianne brandit devant son nez la photo de Valérie Freysse, et il recula d'un pas.

— Cette personne a également été votre cliente, cher monsieur. Elle a vraisemblablement été enlevée en sortant de votre restaurant, et assassinée ensuite. De plus, votre serveur est l'un des derniers à l'avoir vue vivante, en compagnie d'une femme qui est potentiellement la meurtrière. Alors, que ça vous plaise ou non, une équipe de spécialistes va passer cet endroit au peigne fin. Et j'exige qu'on n'approche plus de cette table jusqu'à leur arrivée.

— Très bien, obtempéra-t-il, penaud. Je vais tout de suite donner des recommandations dans ce sens.

Ferrand sentit qu'elle avait dépassé les bornes avec cet homme qui subissait son irritation.

— Désolée, dit-elle tandis que celui-ci tournait les talons. Nous sommes à cran. Votre employé est notre tout premier témoin dans cette affaire. C'est très important. Nous ferons le maximum pour que les prélèvements soient achevés avant le début du service.

Le patron, compréhensif, lui offrit un maigre sourire, puis fila vers les cuisines. Stephen, lui, était resté là, les bras ballants, ne sachant s'il pouvait disposer. La capitaine s'adressa de nouveau à lui.

— Vous rappelez-vous comment elles ont réglé ?

— C'est celle qui attendait qui a payé l'addition. Et en liquide. C'est de moins en moins fréquent, donc ça m'a marqué, d'autant que ce n'était pas pratique avec son plâtre.

En général, les consommateurs qui règlent en espèces n'oublient pas de nous laisser un pourboire, contrairement à ceux qui paient en carte bancaire, et elle n'a pas fait exception à la règle.

Les yeux de Marianne étincelèrent.

— Ces billets, vous les avez toujours ?

Stephen secoua la tête.

— Impossible. Vous imaginez bien, après plus de trois semaines… Le patron dépose l'argent tous les lundis à la banque et les bonus sont répartis équitablement entre nous tous les mardis matins.

De déception, la policière ferma les paupières une seconde.

— Très bien. Merci, Stephen. Une dernière chose : sont-elles parties ensemble ?

— Oui. L'autre est allée aux toilettes, mais la femme au plâtre a patienté dehors, sous son parapluie et derrière ses lunettes noires, après avoir remonté son col jusqu'aux oreilles. Comme une star qui se balade incognito, vous voyez ?

Un peu que Marianne voyait, oui.

— Les avez-vous ensuite aperçues monter en voiture ? poursuivit-elle.

— Non. C'était l'heure d'affluence et j'avais d'autres clients à servir. Je n'ai plus fait attention à elles dès qu'elles ont franchi le seuil.

Ferrand lui sourit.

— Évidemment. Vous pouvez y aller, cette fois. Merci encore, Stephen.

Le jeune homme ne demanda pas son reste et disparut en direction des cuisines. À ce moment, Vanessa fit à son tour irruption dans la salle de restaurant. Au sourire fatigué de sa cheffe, elle comprit que la donne venait de changer. Elle vit Lucas parlementer au téléphone, puis celui-ci revint vers elles.

— La Scientifique se met en route. Ils seront là dans dix minutes.

— Vous croyez franchement que c'est utile ? douta Vanessa.

Marianne, déjà convaincue que la recherche de traces génétiques au Magnum ne fournirait rien d'exploitable, détailla la table où Freysse avait mangé son dernier repas.

— Non. Mais observe bien dehors, Vanessa. Dans une heure, les caméras de toutes les télés seront braquées sur cette vitrine. Ce soir, la tueuse va savoir qu'on a bien avancé, et qu'elle n'est pas aussi en sécurité qu'elle le pensait. Ça la poussera peut-être à faire une connerie.

51

Le commandant gara sa voiture sur le terre-plein qui s'étendait devant le club de canoë-kayak de Saint-Père, à cinq kilomètres en aval de Pierre-Perthuis. La Cure, apaisée dans la vallée après avoir dévalé les rapides du Morvan, déroulait un courant paresseux de l'autre côté de la route. Des banderoles attachées aux arbres près du rivage indiquaient aux randonneurs aquatiques qu'ils étaient arrivés à destination. Quelques bateaux d'initiation étaient fixés à l'envers sur des portants métalliques scellés au sol par des blocs de béton. Gontran referma son loden et pénétra dans le local qui sentait l'humidité, le caoutchouc, et un peu les pieds. Une jeune femme se redressa derrière un écran d'ordinateur, circonspecte, se frottant les mains pour les réchauffer.

— Bonjour. Désolée, la saison touristique vient de se terminer. Aucun bateau n'est plus disponible à la location jusqu'à la réouverture en avril.

— Bonjour. Je suis gendarme, répliqua-t-il en lui montrant sa carte professionnelle. Je vous ai appelés tout à l'heure, mais ça n'a pas répondu. Je n'étais pas sûr de trouver quelqu'un.

— Je suis la gérante. Je devais être à l'atelier avec les garçons quand vous avez tenté de nous joindre, s'excusa-t-elle.

Nous avons pas mal de travail sur les coques. L'eau a été très basse, cet été, et les touristes ont beaucoup raclé contre les rochers.

— D'accord. J'ai besoin de quelques renseignements, alors je vais faire vite pour ne pas trop vous déranger. Je me demandais si vous aviez des canoës noirs.

— Non, aucun. Jaune, bleu, rouge, vert : ils sont tous de couleur vive pour mieux les voir, et parce que c'est plus fun.

— Et des gonflables ?

La femme le dévisagea, amusée.

— Si je louais des embarcations gonflables pour des balades le week-end sur la Cure, je passerais le reste de la semaine à coller des rustines partout. Vous voulez notre faillite, ou quoi ?

— Loin de moi cette idée, protesta Montboissier. Je note donc que ce ne serait pas une excellente option de naviguer avec un tel équipement.

— L'une des moins intelligentes qu'on puisse avoir, je vous le confirme. Ces trucs de supermarché sont juste bons pour pagayer dans une piscine. Et encore. Faut pas qu'un moustique traîne dans l'eau, sinon c'est la crevaison assurée.

— Mais admettons que quelqu'un le fasse quand même, insista gravement l'officier. Et de nuit.

La femme le considéra un instant, puis articula d'une voix blanche :

— C'est à propos de ce crime à Pierre-Perthuis, n'est-ce pas ?

— Disons que je m'informe pour une affaire en cours, dont je ne peux pas évoquer les détails avec un civil, éluda-t-il.

La gérante pointa une grande carte de la rivière punaisée au mur du local.

— La nuit, ce serait de la folie. Sauf si on aime le risque et connaît très bien la Cure, bien entendu. Là, je vous parle de mémoriser chaque mètre du parcours. Et avec une lampe frontale pour éviter les branches qui sortent de l'eau.

L'officier, que cette rapide discussion avait rendu perplexe, remontait dans sa voiture lorsque son téléphone ronronna dans sa poche. Il décrocha immédiatement quand il lut le nom de Marianne sur l'écran. Une minute plus tard, il coupa la communication et resta les mains serrées sur le volant, les yeux dans le vague. Un premier morceau du puzzle s'était placé avec fracas dans l'imbroglio du crime de la Cure. L'assassin était une femme.

Le mobile du militaire vibra derechef sur le tableau de bord. C'était Petrosky, de l'IRCGN.

— Commandant, j'ai un résultat qui va vous étonner.

— Oh, je ne suis plus à ça près, aujourd'hui.

— C'est à propos des empreintes de bottes de taille 43 que les gars ont relevées au moulin de Gingon.

Gontran se cala contre le dossier de son siège. Fixant un canoë attaché à un arbre et qui se balançait mollement sur l'onde, il lâcha :

— Laissez-moi deviner. Le pied qui était dedans ne faisait pas du 43 ?

Petrosky grommela dans son combiné.

— Si vous le saviez déjà, je me demande à quoi je sers...

— Avez-vous une idée de la pointure exacte ?

— Impossible de le dire avec précision, commandant. Il pourrait s'agir d'un très jeune adolescent, comme d'une femme ou d'un lilliputien. D'après l'avis du spécialiste qui a examiné les moulages, le bout de la botte était rempli de plâtre ou de ciment pour donner l'impression d'être pleine. Une matière compacte, en tout cas. Du papier n'aurait pas suffi. Malgré ça, le talon était vraiment plus marqué, et c'est ce qui nous a mis la puce à l'oreille. Le sol boueux ne pouvait pas expliquer une telle différence à lui tout seul.

Pensif, Montboissier raccrocha et démarra sa voiture. Alors qu'il s'engageait sur la route, il se ravisa, fit demi-tour et se gara un peu plus loin, à proximité de la rivière. Il n'y avait pas prêté attention, tout d'abord, mais il avait aperçu dans son rétroviseur une autre personne à interroger. À genoux sur la rive, les manches retroussées, elle semblait chercher quelque chose sous la surface de l'eau.

52

— Bonsoir. Commandant Montboissier, de la gendarmerie. Je ne vous dérange pas ?

La jeune femme, les mains plongées dans l'onde glaciale de la rivière, cessa de tirer sur l'objet enfoncé dans l'eau et s'essuya sur son pantalon. Puis elle releva un visage fermé vers le militaire.

— À votre avis ?

Le gendarme redressa les épaules, douché. Il n'avait pas l'habitude de se faire rabrouer comme ça.

— J'aurais besoin de vous poser quelques questions pour une enquête en cours, madame.

— Aidez-moi plutôt à sortir ce truc-là de la flotte. J'y arrive pas, la nuit va tomber et Cédric est parti chercher du matériel.

Gontran considéra, perplexe, le courant mouvementé qui filait le long de la rive.

— Qu'est-ce que c'est ?

— Le tuyau qui sert à l'arrosage de l'exploitation. Il s'est décroché. Une planche est venue taper dedans. On est toujours emmerdés, tout ça parce que des tas de gens balancent des saloperies dans la rivière. Trop feignants pour aller à la déchetterie.

— Ce n'est peut-être pas une heure pour faire ça, si ?

— Y a pas d'heure pour la terre, monsieur le gendarme. Ici, on n'est pas dans un bureau. On ne met pas la clé sous la porte à seize heures, aux Jardins du Basilic.

— Écoutez...

— À deux, ça ira plus vite. Après, dans la serre, on sera à l'abri du vent et on pourra discuter.

Pris de court, Gontran ôta sa veste et la suspendit à une branche. Il remonta ses manches le plus haut qu'il put et, au comble du désespoir, se mit lui aussi à genoux, essayant de ne pas prêter attention au tissu fragile de son pantalon qui s'imprégnait d'humidité.

— Suivez ma main. C'est juste là, à quinze centimètres sous la surface. Vous le sentez ?

La morsure du froid saisit le commandant. La jeune femme, quant à elle, semblait ne pas s'en apercevoir. Montboissier referma les doigts sur la tubulure et hocha la tête.

— À trois, on le dégage ! le guida-t-elle. Un, deux, tr...

Le tuyau se libéra brutalement et projeta une gerbe d'eau sur eux. Le gendarme bascula en arrière et tomba sur les fesses, la chemise trempée. Tandis qu'il se relevait, mortifié par l'aspect de sa tenue, son interlocutrice remit le système provisoirement en place en deux temps, trois mouvements. Il lui emboîta ensuite le pas jusqu'à la serre en frissonnant.

— Allez, posez-moi vos questions, maintenant. Et dépêchons-nous, j'ai encore du travail.

L'officier lança un regard circulaire sur la plantation. Là, des bâches abîmées avaient été entassées, sûrement déchirées par le vent qui s'était abattu sur la région en octobre. Plus loin, des piquets brisés montraient la violence avec laquelle les éléments s'étaient déchaînés.

— Ouais, on a morflé, confirma-t-elle comme si elle lisait dans ses pensées. Bon, qu'est-ce que vous voulez savoir ?

— Je vais être bref. Comment vous appelez-vous ?

— Lara.
— Lara comment ?
— Lara. C'est tout.
Montboissier jugula l'agacement qu'il sentait poindre en lui.
— Étiez-vous ici le week-end dernier ?
— J'y suis tous les jours. Les légumes, ils ont besoin qu'on s'occupe d'eux quotidiennement, même quand ils ne poussent pas. Là, c'est le système d'arrosage qui s'est cassé. Une autre fois, ce sont les serres qu'il faudra réparer. Ça ne s'arrête jamais. Comme quand on élève des bêtes.
— La nuit, vous travaillez aussi ?
— Ça arrive. La semaine passée, par exemple, la grande bâche s'est décrochée. C'est un voisin qui nous a prévenus. On a allumé les projecteurs et on est restés ensemble jusqu'à quatre heures du mat' pour tout remettre en place. C'est essentiel, l'entraide.
— Quand ça, exactement ?
— Dans la nuit de samedi à dimanche, mais c'est plus souvent agité qu'on le pense, vous savez !
— Je vois, acquiesça Montboissier qui commençait à sérieusement se refroidir. Avez-vous vu filer un canoë, cette nuit-là ?
— Un canoë ? répéta Lara, incrédule. Il faudrait être barjot pour naviguer par un temps pareil !
— Je ne vous le fais pas dire. Donc c'est non ?
— Absolument. L'un des spots était dirigé vers la rivière pour surveiller le système d'alimentation qu'on a récupéré tout à l'heure. Il donnait des signes de faiblesse, mais avec l'histoire de la bâche, on n'a pas eu le temps de le réparer avant qu'il s'arrache de son support. Si un dingue était passé là, on l'aurait forcément aperçu.
— Connaissez-vous quelqu'un qui possède un canoë gonflable, dans la région ?
— Vous rigolez ? s'esclaffa la jeune femme.

Gontran, qui n'avait pas envie de rire, continua :

— Une dernière question : si vous deviez sortir discrètement de l'eau un bateau de ce genre entre Pierre-Pertuis et ici, où le feriez-vous ?

— Au pont de la D53, répondit-elle sans hésiter. C'est au milieu de nulle part et c'est l'unique endroit en contrebas de la route. Mais il y a tellement de ronces là-bas que vous risquez de finir avec les bras en sang et votre canoë gonflable qui fait pfuitt en deux secondes.

Lorsque le commandant revint au pas de course vers son véhicule, ce n'était pas seulement pour se réchauffer. S'ils trouvaient d'autres petites taches de sang sur les épines près de ce pont, un nouveau test ADN confirmerait peut-être la même origine que celle prélevée au moulin de Gingon. Et cette fois, qu'on ne vienne pas lui parler de hasard.

53

Les Pernelle sortirent de l'hypermarché et tombèrent face au frère Ancelin qui patientait devant l'entrée du magasin. Près de lui, un Caddie à moitié rempli attendait la générosité des clients envers les nécessiteux.

— Bonjour, comment allez-vous ? leur demanda-t-il, tout sourire.

Le père d'Alice avait tourné le dos à l'Église plus de trente ans auparavant, à une époque où l'ecclésiastique se trouvait encore en Afrique en train de porter la parole du Seigneur dans des villages. Il fit néanmoins bonne figure par égard pour sa femme qui, elle, était croyante et fréquentait assidûment Saint-Léonard de Pierre-Perthuis ainsi que, à l'occasion, la basilique Sainte-Marie-Madeleine de Vézelay.

— Bonjour, frère Ancelin, répondit Corinne. Toujours en mission pour vos paroissiens, à ce que je vois…

Le religieux sourit.

— C'est calme. Avallon n'est pas Mambasa.

— Ça vous manque ? s'enquit Jacques.

Si celui-ci désapprouvait le motif qui avait autrefois conduit le prêtre au Congo, il respectait cependant l'engagement humanitaire qui avait animé le parcours du franciscain, et qui continuait visiblement de l'habiter.

— Chaque jour que Dieu fait, oui. Mais je sais que d'autres âmes doivent être guidées vers Jésus-Christ, ici aussi. Pardon, se reprit aussitôt l'ecclésiastique après avoir surpris le regard gêné que Corinne avait adressé à son mari. Il m'est difficile de cesser de prêcher quand je sors de mon office. J'ai d'ailleurs commis la même maladresse au cimetière ce matin. J'ai manqué de discernement. J'admets avoir parfois l'impression d'être un indécrottable prédicateur.

— La personne en question ne vous en aura certainement pas voulu, frère Ancelin, s'empressa de le rassurer la femme de Jacques. Tout le monde connaît votre sollicitude à Vézelay, et elle est très appréciée par nombre d'entre nous.

— Eh bien, à vrai dire, je n'en suis pas si sûr. Cette jeune femme, en tout cas, est partie plutôt furieuse contre moi.

— Si je la connais, je pourrai peut-être lui parler, suggéra Corinne.

— Avec elle, je ne crois pas que ça suffise, hélas. La famille Pelissier a beaucoup souffert. Nathalie n'est pas prête à écouter qui que ce soit, je le crains.

— C'était la fille d'Armand ? demanda Jacques, brusquement intéressé.

— Oui, confirma le prêtre. Il y a bien longtemps que je ne l'avais pas croisée et je ne l'aurais sans doute pas reconnue dans la rue. Elle a bien changé, depuis toutes ces années. C'est seulement quand je l'ai aperçue par la fenêtre de la sacristie, en plein recueillement devant la tombe de Thibault et de sa mère, que j'ai pris conscience de qui elle était.

— Comment va son père ? Elle vous l'a dit ?

— Il est atteint d'Alzheimer.

— Il vit toujours chez lui ?

— Je regrette, je n'en sais pas davantage.

— Je comprends, merci quand même. Au revoir, frère Ancelin, conclut Jacques en entraînant sa femme après avoir déposé deux boîtes de macaronis dans le Caddie de l'homme d'Église.

— Au revoir. Prenez soin de vous et des vôtres.

Silencieux, les Pernelle regagnèrent leur voiture.

— Pauvre Armand, commenta Corinne tandis qu'ils rangeaient les courses dans le coffre. Quelle sale maladie…

Brutalement replongé dans le passé, Jacques ne répondit pas. *Armand Pelissier…* Ils avaient été membres du même conseil municipal pendant plus de dix ans et étaient devenus de très bons amis. Ils s'invitaient régulièrement pour dîner, ou bien pour regarder le rugby. Supporters de deux équipes rivales, l'ambiance était garantie.

Jacques, même si Corinne et lui avait emménagé dans la région plus tard, connaissait les grandes lignes du drame que Pelissier avait vécu : la mort de son fils en 1987, le décès prématuré de son épouse à l'issue d'une grave dépression, puis le départ de sa fille Nathalie pour une existence aride consacrée à la compétition sportive de haut niveau. Jacques avait cru comprendre qu'Armand n'avait ensuite que très peu revu celle-ci, mais il ignorait pourquoi. Il n'avait pas eu l'indélicatesse d'interroger son ami sur ce sujet visiblement douloureux, et s'était contenté d'observer les portraits des deux enfants qu'Armand conservait chez lui, dans l'entrée. L'un représentait un jeune homme souriant et beau comme un Apollon, l'autre une femme sèche et musclée, au visage marqué par l'amertume.

En 2016, une stupide dispute à propos des frais liés à la rénovation de l'église les avait brouillés, et aucun des deux n'avait su ravaler sa fierté. Un vrai gâchis, il devait bien le reconnaître. Et si ces derniers temps Jacques n'avait pas croisé Armand en ville, il n'avait aperçu Nathalie qu'à deux ou trois reprises depuis la fin de sa carrière dans les stades. Mais à cause de son attitude peu engageante et du différend non résolu avec son père, il n'avait pas cherché à engager la conversation. À présent, il s'en voulait.

— Le temps file tellement vite, commenta-t-il en prenant la route du retour. Il peut se produire tant de choses qui font basculer une vie du jour au lendemain…

— Tu vas appeler sa fille ?

— Je ne sais pas. Ça fait si longtemps que je n'ai pas pris de nouvelles. J'ai peur de ne pas être très bien reçu.

— Qu'est-ce qui est le plus important, à ton avis ? Que tu aies des nouvelles de ton ami, ou que tu évites un sermon de la part de sa gamine ?

Quand ils arrivèrent chez eux, Jacques aida son épouse à ranger les commissions avant de monter dans son bureau. Il chercha alors le numéro des Pelissier dans son répertoire, le composa et patienta jusqu'à ce que le répondeur se déclenche à l'autre bout du fil. Hésitant, il laissa un message un peu empêtré où il s'enquérait de la santé d'Armand et présentait ses excuses de ne pas l'avoir fait plus tôt, puis il alluma son ordinateur. Les pages Web consacrées à Alzheimer pullulaient, et pas rassurantes. Incurable, le mal ne vous lâchait plus une fois qu'il vous avait investi. La mort, au bout du compte, n'était qu'une question de temps pour le malade, et de douleur pour les proches.

À ce moment, il entendit Corinne l'appeler, ainsi qu'Alice, pour le dîner. Aussitôt, il referma le capot de son PC et les rejoignit. C'était décidé : le lendemain, il irait rendre visite à Nathalie Pelissier. Fini les anciennes querelles. Il devait bien cela à son vieux copain.

54

Une fois le repas terminé et le café servi, Jacques se recula sur sa chaise et dévisagea sa fille.

— Alors, tes cours, qu'est-ce que ça donne ? Ils n'ont pas bientôt fini de vous emmerder, ces grévistes ?

Alice se tortilla sur son siège. Elle n'avait pas imaginé que son père la questionnerait de façon aussi abrupte sur son mensonge. Elle lui renvoya un regard le plus franc possible en essayant de masquer sa gêne.

— Ça arrive très souvent, mais ça ne durera pas. J'ai l'habitude, je peux travailler toute seule. Et ça m'a donné l'occasion de venir ici. ! Je crois que ça me fait du bien de prendre l'air.

— Ça serait quand même plus raisonnable que tu n'ailles pas te promener du côté de la Cure pendant quelque temps.

— Mais…

Jacques coupa immédiatement court à la protestation de sa fille :

— Tes bottes sont dans la grange, pleines de terre. Elles ne se sont pas salies toutes seules cet après-midi, que je sache.

— Je… J'ai eu besoin de revoir l'endroit où cette femme est morte.

— C'est un peu morbide, tu ne crois pas ?

— Maintenant que je la connais, il fallait que j'y retourne, c'est tout.

— Tu sais qui elle était, mais tu ne la connaissais pas. Il y a une grosse différence.

— J'ai en tout cas la preuve qu'elle est venue ici, au village, il y a de nombreuses années.

Jacques dévisagea sa fille comme s'il la voyait pour la première fois.

— Quoi ? Mais de quelle preuve parles-tu ?

Alice réveilla son mobile et leur montra la photo de Valérie Freysse qui posait sur le pont de Ternos.

— Celle-là.

Son père détailla le cliché quelques secondes.

— Où as-tu trouvé ça ?

— J'ai rencontré sa fille, à Paris. C'est elle qui me l'a donnée.

— Il faut absolument mettre la police au courant ! intervint Corinne.

— Je l'ai fait ce matin avant de prendre la route, rétorqua Alice, sur la défensive. L'officière qui s'occupe de l'affaire doit déjà l'avoir entre les mains.

— Alice, prononça lentement Jacques en maîtrisant mal son irritation, il faut que tu cesses de remuer toute cette histoire. C'est malsain, et elle ne te concerne plus.

L'étudiante baissa le nez avec un air buté. Son père, conscient qu'elle n'était pas du genre à lâcher le morceau facilement, décida de frapper fort pour lui ôter toute envie de lui désobéir.

— Tu n'as pas idée de quoi ce type est capable. Alors je vais te le dire, moi : il a récupéré une carcasse de sanglier en décomposition, remplie de vers, dont il s'est servi pour rendre cette femme folle à lier avant de l'achever. Ensuite, il a transporté son corps en bateau jusqu'à la Roche percée. Voilà pourquoi tu l'as trouvée dans cet état. Tu comprends, maintenant, pourquoi je veux que tu évites de t'approcher de la rivière ?

— Tu crois qu'il pourrait revenir ? demanda Corinne d'une voix blanche.

— Je n'en sais rien, mais je n'aime pas que notre fille se balade dans ce coin-là en ce moment.

— Je crois que j'ai saisi le message, articula péniblement Alice, le visage blême.

— Bien. Et si tu sors, emmène chaque fois Pepper et ton téléphone, d'accord ? Je veux pouvoir te joindre à tout instant et que tu puisses nous appeler si tu as un problème.

— Promis.

— J'ai aussi pensé que ce serait bien que tu laisses ta moto dans la grange pendant ton séjour. Je t'ai préparé la 205. Ta mère ne s'en sert quasiment plus, tu seras libre de te déplacer comme tu voudras, même s'il pleut des cordes.

Dans un élan, Alice se leva et le prit dans ses bras avec tendresse, tout ressentiment envolé. Puis elle contourna la table et embrassa également sa mère. Ses parents n'avaient toujours pas compris qu'elle n'était plus une enfant, mais Dieu, qu'elle les aimait !

— Merci ! Vous êtes des anges… Ça tombe bien, je dois aller à Avallon ce soir. Un truc à rendre à un copain.

— Tu ferais mieux d'être de retour avant minuit si tu ne veux pas que cette guimbarde se transforme en citrouille, répliqua Jacques.

Sa fille se contenta de lui sourire, amusée, et se dirigea vers l'entrée tout en leur souhaitant une bonne soirée.

— Un *copain*… murmura Corinne lorsque la porte claqua derrière elle.

— Hmm, répondit Jacques. Elle est encore un peu jeune pour ça, non ?

— Tu es surtout un vieil ours qui vit dans les années 1970, se moqua son épouse. Elle a dix-neuf ans, et en tant qu'étudiante en médecine, je pense qu'elle en sait long sur la reproduction de l'espèce humaine...

— Bon, ça va, ça va, coupa son mari. On évite de parler de ça, hein ?

La mère d'Alice émit un petit rire. Jacques ne changerait jamais...

— À propos de copain, j'ai appelé chez les Pelissier avant de descendre. Ça n'a pas répondu, alors j'ai laissé un message. J'irai voir demain. J'ai mauvaise conscience de ne pas l'avoir fait avant. Avec un peu de chance, Armand se souviendra de moi. On pourra discuter du passé et évoquer les bons moments que nous avons vécus ensemble. Ça lui changera les idées...

— Sauf que s'il est très malade, il n'est peut-être déjà plus chez lui, tu ne crois pas ?

— Eh bien dans ce cas, Nathalie me dira dans quel établissement je peux lui rendre visite. Il ne doit pas être bien loin d'ici, j'imagine.

— Et tu as envisagé l'éventualité qu'il puisse être toujours en colère contre toi ?

— Après tout ce temps, il m'en voudrait encore pour cette prise de bec ridicule au conseil ?

— On ne sait jamais, Jacques. Mais à ta place, j'attendrais que sa fille écoute ton message et qu'elle te rappelle, avant de te déplacer...

55

— Qu'est-ce que ça change, au final ? demanda Marianne à Lucas tandis qu'ils poireautaient à un feu rouge sur le boulevard de Sébastopol. Que ce soit une femme, je veux dire ?

— Nous n'en sommes pas encore sûrs. On sait maintenant que Freysse a déjeuné au Magnum avec une autre femme, pas que cette dernière l'a kidnappée pour l'emmener dans le Morvan afin de la livrer en pâture à des asticots. Il a pu se passer des tas de choses qui infirmeraient cette théorie.

— Comme ?

— Par exemple : puisqu'il est avéré que notre victime est venue en métro dans le XIVe et que son mobile a borné au bois de Boulogne en début d'après-midi, on peut aussi partir de l'hypothèse que notre inconnue lui a proposé de la raccompagner en voiture et qu'elles se sont engueulées en route. Une dispute qui aura peut-être abouti au largage de Valérie Freysse dans la nature et que, rentrant à pied, un type malintentionné l'embarque. Ce genre de scénario expliquerait très bien pourquoi son téléphone a laissé une trace là-bas.

— Je n'y crois pas une seconde. Tu oublies le plâtre, l'argent liquide pour payer la note du restaurant, les lunettes fumées et le parapluie sitôt ouvert en sortant, et aussi la table isolée et l'absence de caméras. Tout ça a été minutieusement planifié. Même la pluie n'était pas un hasard, j'en suis certaine. Notre tueuse s'est calée sur la météo pour organiser son guet-apens en centre-ville, et en pleine journée.

Le lieutenant Moreau passa la première, roula au pas jusqu'au feu rouge suivant. Les travaux avaient réduit la circulation à une seule voie. La ville de Paris était devenue un véritable chantier.

— Donc, pour le bornage à Boulogne, on laisse tomber ? demanda Vanessa, assise à l'arrière.

— On continue à chercher l'appareil, mais je suis persuadée que c'est un leurre, affirma Marianne. Pour moi, notre suspecte a trimbalé Freysse avec son portable jusque-là pour nous mener sur une fausse piste. Je vous parie qu'on ne trouvera rien là-bas.

— C'est idiot, mais je n'arrive pas à me faire à l'idée que ce truc dégueu avec le sanglier et les vers soit sorti d'un cerveau féminin, dit la jeune flic, écœurée.

— Il n'y a pas de crime « féminin », Vanessa. Il y a juste la colère, la haine et la vengeance. Il y a la jalousie, le désir de domination ou la folie dévastatrice. Voire un mélange complexe de tout ça qui déclenche une déflagration meurtrière. L'homicide de genre n'existe pas. Un homme peut tuer avec du poison et une femme avec une hache. Tout est concours de circonstances.

— Peut-être, mais il s'agit quand même là d'une femme peu ordinaire, objecta Lucas. Ramasser une carcasse pourrie de sanglier pour s'en servir comme arme de torture, ce n'est pas à la portée de n'importe qui. Je ne connais pas beaucoup de personnes qui en seraient capables. Rien qu'à cause du poids de la bête. Sans parler de l'odeur.

— Je te l'accorde, ça a dû être particulièrement éprouvant. En tout cas, je suis bien embêtée, mais je vais devoir me défiler pour quelques jours. Je prévois de partir pour le

Morvan demain matin. Je pense que la clé se trouve là-bas, désormais.

Ils gardèrent le silence un moment, puis la capitaine ajouta :

— On a bien bossé, aujourd'hui. Merci pour le coup de main. On va se boire un verre tous les trois après le débrief avec Lefebvre, histoire de décompresser un peu avant de rentrer ?

Vanessa secoua la tête.

— Pas possible pour moi, désolée. Mon mari trouve que je passe déjà trop de temps au travail. Il m'a proposé de venir me chercher au Bastion dès notre retour pour qu'on se fasse un restau en amoureux.

— Merci, mais moi non plus, déclina à son tour le lieutenant. Je suis vanné.

— Bande de lâcheurs, commenta leur cheffe en se forçant à sourire.

À cette seconde, le feu bascula au vert. Pourtant, à l'instar de leur enquête, le trafic congestionné ne progressa pas d'un pouce. Exaspérée, Marianne résista à l'envie de coller le gyrophare sur le toit et d'enclencher le deux-tons au volume maximum tout en tirant des coups de flingue en l'air.

Tant pis, elle se la boirait toute seule, cette bière. Dans un café animé de Barbès ou ailleurs. Ensuite, comme d'habitude, elle retournerait affronter le fauteuil roulant, inoccupé, de son père.

Et sa solitude.

56

Malgré la promesse faite à ses parents, Alice n'avait pu s'empêcher de stopper la voiture sur le talus juste après le viaduc. Elle était ensuite revenue à pied au milieu du pont et s'était accoudée au parapet avec la nette sensation du vide qui la séparait du courant. Là, elle avait jeté un caillou et compté jusqu'à cinq avant de l'entendre frapper la surface de l'eau. Les nuages s'étaient dispersés et la lune éclairait d'argent les cimes de la forêt. Depuis son poste d'observation, elle ne pouvait distinguer que quelques affleurements de granit sur le flanc de la falaise en amont de la Roche percée. Le site où elle avait découvert le corps, lui, était masqué par les silhouettes des arbres qui bordaient la Cure et se fondaient dans l'obscurité.

Même si elle brûlait de retourner là-bas, la jeune fille avait pris la résolution de se soumettre au souhait de son père. Elle savait que sa pulsion possédait de toute façon quelque chose de morbide, comme lorsqu'elle consultait les photos dans son téléphone portable. Elle avait d'ailleurs l'impression que l'horreur s'effaçait au profit d'un examen de plus en plus attentif et clinique du drame.

Au début, son regard avait été hypnotisé par les vers qui rampaient dans tous les orifices naturels de la dépouille. Mais quand elle avait enfin pu supporter cette vision, elle avait détaillé la position des membres. Après encore, elle avait noté la présence de liens noués sur la peau blafarde. Elle avait également vu des marques assez larges sur les poignets. L'épiderme de Valérie Freysse avait conservé la preuve qu'elle avait été attachée par autre chose de moins serré, de plus rigide. Et qu'elle avait tiré de toutes ses forces pour tenter de s'en libérer.

Alice remonta finalement dans la 205 et reprit la route d'Avallon. Un quart d'heure plus tard, elle se gara dans une rue adjacente à la place Vauban. Lorsqu'elle arriva à proximité du Chapeau Rouge, elle vit que le restaurant affichait complet. Même sa terrasse, isolée par des vitrages et chauffée au gaz, était bondée. Elle pénétra donc dans l'établissement au milieu d'un brouhaha qui tranchait nettement avec le calme de l'auberge de Pierre-Perthuis.

Soudain, une voix de stentor explosa dans la salle derrière elle.

— Nathan ! Deux expressos !

— Ça marche !

La jeune femme dirigea son attention vers le bar et aperçut le motard qui avait désormais un prénom. Elle s'approcha timidement et posa la paire de gants sur le comptoir tandis qu'il lui tournait le dos, occupé à préparer les cafés. Quand il pivota enfin, elle lut la surprise dans ses yeux clairs, et, tout de suite après, autre chose qui éveilla des fourmillements dans son ventre.

— Salut, Nathan.

Le garçon sourit tout en disposant les deux tasses sur un plateau.

— Salut ! C'était pas difficile à trouver, tu vois.

— C'est vrai. En tout cas, merci, c'était vraiment sympa de ta part.

— Ça arrive, ces deux expressos ? coupa la même voix rude.

— Je reviens, souffla-t-il avant de filer aussitôt vers la terrasse.

Une matrone au visage rougi par l'effort surgit à cet instant de l'office et largua des assiettes fumantes sur le zinc.

— On enlève !

Nathan rentra au pas de course et repartit dans la foulée, une mimique d'excuses accrochée aux lèvres. Quand il regagna le comptoir, il découvrit un message abandonné dessus. « Alice. Pierre-Perthuis. Viaduc. Demain, 10 heures. »

Il jeta un regard à travers la fenêtre à petits carreaux, là où la silhouette de la jeune femme se fondait dans la nuit. Il ferma les yeux et huma l'écho de son parfum resté en suspens près du bar, comme pour lui envoyer un signe avant de s'évanouir dans les émanations lourdes de cuisine. Puis il fut cueilli en plein vol par une énième remontrance de son père.

— T'es pas au boulot pour rêvasser ! T'as oublié les kirs de la sept ou quoi ?

Nathan se hâta de préparer les apéritifs. Mais, à présent, un sourire extatique lui barrait le visage.

57

En rentrant du cimetière, j'ai fixé le chambranle de la nouvelle porte qui ouvrait sur l'escalier de la cave. Je devais me rendre à l'évidence : il fallait que je change le bloc complet puisque j'avais percé l'ancien montant de part en part pour visser un verrou. Un moyen d'éliminer tout risque d'évasion, au cas fort improbable où ma pensionnaire serait parvenue à se libérer de ses chaînes. Mais maintenant, je ne me voyais pas expliquer aux gendarmes pourquoi je voulais empêcher mes bouteilles de quitter le sous-sol sans mon accord.

Sans m'octroyer de répit, j'ai découpé la vieille porte et son bâti dans la grange, puis j'ai brûlé tous les morceaux dans la cheminée du salon. Pour finir, j'ai enduit la nouvelle afin de lui donner un aspect patiné. Il faudrait vraiment l'inspecter à la loupe pour se rendre compte du subterfuge. Et qui en aurait l'idée, franchement ?

Après avoir appliqué le mortier le lendemain, le carrelage a achevé de m'épuiser le jour suivant. D'autant que j'ai terminé tard dans la nuit. Pourtant, il me restait encore à faire les joints, implanter l'armature métallique qui accueillerait le placoplâtre, incruster les lignes électriques, visser les plaques, passer une couche de peinture sur les murs et loger les prises dans leurs boîtiers. Tout cela ne me demanderait pas plus d'une semaine de labeur. Ensuite, j'installerais les appareils de musculation que j'avais commandés sur le Web, et la cave ne ressemblerait plus à la geôle qui avait servi de dernière demeure à Valérie Freysse. Il était grand temps que je prenne de nouveau soin de ce corps que j'avais négligé depuis que j'avais arrêté la compétition.

Une fois ma mission menée à bien, je me suis frotté les mains et j'ai contemplé mon ouvrage avant d'appuyer sur l'interrupteur pour éteindre le plafonnier avec satisfaction. Si les enquêteurs venaient à me soupçonner et se pointaient ici, ils pourraient répandre tout le luminol qu'ils voudraient, ils ne risqueraient pas de dénicher la moindre trace ADN de cette ordure ni le moindre asticot résiduel dans un coin de la pièce.

J'avais également pris la précaution de nettoyer le plateau du Nissan à l'eau de Javel dès le soir où j'avais offert la carcasse du sanglier à ma prisonnière. Le lendemain, afin que personne ne puisse remarquer que le 4 × 4 avait été récuré, j'étais allée chercher toutes sortes de matériaux en prévision de la rénovation du sous-sol. En moins de quarante-huit heures, le pick-up était redevenu aussi sale que quand je l'avais trouvé dans la grange. Même chose pour la brouette.

À présent, le jour allait bientôt se lever. Je me sentais vraiment exténuée. Mes muscles me hurlaient de me reposer, mais j'étais incapable de fermer l'œil. Mon dos, surtout, avait souffert avec tout ce poids que j'avais trimbalé, et les courbatures me pliaient l'échine. J'aurais aimé, au moins, me dire que c'était fini. Que j'allais pouvoir tourner cette page noire de ma vie. De notre vie, à mon père et à moi. Mais je me serais menti à moi-même.

Après une douche brûlante qui m'a délié la nuque et la colonne vertébrale, je suis montée à pas lents dans ma chambre. J'avais lavé mes draps dans l'après-midi et les avais mis à sécher au grand air pour qu'ils s'imprègnent de l'odeur des herbes sauvages. J'avais besoin de croire que je m'étais entièrement débarrassée de toute cette crasse.

Là, j'ai avalé un somnifère, je me suis allongée et je n'ai pas senti le sommeil m'emporter. Je me souviens pourtant d'avoir rêvé de prairies inondées de soleil, de chevaux galopant vers l'horizon. De mon frère, aussi, qui souriait sur le pont de Ternos. De cette jeune femme qu'il aimait par-dessus tout, et dont je ne pouvais distinguer le visage, comme si elle tentait de se dérober à ma vue.

L'air vibrait à la manière d'un instrument désaccordé, je percevais que quelque chose de terrible allait se produire, mais personne d'autre que moi ne semblait en avoir conscience. Mon père riait, le bras posé sur l'épaule de ma mère. Elle, toujours sombre, avait le regard empesé de celle qui souffre sans oser le dire. Thibault les observait et, peu à peu, son sourire s'effaçait.

Quant à moi, je scrutais dans mon coin les nuages noirs qui se formaient loin au-dessus de nous. Du haut de mes huit ans, j'avais la sensation qu'un malheur fondait sur notre famille, alors que les adultes restaient désespérément aveugles.

58

Ferrand se réveilla très tôt. Contre toute attente, le compte rendu au Bastion s'était bien passé la veille avec Lefebvre. L'avancée significative de l'enquête n'y avait pas été étrangère. Soulagés, Vanessa et Lucas s'étaient échappés dès que le commandant avait tourné les talons, mais Marianne, elle, s'était encore imposé un peu de paperasse avant de se décider à rentrer chez elle. Et elle était en train de plier bagage quand le labo avait appelé. La table de restaurant du Magnum était effectivement demeurée inexploitable. La faute au nettoyage quotidien à l'eau de Javel… La bière en solitaire, rue Muller, avait ensuite eu un goût très amer.

Son petit déjeuner avalé, elle prépara un sac de voyage. Combien de temps séjournerait-elle dans le Morvan ? Quarante-huit heures, une semaine au maximum. Dans le doute, elle jeta pêle-mêle deux jeans, une douzaine de chemisiers et de sous-vêtements, une trousse de toilette, son ordinateur portable et un chargeur, puis elle enfila son manteau et descendit chercher sa voiture au parking.

Une fois le périphérique franchi, elle contacta Montboissier.

— Vous êtes bien matinale ! répondit-il aussitôt.

Marianne consulta l'horloge du tableau de bord et se sentit bête. Il n'était pas encore sept heures.

— Oh, pardon…

— Aucune importance, capitaine, je vous assure. Je me lève avant tout le monde, moi aussi. C'est le moment de la journée que je préfère. Celui où tout prend sa place, où ce que l'on pense paraît limpide. Je suis en train de déguster un café à la fenêtre de mon bureau, et la cité dort toujours. Que puis-je pour vous ?

— Je suis sur l'autoroute. Mon GPS me dit que je serai à Vézelay à neuf heures. Est-il possible de passer vous voir ?

— Ravi de constater que vous avez changé d'avis. Je vous propose plutôt un rendez-vous à l'auberge de Pierre-Perthuis. Vous pourrez y déposer vos affaires, et je vous conduirai ensuite visiter la ville et la brigade. Cela vous convient-il ?

— Tout à fait. Merci, commandant. À tout à l'heure.

La policière raccrocha et, quand elle eut dépassé la sortie Fontainebleau, elle enclencha le régulateur de vitesse et se laissa porter.

Environ cent kilomètres plus loin, alors qu'elle venait tout juste de doubler le panneau « AUXERRE », la sonnerie de son téléphone rompit le silence de l'habitacle.

— Bonjour, Marianne.

— Ah, Lucas ! Bien reposé ?

— Nickel. Du coup, je suis arrivé tôt. Et j'ai du nouveau.

— Du genre ?

— Julie Tiersen, l'assistante RH de Canal 13, vient de me rappeler. Elle s'est souvenue d'un détail. Il semblerait que Valérie Freysse ait tronqué son CV quand elle l'a soumis à la chaîne. Il y manquait une période, de 2010 à 2013. Lorsqu'elle l'a questionnée sur ce point, Freysse a éludé, chose étrange parce que le reste était très précis. Pourtant, d'après le profil que nous avons établi, elle a travaillé à cette époque comme membre du comité de direction d'une autre chaîne : RTS 5, basée en Suisse.

— Curieux, non, de ne pas avoir mentionné cette étape dans un CV qu'elle présentait à une boîte concurrente, alors qu'elle l'affiche quelques années plus tard sur LinkedIn ?

— C'est la réflexion que je me suis faite. J'ai donc continué à fouiller et j'ai trouvé que, en 2013, la femme d'un ponte de RTS 5 s'est donné la mort à Genève en s'ouvrant les veines dans sa baignoire. Elle a dû penser que ça ferait mauvais genre auprès des actionnaires de son futur employeur.

Marianne sentit le sang battre plus fort dans ses tempes.

— Putain, murmura-t-elle. Cette femme était vraiment du genre toxique, j'ai l'impression…

— C'est le moins qu'on puisse dire…

— Il faut que tu creuses. J'aimerais que tu ailles interroger le mari à RTS 5. S'il est toujours en poste là-bas, bien sûr…

— C'est le cas. J'ai contacté la chaîne juste avant de te joindre. Coup de bol, le type était déjà au boulot. Il m'a paru très fébrile, au téléphone, quand il a su pourquoi je l'appelais. À tel point qu'il m'a donné rendez-vous à la gare, sûrement pour ne pas risquer d'être à portée d'oreille de l'un de ses collègues. Mon train pour Genève part dans une heure. Et ce n'est pas tout. Un courrier a été déposé pour toi. J'imagine qu'il est là depuis hier, mais que tu n'as pas pris le temps de relever ton casier avec la journée qu'on a eue.

— Ah bon ? Vas-y, ouvre, et dis-moi.

Marianne entendit Lucas déchirer l'enveloppe, puis celui-ci poussa une exclamation.

— Alors ? s'impatienta-t-elle.

— J'y crois pas ! Il y a une photo de Valérie Freysse jeune sur un pont. Avec un grand viaduc derrière elle.

— Un viaduc ? Il y en a un à Pierre-Perthuis, je l'ai vu sur Internet. Ça pourrait correspondre. Qui a apporté ça ?

— Ça vient d'Alice Pernelle, la gamine qui a trouvé le cadavre. Elle a écrit son nom et son numéro de téléphone sur un autre document.

— Quel document ?
— Des fiches comptables.
— C'est quoi ce bordel ? Ça sort d'où, tout ça ?
— J'en sais rien, il n'y a aucune explication.
— Envoie-moi des scans sur ma boîte mail. Je m'arrête à la première aire et je l'appelle.

59

L'étudiante ouvrit un œil et, comme chaque matin, consulta son téléphone. Elle constata alors qu'elle avait reçu deux messages vocaux d'un numéro inconnu, mais elle n'avait pas envie de les écouter avant d'avoir pris son petit déjeuner. Elle enfila donc sa robe de chambre et descendit en bâillant dans la cuisine où Corinne était assise près de la fenêtre et buvait un café. Un bol vide, dans l'évier, lui indiqua que son père vaquait déjà à ses occupations.

— Bonjour, maman.

— Bonjour, ma belle. Tu n'es pas rentrée tard, finalement.

— Non, Nathan travaillait. Je ne suis pas restée.

— Nathan ?

Alice perçut le sourire entendu de sa mère.

— C'est juste un copain, maman. Je le connais depuis peu. On s'est rencontrés hier, pour tout te dire.

— Oui, bien sûr. Je te fais un chocolat ?

La jeune femme secoua sa chevelure ébouriffée.

— Non, comme toi. Noir et sans sucre, s'il te plaît.

Corinne s'exécuta de bonne grâce et déposa un mug fumant devant sa fille avant de s'installer face à elle.

— Papa n'est pas là ?

— Non, il est sorti.

Elle laissa passer un court silence et ajouta :

— Vous vous êtes rencontrés hier, donc…

Alice soupira. Elle ne s'en tirerait pas si facilement.

— Dans une station-service. J'avais froid, je me suis arrêtée pour faire le plein et il m'a prêté une paire de gants chauffants. Il était à moto, lui aussi.

— Un vrai gentleman.

— Tout à fait. Il ne m'a même pas demandé mon numéro ni rien. Il m'a seulement expliqué où je pouvais les lui rapporter.

— Un gentleman intelligent. Fais attention, ce sont les plus dangereux.

Corinne sourit, et sa fille prit le parti de l'accompagner.

— Beau garçon ?

— Maman !

— Je le suppose, d'après ton visage ravi.

— Il n'y a pas que ça. Il a l'air…

— Oui ?

— Différent. Je ne sais pas. À la fois timide et pas du tout.

— Très dangereux, assurément.

Alice était sur le point de répondre, mais sa mère se leva à cet instant.

— Allez, assez plaisanté, il faut que je me prépare, on doit retourner en ville avec ton père. Tu veux venir avec nous ?

— Je préfère rester là. J'ai du travail pour la fac, lâcha l'étudiante en baissant les yeux.

— Très bien. Tu lui passeras le bonjour de ma part.

D'humeur taquine, Corinne s'enfuit alors que le chausson de sa fille frappait le chambranle de la porte de la cuisine. La jeune femme plongea le nez dans son mug, huma le café, et sourit de nouveau. Elle ne pouvait vraiment rien cacher à sa mère.

Après quelques minutes, elle se souvint des messages sur son téléphone et se décida à les écouter. Quand elle prit conscience qu'il s'agissait de la policière, elle la rappela aussitôt.

— Bonjour, Alice. Je vous remercie de me recontacter, dit Marianne. J'ai été très occupée ces derniers temps et je viens tout juste de consulter les documents que vous m'avez adressés. J'aurais aimé que nous en discutions de vive voix, hélas je ne pourrai pas vous recevoir à Paris durant les prochains jours, car je descends ce matin à Pierre-Perthuis pour l'enquête. Mais je vous écoute. Expliquez-moi la raison de cet envoi. De quoi s'agit-il exactement ?

— Vous arrivez à Pierre-Perthuis ? J'y suis, moi aussi !

— Eh bien c'est parfait. Je serai à l'auberge du village dans vingt minutes environ. Nous pouvons nous y retrouver ?

— D'accord.

Il était huit heures et demie. Alice espéra qu'elle aurait le temps de parler à la capitaine sans être en retard à son rendez-vous au pont où, elle n'en doutait pas, Nathan la rejoindrait depuis Avallon sur sa Yamaha.

60

Montboissier chassa du revers de la main une poussière sur sa manche. Rentré trempé et crotté la veille, il avait déposé son loden au pressing dans la foulée et avait lavé lui-même son pantalon et sa chemise souillés par la terre de la Cure. Ensuite, il avait perdu plus d'une heure à nettoyer et cirer ses chaussures qui avaient souffert également de l'aide apportée à cette Lara, laquelle n'avait d'ailleurs pas songé une seule seconde à le remercier.

Il passa en revue sa moustache relevée en guidon de vélo, sa coupe de cheveux réglementaire et sa tenue impeccable, et se demanda s'il n'en faisait pas un peu trop. Il haussa les épaules, enfila sa veste d'uniforme et se fendit d'un rapide coup de fil afin de vérifier que la chambre qu'il avait réservée pour la capitaine Ferrand était toujours libre. Une fois rassuré sur ce point, il se hâta de rejoindre sa voiture et prit la route en direction de l'auberge de Pierre-Perthuis, où il l'attendit sur un tabouret de bar.

— C'est une Parisienne, c'est ça ? s'enquit le patron.

— Oui. Capitaine de police. Tu la traiteras bien, hein, Antoine ?

— Aux petits oignons, t'inquiète. Elle est là pour la morte de la Cure, j'imagine ?

— Ça, je n'ai pas le droit d'en parler, tu le sais bien.

Antoine baissa la voix pour qu'elle ne porte pas, comme à son habitude, jusqu'au bout du comptoir.

— Allez, c'est juste entre nous, Gontran. Raconte, quoi…

L'arrivée de l'officière à cet instant précis sauva la mise de Montboissier.

— Bonjour, commandant ! le salua Marianne en pénétrant dans la salle, alors que tous les regards se tournèrent instantanément vers elle.

Le gendarme se redressa.

— Bonjour, capitaine. Je vous présente Antoine, votre hôte. Voulez-vous boire quelque chose le temps que je monte vos bagages dans votre chambre ?

— Merci, mais c'est inutile, je n'ai que ce sac, dit-elle en montrant celui qu'elle tenait à la main.

— Dans ce cas, voici votre clé, intervint le patron. C'est la vingt-deux. Bienvenue !

Marianne sourit.

— J'apprécie l'attention. Vous ne pouviez pas mieux proposer à un flic.

Antoine la contempla pendant qu'elle s'avançait vers l'escalier. Quand elle eut disparu à l'angle du couloir, il adressa un clin d'œil à l'officier.

— Elle me plaît bien. Elle ne se laisse pas démonter facilement.

— Parce que tu croyais l'impressionner avec ton humour au ras des pâquerettes ? J'ignorais que tu faisais dans le guignol de taverne, d'ailleurs.

— Un peu de légèreté n'a jamais fait de mal. En plus, la vingt-deux, c'est une des meilleures. Elle ne donne pas sur la route, mais sur la Cure. C'est nettement plus calme.

Quelques minutes s'étaient écoulées lorsque la porte de l'auberge s'ouvrit dans le dos de Montboissier, tandis que Marianne redescendait déjà.

— Salut, Alice ! s'exclama Antoine avec une affection manifeste. Content de te voir ! Ça se passe bien, les études à Paris ?

Le gendarme se retourna, surpris. Il croisa le regard de la jeune femme et celle-ci se troubla quand elle reconnut l'homme qui l'avait interrogée après sa découverte macabre. Elle savait que le militaire était un ami de son père – celui-ci en avait déjà parlé à la maison –, mais elle-même ne le connaissait pas. La capitaine alla quant à elle à sa rencontre.

— Merci de vous être déplacée, mademoiselle Pernelle. Venez vous asseoir avec nous à l'écart. Monsieur Antoine, peut-on avoir des cafés ?

Un instant plus tard, Alice se retrouva entourée des deux enquêteurs. Marianne s'était saisie de son téléphone pour afficher le document comptable dont elle souhaitait discuter.

— Si vous m'avez envoyé ceci, c'est que ça revêtait de l'importance pour vous, et je me doute que cela a un rapport avec notre affaire. Alors, s'il vous plaît, expliquez-nous ce que ça représente.

Montboissier, les genoux croisés, parcourut les nouveaux éléments pendant que leur vis-à-vis expliquait comment elle se les était procurés. Marianne l'écouta sans l'interrompre, puis la considéra avec un intérêt non dissimulé.

— Vous faites médecine, c'est bien ça ?

— Oui, dit-elle timidement.

— Vous seriez une bonne enquêtrice, c'est certain. Ces derniers jours n'ont pas été trop durs ?

— Ça va. Je gère.

L'officière hocha la tête, comme pour signifier qu'elle comprenait parfaitement ce que l'étudiante ressentait. Alice se demanda ce que cette flic penserait d'elle si celle-ci apprenait qu'elle avait conservé des photos du cadavre dans son portable.

— Il y a des praticiens spécialisés pour accompagner les gens qui ont vécu des choses très difficiles. Je peux vous en recommander un, si vous le désirez.

— Ce ne sera pas nécessaire, je vous assure. Je vais bien. C'est… derrière moi, maintenant.

— D'accord, capitula Marianne. Mais si toutefois vous changez d'avis, n'hésitez pas.

La jeune femme acquiesça, déstabilisée. Soudain, elle eut l'impression que l'entretien était terminé. Alors, c'était tout ? Tout ça pour ça ? Une explication, un merci et au revoir ?

— Je… Je voudrais vous aider, déclara-t-elle avec candeur, les yeux pleins d'espoir.

Gontran leva enfin le nez de l'écran et s'exprima :

— Exactement la fille de son père. J'étais sûr que tu allais nous proposer quelque chose comme ça.

— Je connais presque tout le monde, ici, se rebiffa-t-elle en comprenant que le tutoiement du militaire la reléguait au statut d'enfant et que la réponse serait négative. Vous l'avez vu, je peux être utile.

Ferrand se pencha vers elle pour appuyer, en douceur, la décision de son confrère.

— Le commandant a raison. Non seulement ce n'est pas possible, puisque vous n'appartenez ni à la police ni à la gendarmerie, mais cela pourrait en outre se révéler dangereux, avec ce tueur en liberté. Ce n'est pas un jeu.

Marianne croisa le regard de Gontran, qui lui confirma d'un signe discret qu'elle avait bien fait de conserver le masculin et de ne pas dévoiler les progrès de l'enquête à Alice.

— Je ne peux rien faire de plus, alors ? demanda cette dernière, dépitée.

— Vous en avez déjà fait beaucoup. Merci pour votre proposition, très sincèrement, mais c'est non.

Dix minutes plus tard, l'étudiante gara sa moto sur le talus, juste après le viaduc. En attendant l'arrivée de Nathan, elle se mit à lancer des petits cailloux dans la rivière, les yeux braqués en direction du site de la Roche percée.

61

Le jeune homme bascula la béquille de sa Yamaha à dix heures précises. Les cloches de l'église sonnèrent, et des colombes s'envolèrent au-dessus de la Cure tandis qu'il rejoignait la silhouette emmitouflée appuyée à la rambarde au milieu du pont.

— Salut, Alice.

— Salut, Nathan, répondit-elle en se tournant vers lui, un sourire aux lèvres.

— Je suis désolé, je ne pourrai pas rester très longtemps. Je dois être au restau à onze heures pour le service du midi.

— Je comprends. Et cet aprèm, tu serais libre ?

— Je termine aux alentours de seize heures, après la plonge. Je ne bosse pas ce soir.

Elle opina, puis traversa la chaussée et tendit le doigt en direction du village.

— Tu vois le toit avec les tuiles un peu plus noires, à droite du grand bâtiment allongé ?

— Très bien, pourquoi ?

— C'est chez moi.

— Tu as de la chance. C'est très sympa, ce coin. J'ai toujours aimé venir m'y balader. Enfin, en ce moment, j'imagine que l'ambiance ne doit pas être légère. C'est bien ici qu'on a retrouvé le cadavre de cette femme, n'est-ce pas ?

— Oui. Là-bas, sous la falaise.

— Ça a dû être un choc, pour vous tous, d'apprendre qu'un tueur est en vadrouille près de vos maisons.

Alice s'accouda de nouveau à la rambarde, une chaussure enfoncée entre les barreaux métalliques du garde-fou.

— C'est... C'est moi qui l'ai découverte.

Pris au dépourvu, le garçon se trouva incapable de répondre quoi que ce soit, mais il sentit qu'elle se recroquevillait sur elle-même et il se rapprocha doucement. Leurs mains se frôlèrent. Aussitôt, elle retira la sienne.

— Tu veux aller rouler ? Il fait beau, ça ne va pas durer...

Alice hocha simplement la tête. Quelques minutes plus tard, ils filaient en direction de Vézelay. Elle s'engagea bientôt sur la route qui grimpait jusqu'à la basilique et ils s'arrêtèrent sur un promontoire, juste au-dessus de l'escalier qui menait au cimetière. Elle ôta son casque et contempla le panorama qui embrassait toute la vallée.

— C'est dingue, pas vrai ?

Nathan secoua ses cheveux noirs. Ils étaient presque plus longs que ceux de l'étudiante. Celle-ci avait remarqué qu'il les attachait en catogan pendant son service. Ça lui allait bien aussi.

— C'est magnifique.

Il tourna vers elle son regard émeraude.

— J'aimerais beaucoup qu'on continue à se voir. Si tu es d'accord, bien sûr...

— J'aimerais beaucoup aussi, s'entendit-elle répondre.

Le jeune homme plissa les lèvres et, observant la forêt qui environnait la ville, murmura :

— Ça te ressemble. Sauvage et doux en même temps.

Sur ces mots, il tendit la main pour attraper celle qu'Alice avait laissée pendre nonchalement le long de son corps. Leurs doigts se joignirent, et cette fois elle ne le fuit pas.

Un moment tendre s'écoula, puis Nathan consulta sa montre à regret.

— Désolé, il faut que j'y aille…

— Le restau, je sais.

— Mes parents m'embauchent à l'occasion pour que je me fasse un peu d'argent, mais je préfère ne pas bénéficier d'un régime de faveur. Je leur ai demandé de me traiter exactement comme le reste du personnel, histoire que ça ne suscite pas de jalousies.

— Je t'accompagne.

— Tu es sûre ?

— J'ai pas d'horaires à respecter, moi.

Alice enfila son casque, démarra sa GSX-R, releva sa visière et joua avec la poignée de gaz, ce qui lui attira quelques regards réprobateurs sur la place de l'église.

— Le dernier arrivé au Chapeau Rouge paie les bières ce soir, d'accord ?

— Grave !

Nathan vint se positionner juste à côté d'elle. Ses pupilles pétillaient déjà. À son signal, les deux motos décollèrent de l'asphalte dans un bruit de tonnerre.

62

— Faites attention, ça glisse en descendant par là.

Montboissier lança l'avertissement par acquit de conscience, mais il avait déjà compris que celui-ci ne servirait à rien. Marianne sautait en effet d'un talus à l'autre avec la grâce d'une gazelle, alors que lui se sentait pataud et ridicule, à essayer d'éviter les hautes herbes traîtresses qui se dérobaient sous les semelles de ses Crockett & Jones.

Une fois parvenue en bas de la déclivité, la capitaine eut la courtoisie de contempler la futaie plutôt que de s'amuser du spectacle qu'il offrait. Le commandant tentait, toujours en vain, de conserver sa dignité en s'accrochant tant bien que mal aux buissons pour ne pas chuter. Quand il la rejoignit, elle désigna le chemin du menton.

— C'est par là, c'est ça ?

— En aval, oui, confirma-t-il pendant qu'il s'essuyait discrètement les mains avec une poignée de feuilles mortes. La Roche percée est juste après ce coude de la rivière.

Marianne s'avança jusqu'à la rive. Le courant roulait tranquillement le long de la berge. Elle estima qu'il n'avait pas dû être trop difficile pour la meurtrière de stabiliser le canoë le temps de décharger le cadavre sur la terre ferme. Après ce constat, ils marchèrent quelques minutes sur le layon où les engins des gendarmes avaient creusé de profondes ornières et arrivèrent bientôt en vue de l'arche de pierre.

— C'est là-bas, au pied de ces bouleaux, indiqua Gontran, le bras tendu.

Ils s'approchèrent à pas lents, comme s'ils étaient sur le point d'interrompre une cérémonie funéraire. Marianne reconnut les arbres qu'elle avait vus sur les photographies transmises par l'IRCGN. Quand elle s'inclina au-dessus de ce qui avait été l'ultime lit de la disparue, elle fut soulagée de voir que les derniers vers avaient fini par aller chercher leur pitance plus loin.

De son côté, conscient que Marianne se remémorait tous les détails que les différents rapports lui avaient délivrés, Gontran demeura muet tandis qu'elle progressait, le dos courbé et l'œil aux aguets. Il ne subsistait plus aucun indice à découvrir, bien sûr. La policière n'en doutait d'ailleurs pas, mais, elle voulait s'imprégner des lieux.

— Comment était cette jeune Alice, quand vous êtes arrivés ici, le jour où elle a trouvé le corps ? demanda-t-elle, toujours penchée pour scruter le sol boueux.

— Je ne l'ai pas vue tout de suite. C'est Jacques, son père, qui nous a attendus sur place. Il avait appelé sa femme pour qu'elle la ramène chez eux. Il ne voulait pas que sa fille reste là, mais il ne pouvait pas laisser la dépouille sans surveillance. Je le connais bien, et depuis longtemps. C'est un ancien élu, et il a parfaitement réagi en isolant la zone.

— Oui, je me souviens d'avoir lu ça dans votre rapport. Vous êtes donc allés voir les Pernelle plus tard. Comment vous a-t-elle paru, alors ? Quelle sensation avez-vous eue quand vous avez parlé avec elle ?

Le commandant réfléchit une seconde. Alice avait-elle eu une attitude particulière, ce jour-là ? Quelque chose l'avait effleuré, effectivement, lorsqu'il avait croisé son regard. Une impression diffuse sur laquelle il n'avait pas su poser de mots.

— Elle paraissait beaucoup plus forte que je ne l'avais imaginé. Je m'étais préparé à rencontrer une jeune femme en état de choc, en larmes, détruite par la vision de cette…

— … charogne, l'aida Marianne.

— C'est le mot, oui. Valérie Freysse avait été réduite à l'état d'une charogne pestilentielle. N'importe quelle gamine de son âge aurait été complètement bouleversée devant un tel spectacle, aussi horrible qu'inattendu, et surtout si près de chez elle. Mais Alice m'a parlé sans pleurer, et sans précipitation. Sa description de la scène a été extrêmement précise.

— Diriez-vous qu'elle manquait de compassion ?

— Absolument pas. Je pense plutôt qu'elle a mobilisé toute son énergie pour ne rien laisser paraître, mais qu'elle a ensuite traversé des heures difficiles dès lors qu'elle s'est retrouvée seule avec elle-même.

Marianne enfonça les mains dans les poches de son manteau. Puis elle épia les alentours en frissonnant sous les assauts du vent.

— J'ai également lu dans votre rapport que cette jeune femme avait été agressée par un sanglier et que son chien l'avait protégée. Mais qu'elle n'avait pas remarqué que celui-ci lui avait faussé compagnie plus tôt. Un braque, c'est grand. Vous entendez sa respiration, quand il court près de vous, non ?

Le commandant haussa un sourcil. Il n'avait pas relevé ce détail.

— Elle devait écouter de la musique sur son téléphone, poursuivit Marianne. Comme beaucoup de joggeurs maintenant. On pourrait imaginer qu'elle ait pris des photos de la scène de crime et qu'elle les ait observées ensuite.

— Ce n'est qu'une hypothèse, objecta Gontran. Rien ne prouve qu'elle ait eu ce geste disons… déplacé.

— Certes, mais ça éclairerait la netteté de son témoignage. Parce que sur le moment, on le sait, elle a vomi tripes et boyaux dans les buissons. Et c'est naturel, quand on tombe sur une horreur de ce genre. Mais elle est restée longtemps seule avec le cadavre. Au moins un bon quart d'heure avant que son père n'arrive sur les lieux. Or, pour la génération d'aujourd'hui, sortir son portable est un réflexe. Un réflexe qui n'est d'ailleurs pas un délit, bien que ce soit macabre.

— C'est possible, en effet, convint le gendarme de mauvaise grâce. Mais elle les a sans doute supprimées depuis pour éviter que ses parents ne tombent dessus. Je connais bien son père : il n'apprécierait pas du tout.

— Je ne crois pas, commandant. Quelque chose me dit qu'elle est fascinée par cette histoire. Il va nous falloir la surveiller de près, je le crains. Finalement, je ne suis pas mécontente de loger ici, à Pierre-Perthuis, et non à Vézelay. Je vais essayer de la garder un peu à l'œil.

63

Alice revint à Pierre-Perthuis à vitesse modérée, le cœur léger. Elle avait gagné la course en devançant Nathan de plus de trente mètres. Et même si elle soupçonnait que, au début, le jeune homme lui avait galamment permis de conserver la tête, elle avait lu dans son regard à l'arrivée qu'il avait réellement essayé de la rattraper. Quand elle s'engagea sur le viaduc du village, elle songea qu'il ne se laisserait peut-être pas avoir si facilement la prochaine fois.

Elle s'arrêta à l'endroit où il l'avait rejointe, là où elle avait compris qu'il se passait quelque chose entre eux, là où il s'était rapproché d'elle. Il n'avait pas cédé à la tentation de l'interroger lorsqu'elle lui avait parlé du corps, mais avait en revanche cherché à lui changer les idées. Elle le sentait prévenant et protecteur, et le mélange la séduisait diablement.

« Un gentleman intelligent. Fais attention, Alice, ce sont les plus dangereux », murmura une voix familière à son oreille pendant que le quatre-cylindres tournait au ralenti dans un ronronnement rassurant. L'étudiante sourit derrière sa visière. Sa mère avait vu juste, comme d'habitude. Et sa perspicacité lui donnait toujours une longueur d'avance.

La jeune femme redémarra. Elle passa devant l'auberge et vit la voiture immatriculée 75 de la capitaine Ferrand, mais constata l'absence de celle du commandant. Elle supposa que la policière et le gendarme étaient partis ensemble avec le véhicule de ce dernier. Pour aller où ? Elle n'en avait aucune idée, et cela l'agaça d'être maintenue à l'écart par les deux enquêteurs.

Impuissante, elle haussa les épaules et continua en direction de la D958 où elle bifurqua vers l'amont de la Cure. Là, elle songea au tueur. Au chemin qu'il avait parcouru avec son encombrant colis. À la peine qu'il s'était donnée pour atteindre la Roche percée. *Il y a forcément une raison à ça…* Elle en avait été intimement convaincue dès le début, sans parvenir à comprendre les motivations de l'assassin. Valérie Freysse n'avait a priori pas mis les pieds à Pierre-Perthuis depuis des décennies. Qui attendrait aussi longtemps pour la kidnapper à Paris et la ramener dans le Morvan afin de lui ôter la vie d'une si horrible manière ? Ça ne tenait pas debout…

Frustrée de ne pas réussir à recomposer le puzzle, Alice pensa alors au sanglier en putréfaction dont lui avait parlé son père. Le meurtrier avait dû trouver un moyen de transporter la carcasse sans tourner de l'œil à cause de l'odeur. Le problème, c'est que les possibilités de véhicules étaient nombreuses. Sans compter qu'elle ne pourrait pas visiter chaque garage de la région… Mais après tout, elle avait l'après-midi devant elle avant de rejoindre Nathan à Vézelay. Ils s'étaient donné rendez-vous à dix-sept heures sur la place de la basilique pour partager cette bière qu'elle avait gagnée de haute lutte. D'ici là, rien ne l'empêchait de circuler dans le coin avec sa moto et d'inspecter de loin les cours qu'elle croiserait sur sa route. Elle pouvait couvrir quelques villages dans ce laps de temps. Domecy, Cure, Usy, Chastellux, Saint-André, Empury, Saint-Martin… La liste était longue et non exhaustive.

Une fois sa décision prise, elle se sentit mieux. Utile à l'enquête, même si la capitaine Ferrand et le commandant Montboissier s'y opposeraient. Dans le fond, ce n'était pas défendu de vagabonder au hasard et de se montrer un tout petit peu curieuse. Elle était chez elle. Personne ne pourrait lui dire le contraire ni lui interdire de rouler là où elle voulait.

Le soleil avait fini par percer et l'éblouissait par moments. Alice fit donc une halte et enfila la paire de grosses lunettes noires qui ne quittait jamais la poche extérieure de son cuir, contempla son reflet dans le rétroviseur et lui tira la langue. Elle ressemblait à une grenouille, avec ce truc sur la figure. Les verres étaient si sombres et larges qu'elle en devenait presque méconnaissable. Cependant, elle avait eu l'occasion de le vérifier à de nombreuses reprises, la protection se révélait très efficace et c'était bien là l'essentiel.

Quand elle pénétra dans Domecy, elle ralentit et se dressa sur les cale-pieds afin que son regard se faufile au-dessus des clôtures qui masquaient l'intimité de certains jardins. Et tout en commençant à espionner les habitations, elle se demanda quels critères lui permettraient d'identifier le véhicule qui avait transporté le cadavre de cette Valérie Freysse.

Ainsi que celui qui le conduisait.

64

— Comment va-t-il, aujourd'hui ?

Le médecin de l'USLD, qui m'avait regardée entrer et avait ensuite reporté son regard sur le visage impassible de son patient, aux yeux ouverts, mais dont l'esprit semblait toujours englué dans un monde inaccessible, m'a répondu d'une voix lasse :

— Pas mieux qu'hier, monsieur Pelissier.

À l'instar des infirmières qui étaient venues chez nous jusque-là, tout le personnel médical, ici, respectait mes consignes à la lettre. Depuis plus de cinq ans, mon père croyait dur comme fer que c'était son fils qui lui rendait visite. Moi, il m'avait oubliée. Je n'existais plus.

Par dépit, ou par lâcheté, j'avais laissé faire. Les docteurs qui l'avaient examiné après sa première crise, durant laquelle il s'était perdu dans sa propre maison en hurlant le prénom de Thibault, m'avaient conseillé de ne pas le détromper afin d'éviter de le traumatiser davantage. Ils m'avaient expliqué que la mort de son fils avait été une énorme fracture psychologique qui l'avait fragilisé, et que la maladie n'allait rien arranger. Les spécialistes ignoraient quelle serait sa réaction s'il apprenait la vérité. Mieux valait donc être prudente et jouer le jeu, si cela m'était possible.

Je m'étais consolée en me convainquant qu'il finirait par recouvrer ses esprits, un jour ou l'autre. Mais je me berçais surtout d'illusions. En fait, j'avais de plus en plus l'impression que nous nous étions enfermés dans un odieux mensonge qui risquait, s'il en prenait désormais conscience, de le priver de ce qu'il lui restait de raison. Et pourtant, à présent que tout était terminé, je ne pouvais garder le secret de ce que j'avais accompli à la suite de sa révélation. Je le lui devais. Et plus encore à mon frère.

— Je peux vous parler en privé, docteur ?

Le praticien et moi nous sommes éloignés dans le couloir et avons rejoint le hall d'entrée. Il m'a proposé un café et m'a guidée jusqu'à son bureau.

— Je veux que vous me disiez combien de temps il a devant lui. Réellement. Deux, cinq, huit ans ? J'ai le droit de savoir.

Le médecin a croisé les doigts sur son sous-main et a poussé un soupir.

— Je n'en ai pas la moindre idée, je vous assure, madame Pelissier. Sa maladie progresse, c'est indéniable, mais très lentement. Nous avons observé des phases de rémission soutenue et des rechutes brutales. Un pronostic tel que vous me le demandez est très difficile à établir. Il peut vivre encore six mois, comme dix ans.

— Est-ce qu'il souffre ? Physiquement, je veux dire.

— Il ne montre pas de signes en ce sens, non. Mais le traitement qu'il suit peut masquer certaines manifestations de la douleur, je ne vous le cache pas.

La pièce était blanche, propre, impersonnelle. La blouse de ce type portée à l'avenant. Pas une tache, pas un pli. Son cheveu brun était bien coiffé et il émanait de sa peau des effluves raffinés d'eau de toilette. Je me sentais autant à ma place qu'une mouche à merde dans ce décor aseptisé.

— Je souhaiterais que vous m'appeliez dès qu'il semble reprendre contact avec le monde qui l'entoure, docteur. J'ai besoin de lui parler. C'est très important, pour lui comme pour moi.

— Très bien, madame Pelissier. Ce sera fait. Comptez sur moi.

— Merci.

Lorsque je suis revenue dans la chambre, mon père se trouvait seul. Le plateau du petit déjeuner était intact et le bol de lait avait refroidi. Il n'avait manifestement rien mangé. J'ai fermé la porte, approché la chaise du lit et me suis assise. J'ai hésité avant de lui prendre la main. Quand je me suis enfin décidée, j'ai constaté avec effroi que ses doigts étaient aussi glacés qu'un mort. J'ai eu très peur qu'il ne soit trop tard et n'ai pu me retenir plus longtemps.

— Papa…

J'ignorais s'il m'entendait, depuis l'obscurité où son âme avait sombré.

— J'ai quelque chose à te dire…

Ses yeux sont restés immobiles, fixés au mur face à lui. Qu'y discernait-il ? J'ai imaginé qu'il y avait peut-être creusé une fenêtre pour tenter de retourner au pays d'autrefois, au temps où nous formions une famille heureuse, tous les quatre. J'ai baissé mon masque et collé mes lèvres à son oreille.

— J'aimerais tant que tu apprennes comment elle est morte.

Avais-je rêvé ? Pendant une fraction de seconde, j'ai cru apercevoir ses cils frémir. Ou bien était-ce juste mon souffle qui avait glissé dessus ?

— Tu sais de qui je parle, papa ? Freysse. Je l'ai retrouvée. Et je te jure qu'elle a payé pour le mal qu'elle nous a fait. Au centuple, même.

Cette fois, sa main s'est recroquevillée dans la mienne. Ses paupières ont cligné et une larme a coulé sur sa joue.

— Oui, papa. C'est fini. Cette vipère ne fera plus jamais souffrir personne.

Je lui ai alors tout raconté, très vite, craignant que quelqu'un ne survienne dans mon dos. Quand j'ai eu terminé, j'ai caressé son front et pris conscience que mon père avait tourné la tête vers moi. Dans ses yeux mouillés, j'ai distingué une chose à laquelle je ne m'attendais pas : de l'horreur.

— Qu'est-ce... que... tu... as... fait ? a-t-il articulé avec difficulté, d'une voix fragile et enrouée qui ne lui ressemblait plus.

Ses doigts se sont brutalement transformés en serres. Il broyait les miens avec une force sidérante et enfonçait ses ongles pareils à des griffes. Tandis qu'il me dévisageait comme s'il me reconnaissait pour la première fois depuis des années, ses pupilles ont lui d'une folie soudaine.

— Qu'est-ce que... tu as fait ?!

Près du lit, le moniteur s'est emballé. Un appareil s'est mis à biper avec frénésie. Je me suis arrachée à l'étau qui m'emprisonnait et j'ai couru à la porte. Le médecin se hâtait déjà dans le couloir, une seringue à la main, une infirmière sur les talons. Il m'a écartée, a vérifié les écrans et a plongé l'aiguille dans le bras de mon père qui envoyait tout valser autour de lui.

Le calme, peu à peu, est retombé sur la silhouette décharnée qui, quelques instants auparavant, s'était tendue tel un arc sous les draps. Le toubib a pris son pouls, a grimacé, et s'est adressé moi, inquiet.

— Qu'est-ce qu'il s'est passé ?

— Je l'ignore, ai-je menti. C'est arrivé d'un coup.

— Vous devriez partir, maintenant. Il faut qu'il se repose.

J'ai ramassé mon sac en tremblant. Je me sentais coupable. Et sale.

— Très bien, je reviendrai demain.

— Vu son état d'agitation, je crois que ça vaudrait mieux, a acquiescé le médecin.

J'ai rejoint ma voiture avec réticence. Au fond de moi, tandis que je m'engageais sur la route du retour, je savais que quelque chose avait changé. Mon père m'avait reconnue.

Enfin…

65

L'inspection du village de Domecy fut rapide et peu constructive. Si la première moitié des véhicules qu'Alice avait aperçus entrait dans la catégorie des berlines, la seconde était en majorité constituée de 4 × 4 et de petits camions de chantier qui auraient parfaitement pu cocher toutes les cases de sa quête. Et en même temps, si le tueur avait fait preuve de prudence, il aurait pu dissimuler le sien n'importe où. Dans une grange, au fond d'un hangar, derrière un mur ou des meules de foin… Un peu déstabilisée par le piètre résultat de ce préambule, elle prit alors la direction d'Usy, y repéra autant de tout-terrain et d'utilitaires, puis continua sans entrain son parcours de Saint-André-en-Morvan à Foissy-lès-Vézelay.

Au bout de dix kilomètres, la poignée de gaz la démangeait déjà. Elle rongea son frein, s'appliqua à arpenter Saint-André de long en large en roulant au pas. Là, après un arrêt prolongé devant l'entrée d'une ferme afin de détailler par-dessus le portail un vieux Nissan qui tombait en ruine au fond de la cour, elle songea que cette recherche ne se révélait vraiment pas une bonne idée. Elle se plia malgré tout à une dernière inspection à la sortie du village, avant de renoncer.

Face à l'étendue du territoire et à la multiplicité des possibilités, elle prenait conscience qu'elle avait été trop naïve de croire qu'un simple tour dans le secteur lui permettrait de damer le pion aux enquêteurs. Trouver l'engin motorisé qui avait servi au criminel représentait un vrai casse-tête. Et compter sur la chance ne mènerait à rien. Autant qu'elle rejoigne Nathan et qu'elle attende, comme tout le monde, que les gendarmes fassent leur travail et qu'ils arrêtent l'assassin de cette pauvre femme.

*

* *

Lorsque j'ai entendu la moto passer au ralenti dans ma rue et s'arrêter devant le portail, j'ai cru que les flics arrivaient chez moi et je suis montée dans ma chambre pour pouvoir regarder par-dessus la clôture sans qu'on me repère. De là, j'ai découvert une jeune femme. Sa souplesse et sa silhouette longiligne ne trompaient pas. Elle se tenait debout sur les cale-pieds, les mains sur le guidon d'une moto toute noire, et scrutait l'étendue de mon terrain. J'ai tout de suite percuté quand elle a freiné pour fixer intensément le pick-up. Les enquêteurs avaient dû tomber sur l'endroit où j'avais ramassé le sanglier, et en déduire qu'un utilitaire avait probablement servi ce jour-là. Cependant, ce que je ne m'expliquais pas, c'était qu'il ne s'agissait visiblement pas de la police. Qui était cette intruse ? Son visage était masqué par de grosses lunettes noires et un foulard rouge qui devait la protéger du froid. Je me suis demandé si ça ne pouvait pas être la fille au chien que j'avais déjà aperçue la veille.

J'avoue que j'ai eu cinq secondes de panique, parce qu'on voyait parfaitement le Nissan devant la grange. Après quoi j'ai soufflé lorsque cette petite fouineuse a répété son manège devant chez mes voisins, un peu plus bas dans la rue, avant de mettre plein gaz pour sortir du village. Le hasard l'avait conduite là, mais elle ne semblait avoir aucune idée ni de ce qu'elle cherchait précisément ni du lieu où cela se trouvait.

Quand je suis redescendue, je me sentais malgré tout en proie à un profond malaise. Si des civils s'y mettaient eux aussi, et prêtaient main-forte aux gendarmes, combien de jours cela leur prendrait-il avant de remonter jusqu'à moi ? J'avais fait très attention, avec ma prisonnière. J'avais brouillé les pistes au maximum et effacé la moindre trace derrière moi. Mais que peut-on, face au passé, quand il a décidé de vous rattraper ?

Je suis sortie dans le jardin et j'ai écouté le rugissement de la machine qui s'éloignait vers Empury. Cette inconnue allait-elle me créer des ennuis ? Me contraindrait-elle, d'ici peu, à prendre des mesures radicales afin de sauver ma peau ? Ce qui était en tout cas certain, c'est que je devais à tout prix me renseigner sur l'identité de cette gamine, mais hors de question que je me pointe à Pierre-Perthuis pour obtenir cette information. Il fallait, plus que jamais, que je reste discrète…

C'est là que j'ai pensé à Robert, mon voisin. Âgé de soixante-dix ans, veuf depuis de longues années, l'ancien cantonnier passait ses journées à retourner son potager pour garder la forme. On se parlait parfois, au-dessus du grillage, pour échanger les banalités d'usage comme des gens n'ayant rien à se dire. La météo, les prix qui flambent… Je savais qu'il avait un léger penchant pour la bibine. Je l'entendais toutes les semaines charger l'arrière de son C15 avec des sacs en plastique remplis de bouteilles. Comme beaucoup de vieux ici, et même s'il ne touchait qu'une toute petite retraite, Robert n'avait jamais renoncé au plaisir de se rendre de temps en temps à l'auberge du village voisin pour partager quelques verres et un peu de chaleur humaine.

Il a été très surpris par mon invitation à venir boire un coup à la maison, mais s'est trouvé incapable de refuser. Il ne m'a pas fallu un quart d'heure pour connaître le nom de la fille au chien : Alice Pernelle. C'était elle qui avait découvert le cadavre au bord de la rivière. *Pernelle*… Son père Jacques avait été un ami du mien quelques années auparavant. La veille, il m'avait justement laissé un message sur mon répondeur pour prendre des nouvelles de papa. Si longtemps après que celui-ci avait sombré dans la maladie, je n'avais pas pris la peine de le rappeler.

Dix minutes et deux muscats plus tard, Robert m'a confié qu'elle possédait une moto.

Toute noire.

66

Alice, ainsi qu'elle l'avait annoncé à sa mère dans la matinée, ne déjeuna pas avec eux. Jacques plia sa serviette et se leva de table. Puis il débarrassa, rangea la cuisine et monta dans son bureau pendant que Corinne s'installait dans son fauteuil avec un livre. Fauteuil où elle ne tarderait pas à s'endormir, comme à son habitude après un bon repas.

La veille, suivant le conseil de sa femme, Jacques avait provisoirement renoncé à rendre visite aux Pelissier. Il attendait une réponse à son message, de moins en moins probable au fur et à mesure que les heures s'écoulaient. Frustré, il avait effectué une recherche sur Internet à propos des établissements locaux les plus susceptibles d'accueillir un homme atteint d'Alzheimer. En définitive, si son ami avait été placé, sa quête n'allait pas être facile. Il y avait beaucoup trop de possibilités, même dans une région aussi faiblement peuplée que la leur. Il lui sembla soudain insurmontable de démêler l'écheveau et d'appeler au bon endroit. Sans compter que les médecins devaient être soumis au secret médical et qu'il n'obtiendrait vraisemblablement aucun renseignement de leur part.

Jacques se retrouvait face à un mur. Tant que Nathalie ne donnerait pas signe de vie, il n'avancerait pas d'un pouce.

Il songea alors à ce que cette famille avait vécu, aux drames qu'elle avait traversés. Tout avait commencé par le décès de Thibault, le fils aîné, en 1986. Armand avait toujours été très discret sur le sujet, et Jacques n'avait jamais osé insister. Un accident stupide, voilà ce qu'on lui avait rapporté. Thibault avait bu, il avait fait l'andouille sur le bord de la falaise, et il était tombé dans les rochers, vingt mètres plus bas. Son père, arrivé le premier sur les lieux, était devenu à moitié fou. Selon d'anciens membres du conseil municipal, il avait même été admis en maison de repos pendant plusieurs semaines après les faits. Nicole, la mère, avait dû affronter seule le deuil, et avait protégé sa fille Nathalie du mieux qu'elle avait pu. Deux ans plus tard, pourtant, incapable d'accepter la disparition de Thibault, elle avait mis fin à ses jours. Là, Armand avait tenu le coup pour sa fille. Puis elle était partie, finalement, dès qu'elle en avait eu l'occasion grâce au sport, domaine dans lequel elle excellait.

Mû par une brusque intuition, Jacques se rendit sur le site de *L'Yonne républicaine*. En tant qu'abonné, il pourrait certainement remonter les archives et trouver des précisions sur ce drame qui avait ému la commune à l'époque. Hélas, il ne dénicha qu'un entrefilet qui ne lui apprit rien. Le décès était survenu en juillet, un dimanche, et l'article n'évoquait qu'une chute accidentelle de la falaise, près de la Roche percée. Il insista encore quelques minutes, errant sur Internet, mais finit par se lasser. Il éteignit l'ordinateur, enfila un gros pull, sa veste, ses chaussures et sortit sans faire de bruit pour ne pas réveiller Corinne, assoupie dans le salon, son livre sur les genoux.

Quand Philippe Millot lui ouvrit, voyant sa mine soucieuse, il s'écarta sans un mot. Un chat à poil long en profita pour s'échapper entre les jambes du visiteur, comme s'il n'attendait que ça depuis des heures. À l'intérieur, une odeur de cuisine flottait dans l'air, mais l'homme aux cheveux d'argent avait visiblement achevé son déjeuner : un café fumait sur son bureau. Sans demander, il en servit d'ailleurs un à son hôte, puis il s'installa dans son fauteuil et tira une longue bouffée sur sa pipe.

— Qu'est-ce qui t'amène, aujourd'hui ?

— Le frère Ancelin m'a appris qu'Armand était atteint d'Alzheimer, mais il ignore s'il est placé. J'ai pensé que tu pourrais me renseigner, car j'imagine que toi, tu le sais.

Millot soupira.

— Les choses ne sont pas aussi simples, Jacques. Je vais peut-être te paraître brutal, mais je dois te prévenir pour que tu y réfléchisses bien : qui te dit qu'Armand a envie de te revoir ?

Pernelle considéra le premier adjoint, sidéré.

— Nous étions des amis, Philippe. Des *amis* !

— Vous l'étiez, oui. Mais maintenant ? Pardon, mais tu n'as manifestement pas pris de ses nouvelles depuis des années.

Le père d'Alice baissa les yeux.

— Certes, j'ai commis une erreur. Nous nous sommes engueulés pour des conneries. Mais je voudrais réparer ça. Aller le voir et tenter d'enterrer ces heures noires que nous avons perdues.

De la pipe s'échappa un nuage opaque. L'élu fit grincer son fauteuil en s'appuyant contre le dossier.

— Jacques, il faut que tu saisisses que, du fond de sa maladie, Armand n'a plus que de rares contacts avec la réalité. Et quand elle lui éclate au visage, la première chose qu'il revoit, c'est le visage ensanglanté de son fils. Rien d'autre.

— Et Nathalie ? C'est elle qui s'occupe de lui, je suppose, non ?

Millot secoua la tête avec tristesse.

— Il a complètement oublié sa fille. Elle n'existe plus. Il ne lui reste que la douleur du vide. C'est comme si sa vie s'était mise en pause en bas de la falaise devant le corps sans vie de Thibault. Tout ce qui a suivi est désormais dans les limbes. Toi y compris. Je ne suis même pas sûr qu'il te reconnaisse. Je peux te le dire, je suis allé lui rendre visite chez lui il y a deux mois. Les infirmières m'ont forcé à sortir au milieu d'une crise de hurlements. Je te jure que tu n'as pas envie de voir ça. C'est pour ça qu'il est à présent en maison spécialisée. Parce que ce n'était plus possible. Ni pour Nathalie ni pour lui. Ni pour personne.

Jacques se tut, profondément troublé. Accaparé par sa culpabilité, il n'avait pas envisagé que son ami ait pu diminuer à ce point.

— Qu'est-ce qui s'est passé, ce jour-là, en 1986 ? demanda-t-il alors. Je n'ai pas réussi à obtenir de précisions sur le site du journal.

— Un accident. Thibault a chuté de la falaise. Tout le monde le sait, ici.

— Oui, c'est ce que j'ai lu. Ce que je ne pige pas, c'est comment un jeune homme né dans ce village peut se laisser avoir aussi bêtement. Un touriste, à la rigueur. Un de ces couillons qui jouent aux équilibristes sur les rochers. Mais un gars du coin…

Philippe Millot jaugea l'expression têtue de son interlocuteur, et poussa un long soupir avant de capituler.

— Écoute, j'étais là, moi aussi. Je venais de descendre le raidillon, près du pont, avec mon chien. J'ai entendu le cri d'Armand. Je te jure que, lorsque j'y pense aujourd'hui, trente-six ans après, mes cheveux se hérissent encore sur ma nuque. C'était le cri d'un homme qui perd ce qu'il a de plus cher au monde. Celui d'une bête blessée à mort. Celui d'une âme qui se déchire. Quand je suis arrivé au pied de la Roche percée, Armand tenait la tête de son fils contre sa poitrine. De la cervelle coulait du crâne fracturé de Thibault. Son père roulait des yeux de damné. Sa raison était en train de basculer. Cette scène, elle est gravée dans ma mémoire. Et toi, tu dois essayer d'imaginer cette horreur avant d'aller réveiller d'autres mauvais souvenirs. Il n'a pas besoin de ça.

— Et sa femme, Nicole ? continua Jacques comme s'il n'avait pas entendu. Comment est-elle morte, elle ?

— De chagrin, résuma Philippe Millot. En fait, je vais te livrer le fond de ma pensée : cette maladie, c'est peut-être une bénédiction pour Armand, parce que ça l'a empêché de devenir fou.

— Où est-il soigné, Philippe ? Dis-le-moi. S'il te plaît.

Millot secoua sa crinière argentée et se leva. Cette fois, il en avait assez. Il était temps que Jacques le comprenne.

— Ça, je l'ignore. Pose la question à sa fille, ce sera plus simple.

67

Arrivé à Genève, Lucas descendit du train et slaloma au pas de course entre les bambins et les valises qui encombraient le quai. Au bout, un type maigre en costume patientait, visiblement inquiet. Il dévisageait les nouveaux arrivants en lissant ses cheveux rares et gris. Le policier se dirigea directement vers lui.

— Léo-Maël Delplanque ?

— Oui, c'est moi.

— Lieutenant Moreau. Où allons-nous ?

Le ton abrupt de l'officier mit encore plus mal à l'aise l'homme qui lui désigna un bar donnant sur le hall central.

— Là, si vous voulez.

Lucas acquiesça. Il suivit Delplanque, attendit qu'il s'enfonce dans la banquette et prit place sur une chaise face à lui. Quand le garçon eut noté leur commande, le flic se pencha, l'air dur.

— Expliquez. Pourquoi ici ?

Son interlocuteur balaya la salle du regard et s'inclina à son tour en retenant sa cravate d'une main pour qu'elle ne tombe pas sur la table encore humide.

— La discrétion. À votre domicile ou au travail, les gens vous surveillent, et après, ils parlent sans avoir conscience du tort qu'ils peuvent causer.

— Votre épouse s'est suicidée, monsieur Delplanque. Quel mal ces « gens » pourraient-ils vous faire de plus ? Tout ça remonte à presque neuf ans, non ?

— Dans dix-sept jours, exactement, confirma-t-il, les yeux baissés sur la tasse de café qu'on venait de lui apporter.

Le lieutenant Moreau hocha la tête, à présent compatissant.

— C'est… Tout a été ma faute, ajouta le Suisse. Je n'ai pas pu résister à cette femme.

Les larmes se mirent à couler sur ses joues.

— C'est-à-dire ? s'enquit Lucas.

— C'est inexplicable. Elle était un mélange de furie et de sensualité. Un ouragan.

Le policier repensa aux vidéos de Valérie Freysse qu'il avait consultées sur le Net. S'il y avait bien une chose qu'il n'aurait pas dite à propos de la RH, c'était qu'elle était sensuelle.

— Vous avez eu une liaison avec elle ? Quand est-ce que ça a commencé ?

— En 2010. Elle est arrivée cette année-là à la chaîne et nous… Nous avons couché ensemble pour la première fois trois mois plus tard, pendant un séminaire en Autriche. Il faisait chaud, nous avions bu… Ensuite, ça a duré jusqu'à ce que Hermine nous surprenne dans une chambre d'hôtel à Genève, en décembre 2013. Quelqu'un l'avait renseignée. Je n'ai jamais su qui.

— Aviez-vous pistonné Valérie Freysse, d'une manière ou d'une autre, pour qu'elle accède à un meilleur poste dans votre entreprise ? Avez-vous fait quelque chose pour elle à cette période qui aurait pu vous attirer les foudres d'un salarié ?

L'homme secoua la tête.

— Non, au contraire. Elle devenait exigeante. Elle réclamait des parts dans la chaîne. Elle voulait siéger au conseil d'administration. Quand ils ont repéré son manège, mes associés m'ont demandé de la virer. Je le lui ai appris le matin même du jour où Hermine a tout découvert.

— Et vous n'avez vraiment jamais su qui vous avait balancé, monsieur Delplanque ?

Soudain, le type se mit à trembler, comme s'il voyait enfin ce qu'il avait refoulé jusque-là.

— Vous n'insinuez pas que…

— Je n'insinue rien. Vous venez d'additionner un et un, et de comprendre que ça fait deux, c'est tout.

— Ce n'est pas possible… Mon Dieu !

Le jeune flic examina les traits décomposés du patron assis face à lui, incrédule. Un homme brisé pour la seconde fois de sa vie.

— Comment votre femme est-elle morte, exactement ?

— Elle est rentrée avant moi de cet hôtel maudit et s'est ouvert les veines dans la baignoire.

— Elle n'a pas laissé de lettre ?

Delplanque haussa des épaules lourdes de regrets.

— Pour quoi faire ?

— Vous n'avez jamais été accusé de meurtre, dans cette histoire ? demanda Lucas tout en scrutant son interlocuteur avec la plus grande attention.

— Jamais ! se récria aussitôt ce dernier. Les secours ont été obligés de défoncer la porte de la salle de bains. Hermine l'avait verrouillée de l'intérieur et coincée avec une chaise. Son suicide ne faisait donc aucun doute. Vous pouvez vérifier auprès de la police de Genève, si vous voulez !

— C'est inutile, je vous crois. Merci d'avoir accepté cette entrevue, monsieur Delplanque, conclut l'officier en se levant.

— Une minute ! le retint le Suisse. Pourquoi toutes ces questions, lieutenant ?

Moreau consulta sa montre. Son train partait dans moins d'un quart d'heure, à présent.

— Si vous l'ignorez encore, regardez les informations françaises. En attendant, je vous souhaite une bonne continuation.

68

Afin de s'octroyer une parenthèse, les deux officiers avaient volontairement éludé l'affaire Freysse durant le déjeuner. Marianne avait parlé de Paris et des charmes de la ville, Gontran avait vanté sa province icaunaise où il était né et qu'il aimait tant. Une averse s'était mise à tomber pendant qu'ils discutaient ainsi. Les badauds s'étaient raréfiés et ceux qui n'avaient pu y échapper se hâtaient sur le trottoir, le col relevé et le parapluie ouvert.

Les desserts arrivèrent trop vite sur la table au goût de Montboissier, mais il était temps de reprendre le fil de l'enquête qui les occupait.

— Que savons-nous exactement des antécédents de la victime, capitaine ?

Ferrand piocha son carnet dans son sac et le lui tendit.

— Voici tout ce que nous avons.

Le commandant prit connaissance de son profil complet. De sa naissance en 1969 jusqu'à son poste de DRH chez Richeval de 2017 à 2020, en passant par Polytechnique, les Ponts et Chaussées, le ministère de l'Équipement, Biathlon, RTS 5 et Canal 13. Il connaissait certains éléments que la policière lui avait déjà transmis, mais un point qu'elle n'avait pas encore mentionné l'intrigua.

— Pourquoi a-t-elle été licenciée de chez Richeval ?

— Ils n'ont pas voulu me le confirmer, mais d'après ce que j'ai lu, la presse spécialisée dans le luxe, probablement renseignée par quelqu'un de la boîte, a révélé le scandale à l'origine de son départ. Le public a ainsi été sidéré d'apprendre que, pendant la première année du Covid, les rémunérations du comité de direction ont augmenté drastiquement tandis que les hauts managers du groupe ont vu leurs salaires amputés d'un cinquième et que les primes des employés ont été rognées de moitié. La crise n'a pas été la même pour tout le monde, en somme. Les actionnaires ne se sont plus rempli les poches grâce à leurs clients, mais en tondant la laine sur le dos de ceux qui constituent le sang de l'entreprise.

— C'est ignoble.

— D'autant que, d'après ce que nous savons, elle n'était pas une simple exécutante. Elle est en effet celle qui a initié cette pirouette auprès du président du comité pour renflouer les caisses de la boîte aux frais des salariés. Une aubaine puisque, quand le pétard a explosé dans les médias, ce type s'est bien sûr désolidarisé et lui a fait porter le chapeau.

— Cette ordure ne vaut pas mieux qu'elle.

— Exactement. Nous avons effectué une recherche approfondie sur ce Lambret. Il était considéré comme l'alter ego de Freysse dans les hautes sphères de Richeval. Ils étaient tellement semblables et honnis par le personnel à cause de leurs exactions financières que la plupart les appelaient sous le manteau « les Rapetou ». Bref, il n'avait a priori aucun mobile et il se trouve qu'il séjourne au Japon depuis plus d'un mois pour affaires.

— Y a-t-il eu aussi des suicides, chez Richeval ?

— Je l'ignore. Lors de ma visite, j'ai pu me rendre compte que les ressources humaines de la société ne sont pas très coopératives, et que les employés sont muselés. J'ai chargé un membre de mon équipe de bosser là-dessus en mon absence.

Face à ce tableau bien morose qu'ils étaient en train de dresser de ces entreprises dirigées par des individus uniquement guidés par le profit, Marianne et Gontran gardèrent un instant le silence. Puis celui-ci se ressaisit.

— Et après, où est-elle allée ?

— Ensuite, elle a travaillé pour plusieurs grosses sociétés comme Maisons de la Terre, Tuang et Veolix. Nous n'avons cependant noté aucun événement particulier au cours de ces deux années. Elle y était apparemment présente épisodiquement en tant que simple consultante. La façon dont elle avait été débarquée de chez Richeval avait dû lui servir de leçon.

Le téléphone de la capitaine se manifesta alors qu'elle terminait sa phrase. C'était Lucas. Encouragée par un signe du commandant, elle prit la communication, écouta sans l'interrompre le compte rendu du lieutenant, puis raccrocha et transmit immédiatement les informations à Montboissier. Celui-ci resta muet quelques secondes, le temps de digérer la nouvelle.

— Trois suicides chez Canal 13, un à RTS 5, dit-il enfin. Les quatre directement liés à cette Valérie Freysse. Ce n'est pas banal, quand même…

— Et si son assassinat avait été motivé par un autre décès dont quelqu'un, ici, la tiendrait pour responsable ?

— À Pierre-Perthuis ?

— Ça n'est qu'une supposition, mais ce serait cohérent, vous ne pensez pas ? Grâce à la photo récupérée par Alice Pernelle, nous savons que la victime était déjà venue dans ce village. Elle a pu également y causer des dégâts, non ?

— Oui, bien sûr, mais personnellement, je ne me souviens pas d'un tel drame…

— Qui pourrait nous renseigner ?

— Philippe Millot, le premier adjoint. Il est au courant de tout ce qui se passe dans le coin depuis des décennies. Sa mémoire est sans doute encore plus précieuse que les archives de la gendarmerie.

Marianne se leva et enfila sa veste.

— Très bien. Alors, allons-y.

69

— Bonjour, monsieur. Comment puis-je vous aider ?

— Eh bien, je cherche un vieil ami : Armand Pelissier. Une connaissance commune m'a appris qu'il était soigné au sein d'un établissement de la région spécialisé pour les malades Alzheimer, mais j'ignore lequel. Pourriez-vous me dire s'il est pensionnaire dans votre structure, s'il vous plaît ?

Il y eut un bruit sourd au bout du fil, comme si la femme avait plaqué sa paume sur le combiné pour s'adresser discrètement à quelqu'un d'autre. Quand elle répondit finalement à Jacques Pernelle, son timbre avait perdu toute chaleur.

— Je regrette, monsieur, mais nous ne pouvons délivrer ce genre de renseignement à un tiers.

— Qu'est-ce que c'est que cette histoire, enfin ? s'exclama Jacques. Je suis un proche d'Armand depuis presque trente ans !

— Désolée, je ne peux rien vous dire.

— Écoutez, madame, je...

Face à son insistance, une autre voix s'imposa dans le haut-parleur. Plus sèche, plus autoritaire, plus définitive.

— Si, comme vous l'affirmez, vous êtes un proche de ce monsieur, je trouve, en tant que directrice de l'unité, qu'il est bien étrange que vous n'ayez pas idée de l'endroit où il est hébergé actuellement. De plus, l'identité de nos résidents est confidentielle, ce qui est le cas dans toutes les maisons d'accueil. Les familles nous délèguent la responsabilité de veiller sur eux et nous ne comptons pas faillir à notre mission. Je vous suggère donc de contacter celle de cet homme afin qu'elle vous aiguille au mieux. Bonne journée.

Jacques écarta le combiné de son oreille. Elle venait de lui raccrocher au nez ! Essayant de rester optimiste, il composa trois autres numéros, mais essuya le même refus systématique. Tout à coup, il en eut assez. N'y tenant plus, il quitta son bureau et descendit dans l'entrée où il enfila son manteau.

— Où vas-tu ? lui lança Corinne, qui s'affairait la cuisine.

— Chez Armand. Je n'en ai pas pour très longtemps.

Tant pis pour ses principes, tant pis pour sa fierté mal placée, tant pis pour le regard empli de reproches que la fille de son ancien ami ne manquerait pas de lui adresser.

Il ne mit que quelques minutes pour se rendre à Saint-André-en-Morvan, et stoppa sa voiture devant le portail. Là, il sonna avant de se reculer pour observer la bâtisse. Depuis combien de temps n'était-il pas venu ici ? Combien d'années fallait-il à deux amis pour passer outre un conflit qui, en plus, ne les concernait pas vraiment ? Car qu'est-ce que ça pouvait bien lui faire, au final, que la commune alloue des subventions à la rénovation de l'église plutôt qu'à l'école ?

Jacques patienta puis sonna de nouveau, mais personne ne lui répondit. Aucun rideau n'avait bougé sur la façade qui donnait sur la rue. La maison semblait vide. Le vantail de deux mètres de haut ne lui permettait pas d'espionner le terrain. Il lui manquait trente bons centimètres. Il ouvrit alors la portière de sa voiture et se hissa sur ce marchepied improvisé en se tenant au toit.

Aussitôt, le dénuement du jardin le heurta de plein fouet. Le potager d'Armand n'était plus qu'un carré envahi par les mauvaises herbes. La grange, jadis pimpante, avait pâti de l'absence d'entretien. Un carreau avait été brisé et les toiles d'araignées avaient pris possession des vitres restantes. Un tas de ferraille rouillait dans un coin, à côté d'une paire de volets de guingois, et une brouette était abandonnée au milieu de l'allée. Sous le chêne, une balançoire ne pendait plus que par une seule corde effilochée.

Il régnait dans cet endroit une telle désolation que la gorge de Jacques se noua. Il descendit de son perchoir et enfonça dans ses poches ses mains gelées par la tôle. Le temps avait passé et il comprit qu'il était trop tard pour tenter de revenir en arrière. Il n'avait plus sa place ici. Et si Armand était sorti sur le porche de sa maison à cet instant, peut-être le lui aurait-il dit. Mais Armand ne sortit pas. Au lieu de ça, la voiture de Nathalie tourna dans la rue et vint s'arrêter près de la sienne.

Quand elle quitta son véhicule, il chercha dans cette quarantenaire rugueuse l'adolescente qu'il avait connue autrefois. Il ne la trouva pas, mais s'efforça de n'en rien laisser paraître.

— Bonjour, Nathalie. Je... Je suis venu prendre des nouvelles de ton père.

Nathalie Pelissier fixa l'homme aux cheveux grisonnants qui, emprunté, se tenait devant elle. Le visage neutre, elle saisit ses clés dans son sac.

— Entre. Je vais faire du thé.

Sans un mot, Jacques la suivit dans la maison qui sentait le feu refroidi. Il patienta dans le salon qui, lui, n'avait pas changé, si ce n'était les dizaines de clichés désormais accrochés au mur, jusque sur le manteau de la cheminée. Partout le même sujet : Thibault. Nathalie semblait marquée par les mêmes déchirures qu'Armand, les mêmes cicatrices. Jacques décrocha l'une des photos et observa attentivement le visage de ce garçon dont il avait tant entendu parler et qu'il n'avait jamais connu. Le jeune homme, encore adolescent, était tout sourire face à l'objectif qui l'avait immortalisé au sortir d'une église. Il portait un nœud papillon et un costume gris perle. Il resplendissait. Son regard irradiait de bonheur.

— Il était beau, n'est-ce pas ?

Jacques pivota. Nathalie était postée derrière lui, un plateau entre les mains. Elle y avait disposé une théière, deux mugs et quelques gâteaux secs sur une soucoupe.

— Très, oui. Ce qui est arrivé est tellement...

— Triste.

Pernelle raccrocha le portrait et soupira.

— Je suis désolé. Sincèrement, je...

Avant qu'il ne termine sa phrase, la fille d'Armand l'arrêta d'un geste.

— Ne te sens pas obligé avec moi, Jacques. Je sais ce qui s'est passé entre mon père et toi. Ça l'a fait souffrir aussi, si ça peut te consoler. Mais ça n'a plus d'importance, aujourd'hui. Pour lui, je veux dire. Il n'est plus vraiment là. Il vit dans un autre monde.

— Alzheimer, je suis au courant. C'est frère Ancelin qui me l'a appris.

Les yeux de Nathalie Pelissier étincelèrent. Son hôte, qui avait baissé les siens sur ses mains, ne s'en aperçut pas.

— J'aimerais que tu me dises où je peux aller le voir. Je voudrais qu'il sache que je regrette. Cette dispute. Cette distance. Ce gâchis...

Jacques releva le nez. Nathalie l'observait, impassible.

— Je ne suis pas certaine que ce soit une bonne idée. Il est très fragile. La moindre émotion est compliquée à gérer pour lui. Et il ne se souviendra pas de toi, de toute façon. Il se rappelle juste qu'il avait un garçon, c'est te dire son état.

Jacques hocha la tête. Il comprenait, bien sûr. Pour autant, il n'était pas venu affronter le passé pour se contenter d'une telle fin de non-recevoir.

— Pardonne-moi d'insister, mais Armand est mon ami, même après ce qui s'est brisé entre nous. Je ferai très attention, je te le promets.

Nathalie, l'expression butée, ne répondit pas. Jacques détourna alors les yeux sur la pile de courrier du matin abandonnée sur la table du salon. Elle suivit son regard, mais trop tard pour dissimuler l'enveloppe arborant le cachet de l'unité de soins longue durée de Saulieu qui y trônait.

— Très bien, déclara-t-il en se levant. Je ne te dérange pas plus longtemps.

— J'ai perdu assez de proches comme ça, lâcha Nathalie. Je dois veiller sur lui. Et c'est pour cette raison que j'ai donné des ordres au personnel pour que personne ne le dérange sans mon autorisation. C'est inutile que tu ailles là-bas : ils ne te laisseront pas entrer.

— Tu veux le protéger, et c'est bien naturel, acquiesça Jacques en faisant mine de capituler. C'est le rôle des enfants quand leurs parents deviennent vulnérables. C'est un juste retour des choses, après tout. Merci pour le thé, Nathalie, mais je ne veux pas m'imposer. Et sache que tu es la bienvenue chez nous quand tu le souhaites.

Quand il franchit le portail, elle resta très longtemps immobile, les dents serrées, avant d'aller verser son thé froid dans l'évier de la cuisine.

70

Philippe Millot ouvrit la porte dans la foulée du coup de sonnette, comme s'il s'était attendu à la visite des officiers. À la fois salon, salle à manger et bureau, la pièce dans laquelle ils pénétrèrent était encombrée de morceaux de bois précieux, d'objets d'art et de livres anciens entreposés partout en piles instables. Là, il débarrassa deux sièges et invita ses hôtes à s'asseoir. D'emblée, il leur servit son moka colombien, le même que celui qu'il avait partagé avec Jacques Pernelle un peu plus tôt.

Une fois les trois tasses pleines, l'élu porta la sienne à ses lèvres et les observa, toujours en silence. D'un geste, Marianne incita Gontran à commencer.

— Nous soupçonnons que l'histoire de cette femme assassinée soit liée à un suicide qui se serait produit à Pierre-Perthuis. Un suicide qui pourrait remonter à quelques décennies. Auriez-vous connaissance de l'existence d'un tel drame dans votre commune ?

Le premier adjoint ralluma sa pipe et cligna des yeux dans la fumée.

— Il y a eu quelques accidents, bien sûr. À la Roche percée comme ailleurs. Mais ça n'a été le fait que d'imprudences. Nous avons déploré nombre de jambes et de bras cassés, surtout depuis le tournage de *La Grande Vadrouille*, en 1966, qui nous a amené beaucoup de touristes fiers de marcher dans les pas de Bourvil et de Louis de Funès, puis d'aller gambader sur le bord de la falaise. La célébrité attire la vacuité comme le miel, les ours. Je n'ai en revanche pas le souvenir d'un suicide. Si j'en crois les archives de la mairie, le plus récent a eu lieu du haut du viaduc en 1907. Mais je suppose que c'est hors de propos.

— Effectivement, sourit la policière, nous ne remonterons pas jusque-là.

Elle sortit le cliché de Valérie Freysse, jeune, au pont de Ternos, et le lui tendit.

— Vous rappelez-vous avoir vu cette femme à Pierre-Perthuis ? Nous pensons qu'elle est venue ici en 1986.

L'élu prit le temps de l'étudier, et rendit son verdict :

— Son visage ne m'évoque rien, non. Qui est-elle ?

— La victime, dit doucement Marianne.

— Oh…

— Sauriez-vous qui aurait pu prendre cette photo ?

— Aucune idée. C'était l'été, on dirait, vu la façon dont elle est habillée. Il y a beaucoup de monde qui passe dans le coin entre juillet et août. En réalité, les touristes sont tellement nombreux à défiler sur le pont qu'on finit par ne plus porter attention. Je suis désolé, mais si je l'ai aperçue à l'époque, je ne m'en souviens pas. 1986, ça fait un bail…

Marianne hocha la tête, déçue, puis elle se leva, imitée par le militaire. Elle piocha dans son sac une carte de visite qu'elle déposa sur le bureau.

— Bien. C'est dommage. Au cas où quelque chose vous reviendrait, un détail, même infime, appelez-nous. Le moindre témoignage peut se révéler très important dans cette affaire. Merci de nous avoir reçus.

Le commandant serra la poigne solide de l'adjoint et emboîta le pas à l'officière. Lorsque les enquêteurs furent partis, les yeux de Philippe Millot se tournèrent dans la direction de la Roche percée. Et, tandis que des images oubliées depuis longtemps le hantaient de nouveau, la pluie martela les tuiles et se mit à dévaler les gouttières à gros bouillons furieux.

71

Après avoir effectué un rapide crochet par chez lui, Jacques Pernelle entra dans son GPS les coordonnées de l'unité de soins longue durée, rue des Tanneries, à Saulieu. Cinquante minutes plus tard, il se garait sur un parking vide, bordé par des arbres à la silhouette décharnée. Il courut sous l'averse qui n'avait pas faibli depuis son départ, se réfugia sous la pergola et sonna à l'Interphone. Aussitôt, une employée le laissa pénétrer dans le hall où un homme vêtu d'une blouse blanche s'était arrêté et tentait de le replacer, en vain.

— Bonjour, je m'appelle Jacques Pernelle, je suis un ami d'Armand Pelissier. Sa fille Nathalie m'a dit qu'il était ici, alors je...

— Je regrette, monsieur, mais Mme Pelissier a été formelle : aucune visite sans son autorisation, le coupa le médecin. Et puis M. Pelissier n'est de toute façon pas en état de parler actuellement. Même s'il vous reconnaissait, ce dont je doute fort, il serait incapable de communiquer avec vous. Je me dois de contacter sa fille pour lui signaler votre démarche.

— Écoutez, docteur Thériot, insista Jacques, qui venait de lire le nom de son interlocuteur sur le badge accroché à sa blouse, je vais être franc avec vous : la fille d'Armand ne souhaite pas que je le voie. Mais je veux simplement être près de lui quelques minutes. Je ne dirai rien, vous avez ma parole. Pas un mot. Il ne saura même pas que je suis passé, et Nathalie non plus. J'ai juste besoin de constater qu'il est vivant et qu'il va bien. C'est ça, le rôle d'un ami, vous n'êtes pas d'accord ? N'agiriez-vous pas de même ?

Le père d'Alice retint sa respiration. Il pouvait lire l'indécision dans le regard du praticien devant son ton suppliant et les émotions qui affleuraient dans sa voix.

— Je vous en prie…

Son vis-à-vis, gêné, cligna des paupières.

— Très bien. Je vous concède cinq minutes, et je reste avec vous. C'est non négociable.

— Merci, docteur, dit Jacques en soupirant de soulagement.

— Mais d'abord, vous devez remplir le registre des visiteurs, ajouta le médecin en lui montrant le document. Inscrivez votre nom, celui du patient, votre heure d'arrivée et votre numéro de téléphone. Avec le Covid, nous ne prenons aucun risque. Et il faut que nous puissions vous joindre, au cas où.

Lorsque Jacques se fut exécuté, il suivit la blouse blanche le long d'interminables couloirs qui menaient au centre du bâtiment. Puis Thériot finit par stopper devant une porte et se retourna vers lui.

— Cinq minutes. Pas un mot, et pas de contact direct. Ce résident est fragile, son Alzheimer, très instable. Il peut rester des jours sans prononcer une parole et se mettre brusquement à bavarder comme si vous discutiez depuis des heures. Cela se produit la plupart du temps à l'occasion d'un choc, souvent mémoriel, qui peut être causé par n'importe quoi, y compris la voix d'un proche. Alors, de grâce, taisez-vous.

— Je vous promets de respecter vos instructions. Je ne veux que le voir, je vous l'ai dit.

Le médecin hocha la tête et consulta ostensiblement sa montre avant de pénétrer dans la chambre baignée d'une douce pénombre. Jacques lui emboîta le pas, la gorge nouée. Armand était allongé dans le lit, les traits émaciés. Son souffle était si imperceptible qu'il fallait observer les draps avec attention pour s'assurer qu'il respirait encore. Jacques se figea à un mètre de celui qui avait été un vrai compagnon de vie. En dehors de leurs états d'âme que, par pudeur, ils taisaient presque toujours, ils avaient tant partagé tous les deux. La naissance d'Alice, les anniversaires, les conseils d'administration, les matchs de rugby… Jusqu'à la même eau de toilette. *Orphée*, de Mangin. Une fragrance rare, quasi introuvable, qu'il avait sentie sur Armand et qu'il avait immédiatement adorée. Son ami avait ensuite pris l'habitude, chaque année, de lui en offrir une petite bouteille. Un autre rite auquel cette engueulade ridicule avait mis un terme. Jacques avait alors cessé d'utiliser *Orphée*, mais avait conservé un flacon où subsistait un bon quart du liquide. Avant de venir à l'USLD, il avait fait un détour par chez lui pour s'en badigeonner le cou. Par ce biais, il espérait favoriser une réminiscence. Car si l'on oublie parfois un visage ou une voix, il y a des souvenirs qui restent gravés à jamais en nous, comme s'ils étaient tatoués sur le cœur. Et les parfums font partie de ceux-ci.

Toujours en retrait, Jacques détailla attentivement son ami, en quête du moindre changement d'expression. Ils avaient été tellement complices qu'il décela tout de suite le coin de ses lèvres relevé en une faible amorce de sourire. Armand avait perçu qu'il était là, près de lui. Qu'il était de retour. *Orphée* avait accompli sa mission.

Soudain, il y eut un cri dans le couloir. Le médecin, alerté, se précipita à la porte et se pencha à l'extérieur. Ne voyant rien de l'endroit où il se tenait, il se résigna à s'éclipser un instant pour aller se renseigner, puis revint au pas de course.

— Il faut que vous partiez, expliqua-t-il, essoufflé. Je dois m'occuper d'un malade en urgence.

Alors qu'il terminait sa phrase, il nota le trouble de son interlocuteur et suivit son regard. C'est là qu'il remarqua les yeux grands ouverts d'Armand.

— Qu'est-ce qui se passe ?

Pernelle secoua la tête.

— Je ne lui ai pas dit un mot, je vous le jure. Et je n'ai pas bougé d'un centimètre.

— Je vous crois, répondit le praticien qui n'avait pas le temps de discuter. Mais maintenant, vous partez.

Jacques sortit de l'USLD au milieu d'un tourbillon d'émotions. Il n'avait pas adressé une seule parole à Armand. Il n'avait pas menti. En revanche, ce qu'il n'avait pas dit au toubib, c'était que son ami avait parlé, lui.

Il n'avait prononcé que quelques mots, mais des mots qui changeaient tout.

72

À l'abri de la pluie sous la pergola du café, Alice soufflait sur ses doigts pour tenter de les réchauffer. Elle écoutait les bruits de la ville en attendant le rugissement de la Yamaha de Nathan. Quand le son caractéristique perça enfin le ronronnement du trafic, les petits papillons se réveillèrent au creux de son ventre. Et ne firent ensuite que s'agiter davantage lorsque le jeune homme gara son engin sous le lampadaire près de la Suzuki, et qu'il ôta son casque pour secouer ses cheveux emmêlés. Ils se sourirent en se sondant du regard. Encore peu assurés de ce bonheur qui s'ouvrait à eux, leurs lèvres se rejoignirent dans un baiser.

— Tu ne travailles pas du tout, ce soir ? demanda Alice.

— Non, ma mère m'a donné quartier libre. Elle me lâche un peu de lest avant le coup de feu de samedi.

L'étudiante prit soudain conscience que son séjour chez ses parents allait vite prendre fin, et elle baissa la tête.

— Tu sais, je vais devoir retourner à Paris, dimanche. La fac…

— Je m'en doutais. Mais tu reviens souvent, pas vrai ?

— Oui, presque tous les week-ends, répondit-elle en se rapprochant de lui.

Nathan l'embrassa de nouveau avec délicatesse.

— On va gérer, t'inquiète.

Ils se réfugièrent à l'intérieur où ils commandèrent des latte. Une fois servis, ils s'installèrent près de la vitre afin de pouvoir surveiller d'un œil leur moto.

— Ça a été, cet aprèm ? s'enquit-il, remarquant la pâleur d'Alice.

— Oui, je…

Elle hésita une seconde puis, décidée, prit une longue inspiration et lui raconta tout. Comment elle avait trouvé le cadavre et dans quel état. Ce qu'elle avait appris grâce à son père, qui avait lui-même des connaissances parmi les enquêteurs, concernant les asticots prélevés sur une carcasse putréfiée de sanglier. Un animal qui avait d'ailleurs certainement été ramassé sur le bord de la route dans ce but. Elle en avait déduit que pour ce faire, l'assassin avait forcément utilisé un plateau extérieur. Soit un petit camion de chantier, soit un pick-up, soit une remorque.

— J'ai tourné un moment dans le coin, et j'ai repéré plusieurs dizaines de véhicules du genre en une demi-heure à peine, continua-t-elle. Mais à part aller demander au propriétaire s'il a tué une femme récemment et transporté un tas de viande avariée pour coloniser sa victime de vers, comment savoir s'il s'agit du bon ? C'est insoluble, et stupide de ma part de croire que ça pouvait servir à quelque chose…

— Ne sois pas si dure avec toi. Effectivement, ça ne pouvait mener qu'à rien, mais c'est un réflexe compréhensible. Cette histoire te ronge, tu as besoin de t'impliquer. Tu n'en avais parlé à personne avant moi, je me trompe ?

Alice le considéra avec une attention accrue. Au-delà du garçon séduisant, elle découvrait chaque heure un peu plus l'homme attentionné, et elle y était sensible.

— Non, c'est vrai, admit-elle. Même à mes parents, je n'ai pas réussi à tout dire. C'est trop… atroce, ce que j'ai vu ce jour-là. J'ai l'impression que je ne pourrai jamais me défaire de ces images.

— Bien sûr, que tu vas y arriver. Et je serai là pour toi, pour t'aider. D'ailleurs, une virée en bécane du côté du lac des Settons, dimanche avant que tu rentres, ça te dirait ? La météo sera de notre côté, d'après ce que j'ai vu.

L'étudiante serra la main de Nathan dans les siennes. Oui, c'était précisément de cela qu'elle avait besoin. De s'évader. D'oublier.

Très occupés l'un par l'autre, ils ne remarquèrent pas la femme qui passa sur le trottoir, un sac de courses dans une main et son parapluie dans l'autre. Ils n'aperçurent pas non plus son regard surpris quand elle reconnut tout à coup la Suzuki noire qui avait longé sa maison quelques heures plus tôt. Ni ne captèrent le brusque éclat dans ses prunelles quand elle dévisagea la jeune femme assise derrière la vitre et en bonne compagnie, son casque posé en évidence sur la table, son foulard rouge étendu sur un dossier de chaise.

Alice Pernelle... Nathalie Pelissier observa un instant cette gamine qui avait découvert le fruit de sa colère. Et qui, comme son paternel, se révélait depuis lors une vraie petite fouille-merde. Elle se recroquevilla sous son parapluie et accéléra le pas, son cœur battant plus vite. L'insistance de Jacques à aller voir son père, celle de cette fille à inspecter le voisinage : l'attitude des Pernelle commençait à l'inquiéter. Que savaient-ils, exactement ? Et pourquoi cette curiosité accrue qu'elle sentait soudain concentrée sur elle ? Ça faisait pourtant des années qu'elle n'entretenait plus aucun contact avec cette famille.

Elle n'avait commis aucune erreur, elle en était sûre.

Alors, qu'est-ce qui se passait, au juste ?

73

— J'ai du nouveau ! lâcha Lucas en faisant irruption dans le bureau.

— Où étais-tu passé, toi ? demanda Vanessa. Le commandant te cherche partout depuis ce matin !

Le lieutenant balança son sac dans un coin de la pièce et se laissa tomber sur son siège qui gémit sous le poids de sa carcasse.

— À Genève.

— Qu'est-ce que tu es allé faire là-bas ?

— Freysse y a travaillé de 2010 à 2013 pour la chaîne de télévision RTS 5. Et j'ai découvert que la conjointe d'un des dirigeants s'était suicidée à cette époque. Avec les décès dont notre victime a été la cause chez Canal 13, j'ai voulu en savoir plus.

— Nous ignorons si elle a réellement été responsable de ces suicides, rappela la brigadière. C'est peut-être juste un hasard.

— Dans notre job, les coïncidences sont rares, Vanessa. Et je suis à présent certain qu'elle est à l'origine du drame de Genève, pour la simple raison qu'elle entretenait une relation avec le mari de la morte. Ma théorie est simple : dès qu'elle a su qu'elle allait être remerciée, elle a dénoncé son amant à sa propre femme pour que celle-ci les surprenne à l'hôtel. Elle avait décidé de le détruire. L'épouse n'a été qu'un dommage collatéral. Et vu sa réactivité et sa détermination, j'imagine qu'elle n'en était pas à son coup d'essai.

— Il y aurait eu d'autres suicides avant celui-ci ?

— Je crois. La capitaine et moi pensons que son assassinat découle de l'un d'entre eux. Les indices qui nous mettent sur cette voie sont d'ailleurs nombreux. La corde à linge avec laquelle elle était attachée aux arbres, l'acide chlorhydrique qu'on lui a fait avaler de force... Bref, cette femme était résolument pernicieuse, et elle a sans doute suscité une haine implacable parmi les proches d'un de ses souffre-douleur. Marianne a interrogé la famille d'une des trois personnes décédées chez Canal 13. Les deux autres vivaient seuls. Aucun n'a de lien avec le Morvan. En revanche, grâce à une photographie retrouvée à son domicile, dont on a pris connaissance tôt ce matin, nous savons que Freysse s'est rendue à Pierre-Perthuis quand elle était jeune. La clé, elle est là. C'est elle. Nous devons remonter plus loin dans son passé pour identifier celui ou celle qui l'accompagnait.

Lefebvre fit alors irruption dans le bureau et se figea en apercevant le lieutenant à son poste.

— Ah, quand même ! Vous étiez fourré où, vous ?

Moreau lui résuma leurs avancées. Son supérieur garda le silence quelques secondes, puis il finit par hocher la tête.

— Bon. Continuez à creuser en ce sens tous les deux. Mais je veux des résultats au plus tard dans quarante-huit heures. D'ici là, j'espère que Marianne sera revenue de Vézelay. Vous le savez : nous avons d'autres affaires en cours qui ne peuvent pâtir plus longtemps de la réduction de nos effectifs. Suis-je bien clair ?

— Très clair.

— Parfait. Et la prochaine fois, prévenez-moi quand vous devez vous absenter. C'est la moindre des choses !

Sur ces mots, Lefebvre tourna les talons. Lorsqu'il claqua la porte derrière lui, Lucas s'était déjà replongé dans le dossier. Avec Vanessa, ils parcoururent de nouveau le CV de Freysse jusqu'à son premier emploi au ministère de l'Équipement. Sans tarder, le jeune officier composa le numéro du service qu'il avait déniché sur Internet. Il patienta le temps que son appel parvienne à une personne susceptible de l'éclairer. Puis une voix rogue finit par lui répondre, au bout de longues minutes, qu'elle ne pouvait donner le moindre renseignement au téléphone.

Agacé, le lieutenant raccrocha et ramassa son cuir sur le dossier de son siège.

— Je file, lança-t-il à Vanessa. À plus.

Pour se rendre boulevard Saint-Germain, dans le VIIe arrondissement, où était implanté le ministère actuel, il opta pour le métro. Avec un peu de chance, il y avait peut-être encore quelqu'un là-bas qui se souviendrait du passage de cette femme que tout le monde semblait détester. Vingt-neuf ans, c'était loin, mais la haine est souvent tenace.

74

Le téléphone de la capitaine vibra alors que, rentrée à l'auberge, elle insérait la clé dans la serrure de sa chambre. Elle ôta ses chaussures tandis que le lieutenant lui expliquait qu'il était arrivé quelques minutes trop tard au ministère de la Transition écologique. Le bâtiment venait de fermer ses portes. Il l'assura cependant qu'il réessaierait le lendemain à la première heure et lui demanda si elle avait besoin qu'il fasse autre chose.

L'officière réfléchit un instant au son de la pluie qui crépitait comme de la grêle sur le rebord de la fenêtre.

— Lucas, retourne parler à Justine avec Vanessa. Convainquez-la de vous laisser fouiller dans tous les documents de sa mère. Il faut qu'on apprenne qui était avec elle au pont de Ternos en 1986. Valérie Freysse avait seize ans à l'époque. Elle était mineure, elle a dû être hébergée quelque part.

— Je suis d'accord, Marianne, mais à mon avis il n'y a rien à attendre de cette jeune fille sur ce sujet-là. Freysse ne lui a sûrement pas raconté en détail ses amourettes de jeunesse.

— Je sais, mais on se doit d'essayer. Si elle n'a rien de plus à vous révéler, vous tomberez peut-être sur une autre photo, une lettre, n'importe quoi qui représenterait une nouvelle preuve de son passage dans le Morvan. Hormis les souvenirs des gens d'ici, qui ne semblent pas remonter aussi loin, les papiers que la victime conservait chez elle sont l'unique source de données que nous ayons.

— OK, on va aller fouiller là-bas. Par contre, je crains qu'on ne soit pas accueilli les bras ouverts. N'oublie pas qu'on n'a pas encore permis à Justine Freysse de récupérer le corps de sa mère pour les obsèques.

— Tu as raison. Je vais demander au commandant Montboissier qu'il sollicite le procureur. Si les examens sont achevés, plus rien ne s'oppose à l'enterrement. Ça vous fournira un excellent argument pour aller lui rendre visite, d'autant qu'elle va se retrouver complètement paumée avec l'organisation de la cérémonie. Elle est très jeune et seule. Elle aura sûrement besoin d'aide. Vanessa est à peine plus âgée qu'elle. Elle te sera utile pour l'amadouer.

Dès qu'elle raccrocha, Marianne appela le gendarme pour régler ce point. Sans faire de difficulté, celui-ci lui assura qu'il allait s'en occuper. La capitaine le remercia et envoya un SMS à Lucas pour lui transmettre l'info, puis elle se rendit à la salle de restaurant où elle fut accueillie par les regards exclusivement masculins des clients du bar. Saisie d'une brusque inspiration, elle noua ses cheveux en un chignon lâche, s'immisça dans la troupe agglutinée au comptoir et commanda une pression. Quelques verres lui répondirent timidement quand elle leva le sien à la cantonade et en vida la moitié d'un trait.

Au deuxième, elle s'était fait un nouvel ami. Un type prénommé Robert, aux cheveux blancs, affligé d'un gros nez qui trônait au milieu d'un visage rougeaud. Celui-ci paraissait connaître tout le monde et avait manifestement déjà plusieurs pastis dans le sang. Il lui apprit qu'il était né dans le coin et y avait toujours vécu. Elle lui offrit aussitôt un autre apéritif.

Au même titre que le premier adjoint, cet homme avait dû être témoin d'un tas de choses intéressantes.

Mais malgré ses multiples questions, Marianne ne réussit pas à tirer quoi que ce soit de lui. Les drames restaient dans leur tombe, voilà tout. Des suicides ? Non, il n'y en avait pas eu au village, à sa connaissance. Mais des morts, ça oui, ma pauvre dame. Il n'en manquait pas, ici. Comme partout. Les cimetières en regorgeaient. Nombreuses étaient les familles qui avaient payé leur tribut à la Grande Faucheuse. Et il ne fallait pas réveiller la colère des défunts, avait-il assuré en balançant une pincée de sel par-dessus son épaule gauche pour éloigner le mal.

À l'autre bout du comptoir, Philippe Millot, justement, sirotait avec une paille ce qui ressemblait à une grenadine. Il ne les quittait pas des yeux, comme s'il essayait de lire sur leurs lèvres. La policière, fatiguée quant à elle de cuisiner le vieux Robert pour rien, finit par capituler et lui souhaiter une bonne soirée. Elle quitta alors le bar pour dîner seule au fond de la salle.

Quand elle eut terminé son repas et regagné sa chambre afin d'échapper au brouhaha qui enflait, l'élu changea de place et se rapprocha de Robert, auquel il offrit une nouvelle tournée. Le vieil homme, qui commençait à être bien éméché, lui répéta ce qu'il avait dit à « la fliquette ». Et puis, grisé par l'alcool, il confia à l'élu qu'il avait une voisine formidable. Celle-ci, pour la première fois depuis son retour chez son père, lui avait offert l'apéro ce soir avant qu'il ne vienne rejoindre ses copains à l'auberge. Elle n'était pas sympa, cette Nathalie Pelissier, finalement ?

75

— Alice ne rentre pas ce soir ?

Corinne Pernelle considéra le visage contrarié de son mari et secoua la tête.

— Non, elle arrivera plus tard. Je crois bien qu'un jeune homme lui tourne autour.

— Tant mieux, si ça peut lui changer les idées…

Jacques marqua un temps, puis il poussa un soupir. Son épouse décida de crever l'abcès.

— Je te connais par cœur. Je vois bien, depuis tout à l'heure, qu'il y a quelque chose qui te tracasse. Qu'est-ce que ça a donné ta visite chez les Pelissier ?

— J'ai vu Nathalie. Et le moins qu'on puisse dire, c'est qu'elle le protège comme une louve. Elle m'a affirmé qu'il ne me reconnaîtrait pas et m'a quasiment interdit d'aller le voir. C'est grâce à un courrier qui traînait que j'ai compris qu'il était à Saulieu. Je m'y suis rendu dans la foulée.

— Elle doit avoir tellement peur de le perdre, lui aussi…

— Certes, mais elle n'a pas à me dicter sa loi. Elle n'a plus rien de l'adolescente qu'on a côtoyée, tu sais. Ni de la championne d'athlétisme qu'on a aperçue dans nombre d'émissions sportives. Elle est encore musclée, mais le temps et la douleur ont eu raison de son éclat. En plus d'être revêche, elle m'a paru épuisée.

— C'était peut-être une erreur, d'aller à l'encontre des volontés de sa fille, tu ne crois pas ? Si son père est fragile, c'est normal qu'elle soit vigilante.

— J'avais juste besoin de le voir. J'ai insisté auprès du médecin de l'USLD et lui ai promis de ne pas parler à Armand. Et je ne suis resté qu'une minute ou deux. Mais il m'a reconnu, Corinne, j'en suis certain. Il a ouvert les yeux. Et il a prononcé le nom de Nathalie. Bon sang, si tu voyais comme il est mal en point !

— Ils n'ont vraiment pas eu de chance, dans cette famille…

Avant qu'il réponde, Alice fit irruption dans la pièce, son cuir dégoulinant de pluie.

— Mais quel temps pourri ! lança-t-elle.

— Et cette soirée, c'était bien ? s'enquit Jacques, non mécontent de changer de sujet.

La jeune femme surprit le regard complice entre son père et sa mère et comprit que celle-ci avait cafté.

— Très bien. Je suppose que je vais devoir vous le présenter ?

— Eh bien, ma foi, j'avoue que je n'ai rien contre l'idée de savoir quel godelureau a séduit mon bébé, confirma Jacques. Est-il de famille noble, au moins ? Possède-t-il des terres et des titres hérités des ducs de Bourgogne ?

— Papa… s'amusa Alice. Enfin, si c'est important pour toi, tu pourras le lui demander toi-même : il vient me chercher ici demain matin.

— Parfait, ma fille. J'espère que celui qui ressemble déjà fortement à un prétendant est bien né. Je tiens à ce que ton avenir soit assuré parce que je désire plein de petits-enfants turbulents comme toi. Vu l'heure qu'il est, je suppose que ce gentilhomme t'a déjà invitée à dîner, mais est-ce que tu veux un bout de soumaintrain, avant que je le range ?

— Avec un verre de vin, volontiers.

— Tu es trop jeune, objecta Jacques. Je te l'interdis formellement.

— J'ai dix-neuf ans ! Et je te poursuis pour harcèlement si tu refuses. Tu finiras au gibet.

— Dans ce cas…

Jacques versa l'irancy et saisit la baguette de pain.

— Croûton ?

— Je le laisse à maman. Les croûtons, c'est ce qu'elle préfère, visiblement.

Corinne éclata de rire.

— Toi, dit Jacques, je vais te piquer les clés de ta moto, si tu continues. D'ailleurs, on se demande bien à quoi ça sert qu'on mette la 205 à ta disposition si tu ne l'utilises pas quand il pleut.

— Ben justement, je suis trempée, il faut que j'aille me changer.

— Ce serait bien que tu profites de cette fin de soirée pour abandonner un peu ton téléphone et travailler tes cours, lui souffla sa mère.

— Ça peut attendre demain, bougonna la jeune femme.

— Tout peut toujours être remis au lendemain. Tout, jusqu'au dernier jour de notre vie, où l'on part sans avoir accompli ce que l'on voulait.

— Tu es bien lugubre, ce soir, maman…

— Écoute donc ta mère, intervint Jacques. Ce serait dommage que tu rates ton année à cause d'un manque de courage, tu ne crois pas ? Je sais, ou plutôt *nous* savons que tu es capable de grandes choses. Alors, s'il te plaît, ne gâche pas cette chance.

L'étudiante croisa le regard profond de son père, et sut que celui-ci l'avait percée à jour.

— Papa…

— J'ai bien conscience de ce que tu ressens, Alice. Ce que tu as contemplé, je l'ai vu, moi aussi. On ne peut pas vraiment mettre de mots sur ce qui nous traverse quand on tombe nez à nez avec une horreur aussi insoutenable. Cette femme est morte, assassinée dans des conditions épouvantables, c'est un fait. Mais toi, tu es bien vivante, et tu as l'avenir devant toi.

— Allez, laisse-la tranquille, maintenant, intervint Corinne avant de se tourner vers sa fille, qui semblait de plus en plus sur la défensive. Quant à toi, tu as raison, tu étudieras plus tard. File te changer et viens passer un moment avec tes vieux parents. Profitons de cette soirée tous les trois.

L'étudiante, reconnaissante, disparut aussitôt dans l'escalier tandis que Jacques, attendri, échangeait un regard avec son épouse. Leur fille était intelligente et sensible. Il était très fier de l'empathie dont elle faisait preuve. Cela dénotait de hautes valeurs humaines, même si la jeune femme, fougueuse, n'avait pas encore appris à les exprimer. Elle irait très loin, si seulement elle voulait bien s'en donner les moyens.

Alice redescendit, et tout en lui coupant un nouveau morceau de fromage, Jacques songea avec un pincement au cœur qu'elle était le plus beau cadeau que la vie lui avait donné.

Il ignorait que c'était la dernière fois qu'il la voyait.

76

Je ne pouvais me résoudre à l'idée que les Pernelle tournaient autour de moi sans raison. Que savait Jacques, au juste ? Qu'avait-il dit à sa femme, à sa fille ? Soupçonnait-il quelque chose ? Il avait repéré l'adresse de l'USLD sur l'enveloppe, et j'avais lu dans son regard qu'il avait trouvé ce qu'il cherchait. Ce n'était pas moi qu'il avait dans le viseur. Mais cela ne changerait-il pas s'il réussissait à voir mon père ? Que se passerait-il si papa racontait ce que je lui avais avoué ?

Je faisais les cent pas dans la cuisine de la ferme, les mains moites et le front brûlant. Je sentais le danger se rapprocher, comme une hyène rôde près d'une carcasse qui commence à empester. Il fallait que j'anticipe les problèmes, que je déplace très vite mon paternel, que je le conduise dans un autre établissement, loin de celui de Saulieu. Je ne pouvais prendre le risque qu'il me trahisse sans en avoir conscience. Et j'espérais simplement que le mal n'était pas déjà fait…

À chaque bruit de moteur dans la rue, je me dissimulais derrière le rideau pour jauger le danger. Je devenais fragile. Perméable. La proie de mes propres hantises. Car dans le fond, je le savais, j'étais coupable. Indéniablement coupable. C'est d'ailleurs ce que dirait la meute quand on m'attraperait, quand on me jugerait. Dans le regard de mes bourreaux, je lirais le dégoût et la nausée, l'incompréhension et la stupeur. L'horreur absolue. Puis je les imaginais sans peine me clouer au pilori, le doigt sur la couture du pantalon et l'indignation chevillée au Code pénal.

Mais en attendant, ils n'avaient rien. J'avais fait très attention, j'avais pesé chaque action, chaque mouvement sur l'échiquier. Le téléphone prépayé, l'absence de caméras au restaurant, les bâches, le canoë gonflable sur la Cure en pleine nuit… Tout avait très bien fonctionné, bien au-delà de mes espérances grâce à ce cadavre de sanglier trouvé par hasard, et qui m'avait inspirée. J'avais ainsi assouvi ma vengeance pendant trois longues semaines. Quel criminel pouvait se vanter d'avoir eu autant de temps pour savourer les hurlements de terreur de sa victime ? Quel assassin pouvait se targuer d'avoir su si bien filer comme une anguille entre les pattes des policiers ?

Alors, pourquoi avait-il fallu que je me confie à mon père ? Pourquoi avais-je cédé à la tentation de lui raconter mon crime ? S'il vivait désormais dans un autre monde, je n'avais aucun moyen d'être certaine qu'il ne reprendrait jamais contact avec la réalité, et je réalisais la gravité de mon erreur. D'autant que Jacques Pernelle ne renoncerait pas facilement.

Tant pis, après tout, je n'étais pas du genre à me laisser faire non plus. J'étais de ceux qui prennent leur destin en main. La preuve, je m'étais déjà dressée plus d'une fois sur les ruines de ma vie avec toute ma rage et tout mon désespoir. Voilà ce qui m'avait poussée vers la compétition. L'envie d'en découdre et de souffrir. L'envie de saigner plus que les autres. De me sentir enfin vivante. Ce n'était pas maintenant que j'allais baisser les bras.

Ce soir-là, j'ai ouvert une vieille bouteille de la cave de mon père. Un truc espagnol sucré, plein d'un alcool dont j'ai oublié le nom. J'en ai bu la moitié et je suis tombée ivre sur mon lit. Dans mes songes, j'ai vu en boucle les Pernelle passer sur la route, s'arrêter, et sonner à ma porte. Jacques, puis Alice. Alice, puis Jacques. Sans fin. Leurs regards accusateurs fouillaient le mien pour en extirper des aveux. Et derrière eux, je distinguais les gyrophares bleus des voitures de gendarmes. Je me suis réveillée le lendemain avec une migraine tenace, mais les idées claires.

La justice, la vraie, ne voulait pas que je sois punie pour avoir ôté la vie à cette saloperie. Quel que soit le prix à payer.

77

— Maman, je te présente Nathan.

Le jeune homme s'avança dans la cuisine et rendit une poignée de main ferme à Corinne. Il dégageait quelque chose de franc et d'entier qui arracha un soupir intérieur de soulagement à la mère d'Alice, même si le bruit de la Yamaha qui venait de se garer dans l'allée l'inquiétait autant que celui de la Suzuki de sa fille.

— Bonjour, Nathan. Ravie de te rencontrer. Vous voulez prendre le petit déjeuner, tous les deux, ou le bitume vous appelle déjà ?

Pour toute réponse, l'étudiante attrapa son cuir dans la penderie et l'embrassa sur la joue. Même si elle connaissait la bienveillance de sa mère, elle ne tenait pas à ce que ce moment s'éternise. Nathan, lui, sourit à la quinquagénaire à laquelle sa nouvelle amie ressemblerait sans doute plus tard, et suivit le mouvement.

— On a du bol, mon père est parti de bonne heure pour promener Pepper, souffla la jeune femme dès qu'ils furent dehors. Sinon, tu aurais dû lui détailler ton arbre généalogique depuis Clovis pendant que mon chien t'aurait bavé sur les genoux.

Amusé par le tableau qu'elle dressait, il enfila son casque. Puis ils sortirent de l'allée à reculons et s'engagèrent sur la route d'Autun. Discrètement, Corinne les regarda partir avec un pincement d'angoisse au creux du ventre. Ces engins à deux roues lui faisaient peur. Et Alice avait hérité de Jacques la maladie de la vitesse. Il lui avait fallu des années pour convaincre celui-ci de lever le pied, d'arrêter de risquer sa vie juste pour négocier un virage plus raide que les autres. Si l'âge – et la sagesse qui va avec – avait fini par avoir raison des velléités de « pilotage » de son époux, elle savait qu'elle allait devoir renouveler ses efforts avec sa fille, qui semblait n'avoir aucune conscience des dangers de la route. Comme tous les jeunes, cette dernière repoussait systématiquement ses arguments avec un sourire et un « T'inquiète » particulièrement agaçants. Mais Corinne ne lâcherait jamais le morceau. C'était trop stupide de mourir broyé contre un arbre ou…

La sonnerie d'un téléphone interrompit ses réflexions. Elle s'approcha du buffet du salon où Jacques avait abandonné le sien. C'était une manie. Il ne voulait pas être dérangé quand il partait marcher. Il prétendait, l'œil pétillant de malice, que la forêt et la 4G n'étaient, organiquement parlant, pas compatibles. Et, dans le fond, elle comprenait son mari. Le murmure de la rivière, le souffle de Pepper sur les talons, le sifflement du vent dans les frondaisons, le cri des oiseaux. Jacques revenait à l'essentiel, aux racines.

Elle ne connaissait pas le numéro et n'avait aucune envie de répondre à un énième démarchage publicitaire. Cependant, quand le mobile vibra pour indiquer que le correspondant avait laissé un message, elle prit le soin de l'écouter. Aussitôt, une voix de femme lui parvint. Il s'agissait de la directrice de l'unité de soins longue durée de Saulieu. Elle signalait qu'un de ses pensionnaires, Armand Pelissier, se trouvait dans un état d'agitation extrême. Elle avait cherché à contacter sa fille, mais celle-ci demeurait injoignable. Elle avait donc relevé les coordonnées de Jacques dans le registre des visiteurs et lui demandait de la rappeler de toute urgence.

Corinne tourna en rond dans la maison durant une heure, impuissante, avant d'entendre enfin son mari frapper ses bottes sur le paillasson en métal. Alors que Pepper pénétrait dans la cuisine et se jetait sur sa gamelle d'eau, elle tendit sans attendre le téléphone à Jacques.

— Il faut que tu ailles à Saulieu. Ils ont appelé, ça a l'air sérieux.

Sans réfléchir une seconde, Jacques se précipita dehors, mais elle le rattrapa et l'exhorta à changer de pantalon et de chaussures pleins de terre. Son mari grogna, mais obéit en se hâtant. Il y avait une cinquantaine de kilomètres jusqu'à l'USLD. S'il se dépêchait, il pouvait y être en moins de trois quarts d'heure.

Corinne le suivit sur le perron puis, quand la berline eut disparu au coin de la rue, elle rentra au chaud et se mit aux fourneaux pour évacuer le mauvais pressentiment qui lui serrait la poitrine.

78

L'adjudant Lamaison appuya sur la sonnette, recula d'un bon mètre et se figea dans la posture réglementaire du gendarme qui se rend au domicile d'un suspect éventuel. Le sous-lieutenant Guillon, en retrait, inspectait de son côté la façade décrépie, une épaisse mallette noire à la main.

Lorsque la femme leur ouvrit, le sous-officier fut brièvement déstabilisé par sa carrure à peine dissimulée par un peignoir. Son regard voilé et son haleine lourde trahissaient une soirée ténébreuse en tête à tête avec une bouteille.

— Madame Pelissier ?

— Oui, c'est pour quoi ?

Le ton était délibérément hostile, mais l'adjudant avait l'habitude de ce genre d'accueil. Il piocha dans sa veste le carnet dans lequel il avait noté les adresses de tous les propriétaires de véhicules à plateau de la région et le lui montra.

— Bonjour, gendarmerie nationale. Dans le cadre d'une enquête, nous sommes chargés de contrôler le véhicule appartenant à M. Armand Pelissier.

— Désolée, mon père est absent.

— Dans un premier temps, nous souhaitons seulement inspecter le 4 × 4. Pouvons-nous le voir, s'il vous plaît ?

— Je ne comprends pas, à cette heure-ci ? demanda la femme. Que peut-il y avoir de si pressé ?

— Pardon, mais il est neuf heures et demie, madame.

La quadragénaire sembla soudain se réveiller. Elle se redressa et referma le peignoir plus haut sur sa poitrine.

— Oh, c'est que je viens juste de…

— Il n'y a pas de mal, la coupa Lamaison, indulgent. Pouvons-nous entrer ?

— Oui, oui, bien sûr. La voiture est dans la grange. Je vais vous l'ouvrir, suivez-moi.

Les deux militaires franchirent le portail et échangèrent un regard en constatant l'état de délabrement du jardin.

— Attendez-moi une seconde, je vais chercher les clés.

La fille d'Armand Pelissier disparut dans la bâtisse et l'adjudant Lamaison se pencha vers le sous-lieutenant Guillon.

— Drôle de femme, non ?

— Tu dis ça parce que ses bras sont deux fois plus gros que les tiens. Je te parie cent balles que tu ne ferais pas le poids avec elle au développé couché.

— Crétin…

Alors que l'insulte fusait, leur hôte, elle, les rejoignait déjà.

— Son pick-up n'est pas très propre, vous risquez de vous salir, dit-elle en les guidant vers le fond du terrain.

— Aucune importance, nous allons simplement pulvériser un produit sur le plateau. L'avez-vous utilisé récemment ?

— Oui, pour récupérer des sacs de colle à carrelage. Vous avez sûrement remarqué que cette maison a besoin d'un sacré coup de neuf…

Les gendarmes hochèrent la tête tandis que la femme déverrouillait les battants d'accès à la grange. Quand ils pénétrèrent dans le bâtiment où la poussière le disputait aux toiles d'araignées, tous deux plissèrent le nez. Le 4 × 4 Nissan était garé au milieu d'un amoncellement de cageots, de morceaux de ferraille et de bottes d'une paille qui avait dû être moissonnée plus de trente ans auparavant. Le sous-lieutenant ouvrit sa valise, empoigna le pulvérisateur et répandit une bonne quantité de produit sur le plateau du tout-terrain.

— Votre porte-à-porte fait jaser, en ce moment, déclara Nathalie. Je peux savoir de quoi il retourne, exactement ?

— Comme je vous l'ai dit, nous menons des investigations pour les besoins d'une enquête. Malheureusement, je ne peux rien vous révéler de plus.

— Je comprends... Je ne vous dérange pas davantage, alors.

Après quelques minutes d'observation, l'adjudant Lamaison échangea un nouveau regard blasé avec le sous-lieutenant Guillon. Le Bluestar, censé détecter les traces de sang, resta muet, comme toutes les fois précédentes.

— Très bien, lança-t-il en époussetant la manche de sa veste. Nous en avons terminé. Merci de votre coopération, madame. Et encore désolé de vous avoir réveillée.

Nathalie Pelissier les raccompagna jusqu'au portail d'où elle leur envoya un sourire forcé, qui fondit dès que la camionnette bleue disparut au bout de la rue. Elle rentra ensuite dans la maison au ralenti, les tempes compressées dans un étau. Un instant plus tard, elle ressortit au pas de course, habillée de pied en cap, son téléphone à la main, et prit la route de Saulieu à fond de train.

79

Au ministère, Moreau se heurta ce matin-là, comme il le craignait, à un mur. Si le nom de Valérie Freysse figurait bien dans l'organigramme du personnel entre 1993 et 1996, personne, ici, ne se souvenait de cette jeune femme qui n'y était restée que si peu. D'ailleurs, les couloirs fourmillaient chaque année de nouveaux arrivés, et les cadres n'y faisaient pas non plus de vieux os. À l'exception de quelques têtes grises qui semblaient appartenir au décor, le vénérable bâtiment servait juste de rampe de lancement à de jeunes requins qui regardaient déjà par la fenêtre en franchissant le seuil.

Après sa visite infructueuse, le lieutenant se rendit au domicile de Justine où l'attendait déjà Vanessa. Mais ils eurent beau consulter tous les papiers auxquels la fille de leur victime leur donna accès, ils ne dénichèrent rien de plus intéressant que ce qu'Alice leur avait déjà transmis. Au moment de partir, ils informèrent néanmoins Justine que les pompes funèbres pouvaient désormais s'occuper de la dépouille de sa mère. Vanessa lui proposa son aide pour les démarches, ce qu'elle accepta au milieu d'une crise de larmes. Sur un signe de sa collègue, sachant que le temps leur était compté, Lucas les laissa seules dans l'appartement et, mû par une idée subite, prit la direction du Bastion. Là, il trouva très vite ce à quoi il avait songé en apercevant des photos de classe dans la chambre de la jeune fille et fila aussitôt. Coup de chance, la personne à qui il comptait rendre visite maintenant habitait à Paris, à proximité de Pigalle. Il y serait très vite.

Le lieutenant croisait les doigts pour que cette piste soit plus concluante. Une fois sur place, il vérifia le numéro vissé sur le chambranle et frappa à la porte. L'homme qui lui ouvrit avait la cinquantaine fatiguée, des poches sous les yeux et des poils grisonnants. Le flic lui montra sa carte et retint un plissement de narines devant l'odeur nauséabonde qui émanait du logement.

— Monsieur Roger Carmeau ?

— Ouais.

— Police criminelle. Puis-je vous parler une minute, s'il vous plaît ?

L'air étonné, l'individu se gratta le fondement à travers son pantalon de survêtement hors d'âge. Décidément, le lieutenant avait tiré le gros lot.

— Je vous fais pas entrer, j'ai pas passé l'aspirateur.

Lucas le remercia intérieurement de lui épargner cette épreuve. Il plongea la main dans sa veste et en sortit une photographie qu'il présenta à son interlocuteur.

— Sur le palier, ce sera très bien aussi, je n'en ai pas pour longtemps. Vous souvenez-vous de cette fille, monsieur Carmeau ?

Le type approcha l'image de la lumière projetée par le néon du couloir. Il la reluqua, hocha la tête et rendit le cliché au policier.

— Valérie Freysse. Un peu, que je me souviens de cette salope, oui. D'ailleurs, j'ai vu aux infos qu'elle était morte. Bon débarras.

— Vous n'étiez pas amis, si je comprends bien.

— Pas des masses, non. Je vais pas pleurer sur son sort.

— En quelle classe étiez-vous, cette année-là ?

— En terminale. À Louis-le-Grand.

— Pourquoi affirmez-vous qu'elle était une « salope » ?

— Vous connaissez le dicton ? Une salope, c'est une gonzesse qui couche avec tout le monde, sauf avec vous.

— C'était son cas ?

Lucas avait identifié Roger Carmeau sur le site Copains d'avant, une sorte de lieu de rendez-vous pour ceux qui avaient sûrement oublié de se dire un truc à l'époque et cherchaient absolument un moyen de réparer ça malgré l'éternité et l'indifférence qui avaient coulé sous les ponts. Quoi qu'il en soit, le type qui lui faisait face lui avait grandement facilité la tâche. Peut-être dans l'espoir de renouer une amitié forgée plusieurs décennies plus tôt sur les bancs du lycée, celui-ci avait en effet laissé un message, en 2015, en commentaire d'une photo de l'année 1985-1986. Et, par chance, il n'avait pas d'homonyme dans sa tranche d'âge. Dénicher son adresse postale s'était révélé un jeu d'enfant.

— Pas vraiment, mais pas loin. Elle s'est mise à l'horizontale avec tous ceux qui pouvaient lui servir, d'une manière ou d'une autre. Et moi, j'en faisais pas partie.

— Qu'est-ce que vous entendez par là ? Elle avait besoin d'argent ?

— De fric, mais surtout d'influence. Elle n'arrêtait pas de nous seriner avec Polytechnique. Elle voulait tant y entrer que c'en était maladif. J'ai jamais rencontré quelqu'un d'aussi obsédé par la réussite. Elle avait les dents si longues qu'elles transperçaient le parquet sans avoir le temps de le rayer. Ceux à qui elle a taillé des pipes pour gravir l'échelle sociale doivent encore s'en souvenir.

— Je ne suis pas certain de saisir… Elle a eu son bac avec mention très bien. Elle semblait être en mesure d'atteindre ses objectifs seule, non ?

— Elle avait de beaux nichons. Ça a dû lui être utile.

Lucas considéra son interlocuteur avec attention. Ce type paraissait si cynique qu'il eut soudain l'intuition qu'il ne disait pas tout.

— Qu'est-ce qu'elle vous a fait, à vous, monsieur Carmeau, pour que vous lui en vouliez toujours à ce point ?

L'homme baissa les yeux.

— Rien qui vaille la peine d'être raconté.

— Je vois… Où étiez-vous le 5 novembre dernier ?

Son vis-à-vis releva le nez, surpris par le changement de ton du flic.

— À Lens, au stade Bollaert avec une bande de potes. On est rentrés ici après la victoire contre Troyes et on a picolé comme des trous jusqu'au lendemain. Quatre à zéro, putain, on n'en revenait pas. Mais qu'est-ce que vous cherchez, au juste ?

— Je vérifie les alibis de ceux qui détestent Valérie Freysse. Et j'essaie d'établir un rapport entre elle et le Morvan, puisque c'est là que son corps a été retrouvé.

— Question alibi, je vais vous donner le nom des copains qui étaient avec moi, si vous voulez. J'ai même fait des selfies avec les joueurs dans les vestiaires à la fin du match. Je suis bien heureux d'avoir été à Lens, parce que je vais vous avouer un truc : j'aurais vraiment pas apprécié que cette pétasse me fasse encore chier après sa mort. Deux minutes, je reviens.

Lucas patienta le temps que l'homme rentre dans son antre, cherche son carnet et lui écrive les coordonnées de ses amis.

— Voilà, lâcha-t-il en lui tendant une feuille défroissée à la va-vite où il avait couché quelques pattes de mouche.

— Merci pour votre coopération, monsieur Carmeau. Je ne vous dérange pas plus longtemps, conclut le lieutenant.

— Attendez…

Le flic se figea alors qu'il allait pivoter sur ses talons.

— Concernant le Morvan…

— Oui ?

— Je suis quasi certain qu'elle allait souvent dans ce coin-là à l'époque, dit Carmeau en se grattant une nouvelle fois les fesses, comme si cela l'aidait à réfléchir.

— En 1986, c'est bien ça ?

— Ouais, peut-être bien. Je me souviens qu'elle se tapait un mec extérieur au lycée. Un bouseux, selon elle.

— Où l'avait-elle rencontré ? demanda Lucas, tout à coup fébrile. Prenez votre temps pour répondre. C'est très important.

— Précisément, aucune idée. Mais à Paris, ça, c'est sûr. Avant de le connaître, je crois qu'elle n'aurait franchi le périph qu'avec un flingue sur la tempe. Sauf que le père de ce type avait le bras long, alors…

— Long comment ?

— Assez pour satisfaire l'ambition de cette salope, j'imagine. Le mec devait avoir des contacts, des relations qui pouvaient lui servir pour péter plus haut que son petit cul.

— A-t-elle mentionné un nom ?

— Non, jamais. J'ai même pas besoin de chercher, j'en suis certain. Elle aurait préféré qu'on lui coupe une jambe plutôt que de dévoiler ses combines. Le seul truc que je sais, c'est qu'elle a avorté en août. C'est ma daronne qui s'est occupée d'elle pour lui supprimer son « erreur de jeunesse ». Elle faisait moins la maligne, ce jour-là. Enfin, ça ne l'a pas empêchée d'entrer à Polytechnique à peine deux mois plus tard, une fois son mioche balancé dans les chiottes.

— Où a-t-elle avorté ?

— Ici.

— Dans cet appartement ? s'étonna le policier.

— Celui d'en face, sur le palier. Il y a prescription, maintenant, alors je peux vous le dire : ma mère était obstétricienne, et militante féministe acharnée. Elle l'avait entièrement médicalisé pour pratiquer des interruptions de grossesse en toute discrétion.

— Mais pourquoi pas à l'hôpital ? Et la loi Veil ?

Carmeau grimaça.

— Même si l'avortement avait été dépénalisé en 1975, il était encore interdit aux mineures sans l'autorisation d'au moins un de leurs parents. Or ceux de Valérie étaient des vieux réac. Si elle leur avait avoué qu'elle était en cloque, ça aurait méchamment bardé. Elle aurait été obligée de garder le gamin, et c'en aurait été fini de ses études et de sa carrière. Ce n'était pas la première fille qui se trimbalait un polichinelle dans le tiroir sans l'avoir voulu. Ma mère en a aidé des dizaines d'autres. Mais elle ne voulait pas qu'elles prennent le moindre risque. Elle n'était pas une « faiseuse d'anges » avec des aiguilles à tricoter. L'appart' était équipé comme une clinique. Il n'y a jamais eu un seul accident.

— Et vous, comment avez-vous su ?

— Je suis tombé sur Valérie un matin où elle sortait du planning familial avec des yeux de cocker et l'air de se noyer. Je l'ai emmenée dans un bistrot pour qu'elle crève l'abcès. Là, elle a tout balancé. Alors, je lui ai dit de ne pas s'en faire, que j'avais quelque chose à lui proposer.

— Je ne comprends pas. Si vous l'avez soutenue, à l'époque, c'est que vous étiez amis, non ?

— Non, je pensais que je pourrais peut-être me la faire, après, quand ça irait mieux. Qu'elle serait reconnaissante.

Lucas cligna des yeux, sidéré.

— Et ça n'a pas été le cas, si je comprends bien ?

— Elle n'a jamais voulu me reparler. Elle n'avait plus besoin de moi. En vrai, je me demande si ce n'est pas elle qui est tombée sur moi, ce jour-là. Si elle ne m'attendait pas, cachée sous le porche du planning. Elle avait peut-être appris par une copine ce que faisait ma mère à l'abri des regards. Avec le recul, c'est elle qui m'a baisé, finalement.

Le lieutenant prit quelques notes.

— Votre mère est-elle toujours là, monsieur Carmeau ?

— Elle est décédée il y a deux ans. Par contre, elle avait conservé tout un tas de vieux papiers que j'ai descendus à la cave quand j'ai vendu son cabinet clandestin. Venez avec moi. Si le dossier de Valérie se trouve quelque part dans ce bordel, ça me fera toujours une merde de moins à brûler le jour où je mettrai de l'ordre là-dedans.

80

— Je te préviens, ma mère va insister pour que tu restes dîner ce soir.

Nathan alluma une cigarette et souffla la fumée face au ciel encore gris. Ils avaient roulé une bonne heure après leur départ de Pierre-Perthuis et s'étaient arrêtés à la terrasse déserte d'un bar, au bord d'un lac, pour se réchauffer les doigts avec une boisson chaude.

— Tu lui ressembles, dit-il à travers la vapeur qui s'élevait entre eux dans l'air immobile.

— Je dois le prendre comment ? rit Alice.

— Elle est très belle et respire la douceur.

L'étudiante se rapprocha de lui et appuya sa tête sur son épaule. Ce garçon était tout ce qu'elle pouvait rêver. Rien à voir avec ce lourdaud de Romain. Lorsqu'il passa son bras autour d'elle, les papillons gigotèrent de nouveau dans son bas-ventre. Elle ignorait quand, mais *ça* se produirait. C'était inéluctable. Pourtant, aucun des deux ne montrait d'empressement, comme s'ils pouvaient patienter indéfiniment avant d'aller plus loin.

— Ça te plaît, la fac de médecine ?

— Je ne sais pas. J'ai l'impression de ne pas être à ma place, que quelque chose d'autre m'attend ailleurs. Le problème, c'est que j'ai déjà dix-neuf ans. Je ne vais pas rester à rien faire en espérant que l'avenir choisira pour moi. Alors je potasse, mais je m'ennuie. Sans compter que, avec toute cette histoire, j'ai un mal fou à me concentrer sur mes cours. Je suis fascinée par ce qui est arrivé à cette femme. Ça me hante, littéralement.

— Parlons-en, si tu veux, proposa Nathan en se tournant vers elle. Oublie ce qui te ronge la cervelle, garde uniquement les faits. Explique-moi ce qui s'est passé et ce que tu en as déduit. Je crois que si tu es froide et méthodique, tu gagneras en lucidité et tes émotions ne te submergeront plus.

— Je vois que monsieur est coach à ses heures perdues, se moqua-t-elle gentiment tout en levant le pouce de la main droite. Alors, un : un cadavre est retrouvé sur la rive de la Cure par une jeune résidente de Pierre-Perthuis et son chien. Enfin, surtout par son chien. Deux : le corps est envahi par les asticots. Trois : l'examen par la gendarmerie scientifique prouve que la victime, une femme, est décédée la veille, et donc que le tueur a dû répandre sur elle une énorme quantité de larves d'insectes pour accélérer la putréfaction. Quatre : celle-ci a été transportée à bord d'un bateau qui a descendu la rivière depuis le moulin de Gingon, et comme la manœuvre semble délicate, on peut imaginer que le criminel est familier avec l'endroit. Cinq : l'assassin a ramassé une carcasse de sanglier toute pourrie dans le coin et s'en est servi pour… Bref, il possède nécessairement un véhicule qui lui a permis de déplacer cet animal crevé sans être incommodé par l'odeur.

Une fois tous les doigts de la main droite levés, Alice posa son mug sur la table et dressa le pouce gauche.

— Six : nous pouvons a priori déduire que le tueur habite dans la région. Sept : la Roche percée a forcément une importance majeure vu tout le mal qu'il s'est donné pour y mettre en scène la dépouille, mais nous ignorons laquelle.

Huit : d'après la photo que j'ai donnée à la police, on sait que cette femme est déjà venue à Pierre-Perthuis et qu'elle y connaissait peut-être quelqu'un.

Alice se tut, prête à déplier l'annulaire, mais s'aperçut qu'elle avait fait le tour. Nathan lui sourit.

— Et neuf : la gendarmerie de Vézelay compte une nouvelle recrue dont elle n'a pas encore idée.

— Ce crime m'empêche littéralement de dormir, se justifia-t-elle. Je ne pourrai pas vivre comme avant tant qu'il ne sera pas résolu.

— Je comprends. Et j'aimerais tellement pouvoir t'aider à passer à autre chose…

À cet instant, ses yeux se posèrent sur la devanture de l'auberge, puis sur le parking entièrement vide. Ils remontèrent vers le néon « CHAMBRES » qui clignotait sur la façade et projetait sur le mur une invitation implicite à franchir les barrières et à tout oublier pendant quelques heures.

Alice suivit son regard et se sentit soudain plus légère, comme enivrée par la brusque certitude que c'était exactement ce qu'elle attendait. Elle prit la main de Nathan, le tira derrière elle jusqu'à la réception et, une fois la clé récupérée, grimpa l'escalier la première, le cœur en liesse.

81

Jacques Pernelle arriva à l'USLD de Saulieu peu avant dix heures trente. Il sauta de sa voiture et se rua vers l'accueil où un infirmier, inquiet de sa précipitation, lui barra tout d'abord le passage. Mais sitôt que le père d'Alice se fut présenté, le soignant le guida jusqu'au bureau de la directrice. Celle-ci, au téléphone, lui fit signe d'entrer. Elle attendait visiblement que son interlocuteur décroche. Elle patienta encore quelques secondes, puis renonça et se leva.

— Monsieur Pernelle ?

— Oui, pardon pour le délai, je suis venu dès que j'ai pu.

— Je vous en prie, merci d'être là, répondit-elle en s'engageant sans tarder dans le couloir qui menait aux chambres, l'infirmier sur leurs talons. Armand Pelissier ne s'est malheureusement pas calmé.

— Vous ne lui avez pas donné de sédatifs ? s'enquit Jacques.

— Notre médecin est positif au Covid depuis hier soir et je ne parviens pas à lui trouver un remplaçant ce matin. Injecter un psychotrope est un acte médical rendu plus délicat chez un patient atteint d'Alzheimer. On a donc administré un analgésique à M. Pelissier, mais on ne peut faire plus.

— Armand a-t-il dit quelque chose ?

— Oui : Nathalie, Thibault, et Jacques. Il ne cesse de répéter ces trois prénoms en boucle.

Ils stoppèrent devant la porte que Jacques connaissait déjà. La directrice posa la main sur la poignée et se tourna vers lui.

— Il était très agité, tout à l'heure. Je vous autorise à entrer, mais l'infirmier va rester derrière la cloison. Si la situation dégénère, vous sortez et il assure la relève. Nous sommes d'accord ?

— Oui, bien sûr, acquiesça Jacques, dont les lèvres s'étaient brusquement asséchées en percevant le gémissement continu qui provenait de la chambre.

La seconde suivante, il pénétrait dans la pièce. Une pénombre la baignait malgré les rideaux ouverts pour laisser filtrer le jour couleur acier. Jacques s'avança vers le lit à pas lents, hypnotisé par le visage émacié de son vieil ami. La bouche édentée du septuagénaire articulait inlassablement les mêmes mots. Les médicaments n'avaient apparemment pas eu raison de son idée fixe. Pernelle s'assit sur un siège et lui prit la main. Pelissier ne comprit pas tout de suite qu'il n'était plus seul. Mais lorsque Jacques se pencha vers lui, ses narines, comme la veille, palpitèrent faiblement. De plainte, sa voix se mua alors en murmure.

— Jacques…

Celui-ci serra doucement les doigts de l'ancien conseiller municipal.

— C'est moi, je suis là. Tout va bien.

— Thi… bault…

— Non, c'est Jacques. Tu te souviens ? Les matchs de rugby, les…

— Nathalie… C'est Nathalie…

Pernelle prit conscience qu'Armand ne l'entendait pas. Il ne se découragea pas pour autant, et fit une nouvelle tentative :

— Oui, j'ai vu ta fille, hier. Elle a sacrément grandi, mon vieux. Tu as de la chance d'avoir une gamine qui prend soin de toi. J'espère que la mienne en fera autant quand je serai plus âgé…

Face au regard absent de son ami et au silence qui lui répondit, le père d'Alice poursuivit, mais en chuchotant cette fois pour que l'infirmier ne puisse pas s'immiscer dans leur intimité.

— Je te demande pardon de t'avoir laissé tomber. Et je ne te l'ai jamais dit, mais, même si je ne l'ai pas connu, je sais que Thibault était un garçon formidable. Je comprends cette douleur qui ne t'a jamais quitté depuis sa mort. Comment aurais-tu pu accepter la disparition de ton fils ? C'était tellement stupide, cet accident, sur la falaise… Heureusement, ta fille est là. Elle t'aime et veille sur toi.

Jacques guettait une réaction. Après d'interminables secondes, Armand bascula enfin la tête vers lui. Ses yeux d'un jaune terne tentaient une mise au point impossible.

— Tout est… à cause… d'elle… lâcha-t-il dans un souffle.

Pernelle s'apprêtait à répondre quand, soudain, une voix de femme éclata derrière lui en même temps que la porte de la chambre s'ouvrait à la volée.

— Qu'est-ce que tu fais ici, Jacques ? Et vous, pourquoi lui avez-vous permis d'entrer ? J'avais donné des ordres, oui ou non ?

L'infirmier bredouillait des excuses. Il était confus, elle ne décrochait pas au téléphone, et puis ce monsieur était inscrit sur le registre des visites de la veille. Alors, ils avaient pensé que… Mais Nathalie, ivre de colère, ne l'écoutait déjà plus.

— Dehors !

Jacques leva les mains en signe d'apaisement. À côté de lui, Armand fixait désormais sa fille. Le père d'Alice lut une profonde angoisse dans son regard, sans savoir à quoi l'attribuer. Voir son ami comme ça lui serra le cœur. Pourtant, il ne pouvait rien faire. Il était sur le point de partir, penaud, quand Nathalie l'arrêta par le bras.

— Qu'est-ce qu'il t'a dit ?

— Rien, à part ton prénom, celui de Thibault, et le mien.

Sur ces paroles, il se dégagea de sa poigne et sortit de la pièce. Lorsqu'il parvint au parking, les quelques paroles d'Armand tournaient dans son esprit comme un mantra. « Tout est… à cause… d'elle… » Qu'avait-il voulu dire, avec ces mots décousus ? L'irruption de Nathalie l'avait empêché d'obtenir une explication. Alors il se promit qu'il reviendrait plus tard, quand la fille d'Armand se serait calmée.

Ce qui, a priori, prendrait désormais un certain temps.

82

Je suis rentrée chez moi, folle de rage. Non seulement Jacques avait passé outre à mon interdiction, mais les cadres de l'USLD n'avaient pas respecté les directives très strictes pour lesquelles je les payais. En réaction, j'ai immédiatement pris la résolution de transférer mon père dans une autre structure. Plus loin, plus difficile à trouver. Un EHPAD avec une unité Alzheimer, dans un premier temps, ferait l'affaire. L'important, désormais, c'était ma propre sécurité. Je devais mettre mon paternel à l'abri des interrogatoires. Le clos des Mésanges, au nord de Dijon, me parut être l'endroit parfait. Ni le plus onéreux ni le moins cher, il se noyait dans la masse des établissements spécialisés.

J'ai téléphoné dans la foulée. Par chance, il y avait une place disponible. Alors j'ai réquisitionné une société de déménagement, ainsi qu'un véhicule sanitaire léger, et je suis retournée aussitôt à Saulieu pour sortir mon père de l'unité de soins longue durée. Là-bas, la directrice a eu beau objecter la question du préavis, j'ai tenu bon, et je l'ai même menacée d'avoir recours à la police si nécessaire. Je ne l'aurais pas fait, bien sûr, craignant trop d'attirer l'attention sur moi, mais la femme l'ignorait et a fini par céder. Un conflit aurait risqué de ternir l'image de sa boîte. Elle a accepté mon argent et m'a fait signer une décharge. Après quoi elle m'a remis le dossier médical complet de son ancien résident, dossier que j'ai moi-même confié aux ambulanciers qui conduiraient mon père à bon port.

La chambre a été vidée en une heure. Et, dès que tout a été réglé, nous avons pris la route de Dijon. Les transporteurs ont suivi l'ambulance et ma voiture jusqu'aux Mésanges, où ils ont installé les quelques meubles de mon père dans son nouveau lieu de vie avant de s'éclipser. Le directeur, un homme mielleux au costume gris et au cheveu plaqué sur le crâne, m'a reçue en personne. Au moment où il a saisi mon chèque sans avoir l'air d'y accorder de l'importance, j'ai vu qu'il arborait une montre valant au moins douze mois de SMIC. Il m'a raccompagnée à la sortie deux heures plus tard, une fois son pensionnaire placé sous perfusion selon les recommandations du médecin coordonnateur.

Quand je suis remontée en voiture, j'étais rincée. Rincée et amère. Tout au long du trajet, je me suis demandé ce que mon père avait bien pu dire à Jacques. Si j'avais échappé de peu au désastre, ou bien si le mal était déjà fait. Au point que, lorsque j'ai bifurqué dans ma rue, j'ai retenu mon souffle, craignant de découvrir des gyrophares en train de clignoter devant ma maison. Mais il n'en était rien. Je suis entrée en vitesse, et je n'ai pu respirer qu'après avoir refermé la porte à clé derrière moi. Peut-être que je m'inquiétais pour rien. Mon père avait son air absent quand j'étais arrivée dans sa chambre et, selon l'infirmier, Jacques n'était pas resté plus de cinq minutes avec lui.

Un peu plus tard, mon téléphone a sonné. J'étais affalée sur le canapé, épuisée par la colère et l'anxiété qui me vrillaient le crâne. Conjugué aux relents de ma cuite de la veille, c'était tout juste supportable et j'avais hâte que cette maudite journée se termine. Je me suis tout de même levée et j'ai décroché avant que la messagerie ne se déclenche.

C'est là que la voix courroucée de Jacques m'a hurlé dans les oreilles.

— Nathalie, je viens de contacter Saulieu, car je m'inquiétais pour Armand ! La directrice m'a appris que tu l'avais déplacé en urgence ! Qu'est-ce que ça veut dire ?

— Je t'avais dit de ne pas y aller ! C'est dangereux pour lui !

— Quoi, dangereux ? Depuis quand voir ses amis est *dangereux* ?

— Je suis les consignes des médecins. Et tu devrais en faire autant au lieu de t'énerver ! Il y avait combien de temps, rappelle-moi, que tu n'avais pas pris de ses nouvelles ?

— Je…

Subitement, Nathalie prit conscience que Jacques pouvait crier aussi fort qu'il le voulait, il ne parviendrait jamais à la faire parler. Ni à cuisiner son père, désormais hors d'atteinte de ses questions indiscrètes.

— Pourquoi cet intérêt soudain, Jacques ? demanda-t-elle alors d'une voix radoucie, mais légèrement teintée d'ironie.

— Je veux discuter avec lui !

— C'est trop tard. Il fallait t'y prendre bien avant. Tu culpabilises, c'est ça ? Eh bien, continue. Parce que là où il est maintenant, tu n'es pas près de le revoir.

Elle raccrocha lentement le combiné sur son support, coupant court aux imprécations qui fusaient.

83

Après une heure passée à explorer le bazar que feue la docteur Carmeau avait entassé au fil des années, le lieutenant Moreau était enfin revenu à sa voiture avec le dossier de Valérie Freysse en main. Il recula son siège et commença à le feuilleter.

La date de l'intervention était indiquée en haut de la dernière page : 18 août 1986. La demande d'interruption de grossesse avait été enregistrée treize jours plus tôt, le 5 août. Une déclaration manuscrite, sûrement écrite par la jeune femme elle-même, mentionnait qu'elle était en retard de six semaines. S'agissait-il de son premier avortement ? Le document ne le précisait pas. L'acte s'était apparemment déroulé sans complication. D'après l'ultime note du médecin, Freysse était partie juste après l'opération avec un rendez-vous fixé pour une visite de contrôle. En l'absence de factures ultérieures de la praticienne, qui paraissait avoir gardé toutes les traces du passage de sa patiente dans son cabinet clandestin, Lucas douta que celle-ci y soit retournée.

L'officier poursuivit sa lecture. L'identité d'un accompagnant était griffonnée sur une page. Il eut tout d'abord du mal à la déchiffrer, tant l'encre avait été diluée par des années de stockage, mais il finit par y arriver. Bien qu'encore au bas de l'immeuble de Roger Carmeau, qu'il venait de quitter, il n'eut pas le courage d'aller retoquer à sa porte et sortit son portable.

— Monsieur Carmeau, pardon de vous déranger à nouveau. C'est le lieutenant Moreau. Par hasard, est-ce que le nom de Florent Roussel vous dit quelque chose ?

— Ouais, c'était un type du lycée. Un gars fondu de guitare et un peu barré. Il a abandonné les cours à trois semaines du bac pour partir élever des chèvres et faire de la tomme dans le Larzac, et peut-être leur jouer du Jean Ferrat ou du Maxime Le Forestier. On a tous pensé qu'il était devenu complètement cinglé.

— D'après vous, il y est resté, sur son plateau ?

— Non, je l'ai croisé il y a deux ou trois ans à une réunion d'anciens élèves. Il était venu avec une gratte, comme au bon vieux temps. Sauf que là, il jouait vraiment bien. Il avait vachement changé. Aussi maigre qu'un clou, il avait rasé ses cheveux longs et sa barbe était désormais parsemée de taches blanches. On s'est demandé en rigolant s'il avait fait un séjour à Tchernobyl. L'une des filles, plus curieuse, l'a cuisiné. Il faut dire qu'on se posait régulièrement des questions sur ce mec. Avait-il réussi à faire son fromage ou bien était-il à présent le poivrot d'un bled quelconque de l'Aveyron, à tendre la main le dimanche à la sortie de la messe pour se payer sa piquette ?

— Et qu'est-ce que votre copine a appris ?

— Qu'il n'avait pas fait long feu là-bas. Juste le temps de comprendre que résister à l'envie de casser son réveil tous les matins à quatre heures pour traire des bêtes, ce n'était pas pour lui. En plus, apparemment, il est gay. Alors les mamelles, hein…

Carmeau rit gras et le policier leva les yeux vers le plafonnier, exaspéré.

— Auriez-vous une idée de l'endroit où je peux le trouver ?

— Il créchait du côté de Montmorency, si mes souvenirs sont bons. En pleine forêt, loin de l'agitation de la ville. Un bobo écolo avant l'heure. Bon, je peux pas vous certifier qu'il y est encore. Il doit posséder au moins un poney et une chèvre quelque part dans un pré, comme il les adorait. C'est un premier indice, ça, pour un flic, pas vrai ?

Lucas en avait assez entendu. Ce type commençait à lui taper sur le système.

— Tout à fait, merci. Je vais voir si je peux me débrouiller avec ça.

Le lieutenant raccrocha et chercha « Florent Roussel » sur les différents réseaux sociaux, mais l'homme était un animal qui, visiblement, n'aimait pas trop se montrer. S'il était toujours musicien, il devait pourtant avoir une vie publique. Moreau entra alors le nom du guitariste directement dans son navigateur Internet et tomba très vite sur ce qu'il espérait.

Roussel avait enregistré plusieurs concerts dans une salle appelée l'Orange Bleue, à Eaubonne. Une ville située à une vingtaine de kilomètres de la capitale et proche, en effet, de la forêt de Montmorency. La programmation, en revanche, ne le mentionnait pas. Le policier décida malgré tout de s'y rendre pour interroger le personnel. Il fit une capture d'écran du portrait de l'ancien ami de Valérie Freysse et s'engagea dans la circulation qui piétinait déjà à dix minutes de la porte de Clignancourt.

84

Après que Nathalie Pelissier lui avait raccroché au nez, Jacques bouillonnait. D'autant qu'il ruminait depuis son retour de l'USLD. En effet, en fin de matinée, Corinne avait eu besoin de sa voiture pour se rendre en ville. Sa fille avait fini par emprunter la 205, et il avait dû la lui laisser. Il avait ensuite déjeuné seul en ressassant les mêmes questions. Qu'est-ce que son ami avait voulu lui dire avec ces quelques phrases balbutiées ?

Déjà, la veille, il avait péniblement articulé trois mots : « C'est ma faute. » Et aujourd'hui : « C'est à cause d'elle. » Qu'est-ce qui était la faute d'Armand ? La mort de Thibault ? Celle de Nicole ? Le départ de Nathalie ? Et à cause de qui cela s'était-il produit ? Sa fille ? Sa femme ? Quelqu'un d'autre ?

N'y tenant plus, il renonça soudain à attendre davantage. Il rejoignit le garage après avoir enfilé un vieux K-way et abandonné son mobile dans le salon. N'ayant pas les clés de la moto d'Alice, il ne lui restait que son antique VTT suspendu au mur. Il le décrocha, vérifia rapidement les pneus et s'engagea sur la route de Saint-André-en-Morvan sans prendre la peine de refermer le garage derrière lui. Il traversa Pierre-Perthuis, désert sous le déluge. Seul un pêcheur qui revenait de la rivière lui envoya un signe de la main. Jacques lui cria quelques paroles en retour, que le vent emporta au loin.

Tandis qu'il franchissait le pont et que l'averse trempait son dos, ses pensées s'entrechoquaient. Thibault, Nathalie, Armand, Nicole. Que s'était-il réellement passé, au bord de la falaise, ce jour de 1986 ? Le refus obstiné de Nathalie de le laisser parler à son père était-il motivé par quelque chose qu'elle craignait qu'il ne lui révèle, ou bien fabulait-il ?

Le ciel se couvrait de plus en plus. Un voile de brume tombait. La lumière déclinante conférait aux collines un aspect fantomatique souligné par les arbres déshabillés. Aveuglé par la pluie, Jacques tenta en vain de s'essuyer les yeux avec sa manche. Il secoua la tête pour évacuer l'eau qui ruisselait sur son visage. Il y avait des années qu'il n'avait pas sorti son vélo, et les jambes lui cuisaient déjà.

Quand il attaqua une série de virages, dans une côte qui lui était bien familière, il songea avec amertume qu'il avait été dingue de se lancer dans cette entreprise. Il avait surestimé ses capacités physiques. Pour autant, il était inenvisageable de faire demi-tour. De s'avouer vaincu. Le souvenir du ton empreint de morgue de Nathalie l'incita à appuyer plus fort sur les pédales. Il allait lui rentrer son arrogance dans le gosier, à cette femme ! Bon sang, il l'avait connue toute gosse ! Jamais il n'aurait imaginé qu'il dirigerait sa colère un jour contre la fille de son ami.

En haut de la côte, il s'arrêta un instant pour reprendre son souffle. Avec un peu de chance, il aurait pu voir surgir Alice ou Corinne de retour de leurs occupations respectives. Mais ce ne fut pas le cas et, après quelques minutes d'attente, il remonta en selle. Sa jambe gauche le lançait. Quelle distance avait-il parcourue, jusque-là ? Trois kilomètres, peut-être quatre. Il espérait juste que la route était moins difficile ensuite. Il ne s'était jamais vraiment rendu compte, en voiture, de la déclivité de la chaussée.

Une berline arriva en face, alluma ses phares et l'éblouit. Vu l'étroitesse de la bande d'asphalte, il se rangea sur le côté pour la laisser passer et en profita pour s'essuyer le front avec sa polaire après avoir entrouvert son K-way. À cet instant, il aperçut au loin une ligne de pylônes électriques qui se dressaient entre chien et loup sur fond de nuages gris. Il reconnaissait l'endroit. La route grimpait encore sur deux kilomètres, mais bientôt il pourrait amorcer la descente vers Saint-André. Il y était presque.

Brusquement revigoré, il pédala comme si sa vie en dépendait. Jacques se rappela qu'il sortait tout juste d'une crève carabinée. Le toubib l'avait prévenu : il avait intérêt à se préserver pour ne pas faire une rechute.

Ce n'était pas le moment d'attraper la mort.

85

Le téléphone sonna sur le bureau de Montboissier. Celui-ci reconnut la voix de l'adjudant Lamaison qui venait au rapport. Il enclencha le haut-parleur pour que Marianne puisse entendre la conversation.

— Nous en sommes à plus de deux cents immatriculations vérifiées sur près de dix agglomérations, précisa le sous-officier au bout du fil. Ce qui représente environ une cinquantaine de kilomètres carrés.

Gontran ne voulait pas que ses hommes se découragent, et pourtant il y avait de quoi. Il se passa les doigts sur sa moustache. Depuis le début de cette affaire, ils donnaient des coups d'épée dans l'eau, jour après jour, sans ferrer le moindre poisson.

— Très bien. Merci, Jean-François. Ne lâchez rien : vous allez finir par mettre la main dessus. Nous comptons sur vous.

Il raccrocha dans un soupir et, aussitôt, l'appareil sonna de nouveau. Cette fois, c'était le lieutenant Petrosky, au laboratoire.

— Rien de neuf au moulin de Gingon, commandant. Les moulages des empreintes de pneus sont inexploitables. La pluie a continué de tomber bien après le départ du véhicule, et la terre était trop grasse pour qu'on puisse y déceler une structure caractéristique. Quand nos techniciens sont arrivés sur le site, il était déjà beaucoup trop tard.

— Pas de traces de sang ?

— Non. S'il y en avait au pont de la D53, où vous pensez que le criminel est sorti de la rivière, la flotte a tout lavé.

L'officier reposa le combiné puis, la mine déconfite, considéra Marianne.

— Capitaine, vous allez certainement devoir rentrer demain, dit-il avec une pointe de regret dans la voix. Il n'y a malheureusement rien qui justifie que je vous mobilise davantage ici.

— Vous n'aurez plus besoin de moi à Paris non plus ?

Gontran secoua la tête.

— Non, je ne crois pas. Votre aide a été précieuse, et je vous en remercie. L'auberge a-t-elle été à votre goût ?

Ferrand lui sourit.

— C'était parfait. Le petit déjeuner était délicieux et bien garni, votre ami Antoine est un hôte très prévenant.

— Les clients du bar n'ont pas été trop zélés ? Ce n'est pas si souvent qu'une femme seule est hébergée au village. Qui plus est une capitaine de police venant de la capitale.

— Pas du tout. Hier soir, j'y ai même fait la rencontre d'un vieil homme très intéressant. Un féru d'histoire de la région, comme le premier adjoint.

— Comment s'appelle-t-il ?

— Robert. J'ignore son nom de famille. Il ne me l'a pas précisé, et je n'ai pas osé le lui demander. Il réside à Saint-André-en-Morvan, à ce qu'il m'a dit, mais c'est un ancien employé communal de Pierre-Perthuis. Il connaît beaucoup de gens. Et lui non plus, hélas, ne se souvient pas d'avoir aperçu Valérie Freysse dans le secteur.

— Dommage…

— Oui. Mais ce matin, il est revenu pour boire un café pendant que je petit-déjeunais. Le bar était plein et, comme la veille, les clients ne cessaient de se retourner pour me jeter des œillades curieuses. Visiblement, le téléphone arabe est efficace, ici ! Tout le monde semblait savoir qui j'étais, et la raison de ma présence.

— C'était hélas inévitable…

— Ça ne m'a pas vraiment dérangée. Je m'y attendais. En tout cas, en le voyant, j'ai eu une idée. Je lui ai proposé de m'accompagner du côté de la Roche percée. Je me suis dit que, peut-être, ça éveillerait chez lui des souvenirs enfouis sous la poussière des années. Il a accepté volontiers, et nous sommes allés marcher. Tout en longeant la rivière, il a commencé à me raconter la vie de tous les villageois qu'il connaissait déjà quand il usait ses fonds de culotte à l'école et au catéchisme. Ensuite, j'ai eu droit à l'histoire de tous leurs enfants. Rien de bien passionnant, mais c'est là que j'ai réalisé que les gens du cru bougeaient assez peu. Ils sont très attachés à leur coin de terre. À cette roche qui fait partie de leur environnement depuis la nuit des temps.

— C'est l'ADN de la campagne, sourit Montboissier. Nous sommes nés dans notre Morvan, et on ne nous changera pas.

— Oui, c'est ce que j'ai compris. Sur le retour, nous avons poussé jusqu'au cimetière, une façon de relier le passé au présent. Et il m'a appris que tous les morts de Pierre-Perthuis n'étaient pas enterrés là-bas.

— Il faudrait poser la question au curé pour les détails, mais j'imagine que c'est exact.

— Il semble que certaines familles ont expressément voulu que leurs parents soient inhumés ici, à Vézelay. J'ai trouvé ça étonnant. Quand Robert m'a laissée, je suis restée un moment devant les tombes. Cette question me travaillait, sans que je puisse l'expliquer. C'était peut-être dû à un simple manque de place, ou en rapport avec un motif religieux qui m'échappait. Je ne verse pas trop dans les Évangiles, je ne vous le cache pas.

— Idem en ce qui me concerne, je ne vous serai d'aucun secours sur ce sujet.

— En réalité, j'avais du mal à comprendre pourquoi ces gens si attachés à leur terre avaient décidé d'inhumer les leurs à dix kilomètres de chez eux. Quelque chose ne collait pas, vous voyez ?

— À quoi pensez-vous, exactement ?

— Eh bien, j'ai effectué quelques recherches. Et il y a une particularité qui ressort très nettement à propos de l'abbaye de Vézelay.

— Elle est magnifique. Des milliers de touristes, croyants ou non, la visitent chaque année.

— C'est un *bâtiment de lumière*, Gontran.

Le commandant en resta coi. C'était la première fois que Marianne l'appelait par son prénom.

— Je vous demande pardon ? parvint-il finalement à articuler.

— Tous les ans, le 21 juin, une foule compacte se presse dans la nef pour assister au miracle de l'illumination. Je ne vous parle pas d'une apparition divine due aux reliques de sainte Marie-Madeleine qui y sont conservées, mais bel et bien d'une orgie de lumière solaire qui embrase l'église.

Montboissier considéra la capitaine avec surprise.

— C'est splendide, en effet, j'y ai moi-même assisté à plusieurs reprises. Mais je ne vois pas le rapport avec notre affaire.

— Depuis le début, précisa Ferrand, il est évident que le meurtre qui nous occupe est signé du sceau de la haine. De la vengeance. Et si notre prédatrice se dissimule dans l'ombre la plus opaque, elle a en revanche réfléchi à une mise en scène très soignée, comme pour dévoiler son crime devant des projecteurs. C'est sûrement idiot, mais je n'ai pas pu m'empêcher de faire le rapprochement. L'ombre et la lumière.

Gontran fronça alors les sourcils.

— Attendez, d'après vous, ces familles auraient choisi Vézelay pour rendre la lumière à leurs morts ? Comme pour… les hisser hors des ténèbres ?

— Je pense. Marie-Madeleine est le symbole suprême de la résurrection. C'est exactement ce qu'évoque ce foisonnement lumineux qui transperce les vitres de la basilique chaque solstice d'été. Pour que des obsèques aient lieu à Vézelay et non à Pierre-Perthuis, c'est peut-être parce qu'aucune de ces familles croyantes n'a accepté le décès de leur proche. Un rejet total, viscéral.

— Et donc ? Il faudrait chercher notre assassin du côté de ces paroissiens qui n'ont pas fait leur deuil, vous croyez ? Ce n'est pas un peu tiré par les cheveux, votre raisonnement ?

— Nous n'avons rien à perdre à explorer cette piste, si ?

— Eh bien… murmura le commandant, peu convaincu.

— Lorsque j'ai regagné l'auberge, Robert prenait l'apéritif au bar. J'ai l'impression que c'est un bon client. Et tant mieux, car j'en ai profité pour lui demander le nom des habitants qui avaient été inhumées à Vézelay.

La capitaine fouilla dans la poche de son manteau et en sortit un carnet sur lequel elle avait noté quelques patronymes. Elle l'ouvrit à la dernière page et suivit la liste, ligne après ligne.

— De mémoire, il a désigné les Milachon, les Guilpain, les Gautheron, les Millot, les Pelissier, les Maréchal, les Dubois, les…

— Qui avez-vous cité, juste avant les Maréchal ? l'interrompit l'officier.

— Les Pelissier. Pourquoi ? Ça vous évoque quelque chose de particulier ?

— Oui. Ça remonte à la fin des années 1980. Leur gamin, un jeune gars, est tombé de la falaise alors qu'il s'y baladait avec son père. Je venais d'entrer à la brigade d'Avallon. C'est nous qui sommes intervenus pour ramasser le corps, et ce n'était pas beau à voir. Les parents étaient dévastés. La petite sœur est restée muette pendant un mois après ça, et plus tard elle a voué sa vie au sport de haut niveau.

— Pourquoi l'ont-ils fait enterrer à Vézelay ?

— Je l'ignore. Le père, la mère et la fille ont déménagé peu après. Les souvenirs, à Pierre-Perthuis, devaient être trop douloureux. Il me semble que le prêtre qui s'est occupé de la cérémonie est mort depuis. En revanche, frère Ancelin pourrait sans doute nous renseigner.

— Frère Ancelin ? Qui est-ce ? Le nouveau gardien du troupeau ?

— Mieux que ça, s'amusa le commandant. C'est un vrai patou. Vous voyez ? Ce chien de berger des Pyrénées qui ramène toutes les brebis égarées dans le droit chemin… C'est lui, le recteur de la basilique Sainte-Marie-Madeleine, aujourd'hui.

Marianne se leva.

— Bon, eh bien, pourquoi ne pas aller le voir pour lui poser quelques questions ?

86

Le lieutenant Moreau n'avait pas mis longtemps à trouver la maison grâce aux indications de l'hôtesse de l'Orange Bleue, où il s'était présenté un peu plus tôt. Quand la jeune femme avait compris que le beau gosse au cuir défraîchi était de la police, elle s'était renfrognée, tout en restant coopérative. Ils conservaient l'ensemble des coordonnées des musiciens qui jouaient chez eux. Lucas n'avait donc eu qu'à entrer l'adresse dans son GPS. Après quoi il s'était laissé guider à travers les villages déserts jusqu'à une baraque complètement isolée, près de Béthemont-la-Forêt. En l'absence de clôture, le jardin se fondait littéralement dans le bois, juste derrière un appentis.

Hésitant, il frappa à la porte à l'aide d'un heurtoir en bronze qui faisait office de sonnette. Un homme au crâne rasé, la cinquantaine, des lunettes rondes à la Lennon, ouvrit et l'observa avec circonspection.

— Je cherche un certain Florent Roussel. C'est vous ? s'enquit Lucas.

— Je te confirme, c'est moi. Mais je ne prends plus de nouveaux élèves.

— Je ne suis pas venu pour un cours, monsieur Roussel. J'ai besoin d'informations à propos d'une dénommée Valérie Freysse.

Là, le musicien hocha la tête et s'effaça pour laisser entrer le lieutenant, qui fut aussitôt saisi par la quantité d'instruments à cordes accrochés aux murs. Il y en avait partout, de toutes les formes, de toutes les couleurs et de toutes les dimensions.

— Je suis impressionné… souffla le jeune flic. Vous jouez vraiment de toutes ces guitares ?

— Ça m'arrive, mais pas en même temps. Écoutez, je ne sais pas ce que vous voulez exactement, mais pour la faire courte : oui, je connaissais Valérie, ce que vous savez probablement déjà. Et non, je n'ignore pas qu'elle a été assassinée, même si je passe plus de temps à composer qu'à mater les infos. Voilà, c'est à peu près tout ce que j'ai à vous raconter.

À la façon dont Roger Carmeau lui avait décrit l'hurluberlu, l'officier s'était attendu à un accueil de ce genre-là et il ne se formalisa. Il s'approcha d'une Fender Telecaster qui semblait avoir vécu mille vies et qui était encore branchée sur l'amplificateur. Voyant ses doigts rôder autour des cordes qui, elles, avaient l'air neuves, son hôte fit un pas de côté et l'empêcha d'y toucher.

— Bas les pattes. Bon, j'ai du boulot, alors posez-moi vos questions, et ensuite vous faites comme Majax : vous disparaissez. D'ailleurs, tant que j'y pense, soyez vigilant au poney en sortant. Il a le sabot prompt et précis.

— Vous êtes un drôle de type, monsieur Roussel, sourit Lucas. Je comprends que les chèvres ne vous aient pas suffi.

Le musicien scruta plus intensément le regard appuyé du policier.

— Décidément, quand on balance une connerie, elle fait un sacré bout de chemin toute seule avant de s'écraser. Qui vous a raconté cette histoire ?

— Un de vos anciens copains de lycée. C'est inexact pour le Larzac ?

— Une pure invention, en effet. Ces petits branleurs n'avaient pas besoin de savoir que mes parents avaient choisi de reprendre la route dans leur caravane. Je n'avais pas non plus envie de leur avouer que, pour échapper à cette existence d'éternel déraciné, je gagnais ma vie en jouant dans le métro. À l'époque, j'habitais dans un squat à Belleville, et ça ne regardait que moi. J'ai ma dignité. J'ai préféré leur servir un beau morceau de fromage du Causse. Qu'est-ce que ça pouvait bien foutre, de toute façon ? Je n'avais pas l'intention de les revoir, ni les uns ni les autres.

— Même Valérie ? Comment définiriez-vous votre relation ? Vous l'aimiez ?

Roussel éclata de rire.

— Moi ? Je n'aime que les portées de notes, de chiens et de chats. Les humains me fatiguent.

— Vous l'avez pourtant accompagnée chez le médecin, le jour où elle a avorté, non ? C'est une démarche plutôt intime, ça, je me trompe ?

— Vous êtes tellement bien renseigné que, franchement, je me demande ce que vous êtes venu faire ici.

— Qui était le père de cet enfant, monsieur Roussel ?

— J'en ai pas la moindre idée. Et pour être honnête, je pense que Valérie elle-même l'ignorait. C'était une Marie-couche-toi-là, si vous me passez l'expression.

— Vous en avez profité ?

— Non. Les filles baisent pas avec les gays. Nous, on les rassure. On n'est pas des dangers potentiels.

Lucas hocha la tête, amusé. Il devait admettre qu'il n'avait pas anticipé cette réponse.

— Pardon d'insister, mais vous souvenez-vous d'une conquête dans l'Yonne dont Valérie vous aurait parlé ? Les amis discutent de ça, parfois, non ? Surtout dans un cabinet d'avortement clandestin…

Son hôte soupira, vaincu. Ce flic ne le lâcherait pas tant qu'il n'aurait pas trouvé ce qu'il venait chercher. Alors autant le lui donner et retourner le plus vite possible à sa tranquillité d'ermite.

— Ce gars s'appelait Thibault Pelissier. Valérie le tenait par les couilles – au sens propre ! Ils s'étaient rencontrés pendant un séjour en camp de vacances dans le Morvan, où elle avait appris que son vieux était un gros cultivateur de la région et qu'il connaissait du monde au ministère de l'Agriculture. Le paternel avait ses entrées, comme on dit. C'était parfait pour Valérie qui avait de l'ambition et ne s'en cachait pas. Lorsque son petit ami s'est tué en chutant d'une falaise, l'été suivant, elle a laissé tomber le filon. Le môme était peut-être de lui, mais ça je ne l'ai jamais su. Hé, ça va, monsieur le flic ? Vous êtes tout pâle…

87

Jacques est arrivé, ruisselant de pluie et de colère. Il a tambouriné sur le portail et je lui ai ouvert pour qu'il ne fasse pas aboyer tous les chiens du secteur. Il est alors entré, a lâché son vélo dans la cour, puis il a attendu d'être à l'intérieur pour exploser.

— Qu'est-ce que tu as fait, Nathalie ? Pourquoi as-tu… ?

Je me suis mise à hurler, moi aussi. Je crois que, à ce moment, il a eu peur de sa propre réaction en voyant la mienne et il s'est tu, mais le sang battait fort à ses tempes et il serrait les poings d'une rage contenue. Je lui ai dit de s'asseoir, que nous allions discuter autour d'un café. Je lui ai donné une chaise pour qu'il ne trempe pas le canapé et me suis éclipsée dans la cuisine.

Là, j'ai commencé à trembler. Qu'est-ce que mon père lui avait raconté, exactement ? Lui avait-il révélé que j'étais un assassin ? Que mon geste avait été minutieusement prémédité ? J'ai essayé de me raisonner. Si tel avait été le cas, ce ne serait pas Jacques qui dégoulinerait dans mon salon, mais une meute de gendarmes surexcités.

Lorsque je suis revenue, quelques instants plus tard, Jacques s'était levé et détaillait les photos de mon frère accrochées au mur. Son cou était rouge, ses mains enfoncées dans ses poches. J'ai vu qu'il faisait un effort surhumain pour se calmer. Là, il s'est soudain figé, puis il s'est lentement dirigé vers les clichés qu'il n'avait pas regardés la première fois. Certains, en noir et blanc, dataient de la communion de Thibault. D'autres de l'époque où papa avait tenté de tirer des images en couleurs à peu près potables avec un agrandisseur. J'avais fixé sur un contreplaqué un méli-mélo de tous les moments importants de sa vie, et l'avais disposé sur le manteau de la cheminée. La plupart nous mettaient en scène chez nous, à Pierre-Perthuis, ou en vacances.

D'abord, je ne me suis pas méfiée, puis j'ai pris conscience qu'un truc clochait quand je l'ai vu tiquer sur un cliché au format bâtard. Dessus, mon frère, souriant, était accoudé au parapet du pont de Ternos, avec le viaduc en arrière-plan. Le doigt de Jacques a suivi le bord de la photo, comme s'il distinguait quelque chose qui n'y figurait pas. Il s'est retourné lentement. Son expression avait changé. Il semblait ne plus me reconnaître.

— Alors, tout ça, c'est à cause de ton frère, a-t-il murmuré.

C'est là que j'ai compris. Ce qui avait attiré son attention, c'était la partie qui manquait. Celle que j'avais déchirée et que, visiblement, il avait vue ailleurs.

— Jacques…

— Ce crime affreux, c'est toi…

Crucifiée par son regard accusateur, j'ai été saisie d'effroi. Les deux tasses de café se sont mises à s'entrechoquer au milieu de mon plateau. Ma main droite, machinalement, s'est posée sur le gros cendrier de buis qui était sur le guéridon juste à côté de moi. Dans les yeux de Jacques, je ne lisais aucune compréhension, aucune empathie, aucun pardon.

J'ai reculé d'un pas, buté dans un fauteuil et failli faire tomber les tasses. Tout à coup, le temps s'est comme ralenti.

Jacques s'est-il précipité pour les rattraper quand elles ont glissé sur le plateau, ou bien s'est-il jeté sur moi ? Je ne le saurai jamais. Le cendrier l'a frappé à la tempe et il s'est écroulé sur le parquet dans un bruit sourd. J'avais distinctement entendu quelque chose craquer sous le choc. Lorsque j'ai pris son pouls à la gorge, son cœur ne battait plus que faiblement. Ce n'était pas le cendrier qui s'était fendu…

Aussitôt, mes nerfs ont lâché. Je me suis affalée près de lui et me suis mise à pleurer de désespoir. Une unique pensée me sciait les jambes : si j'avais échafaudé l'assassinat de Freysse dans les moindres détails, je venais de tuer de mes mains, chez moi, un deuxième être humain. Les flics, cette fois, n'allaient pas mettre longtemps à remonter jusqu'à moi. D'ici peu, je serais arrêtée, jugée, condamnée, et je finirais mes jours en prison.

Je suis restée ainsi, prostrée à moins d'un mètre de Jacques, l'esprit en roue libre. Et au bout d'un long moment, j'ai commencé à percevoir des petits picotements dans mon cerveau. À force de ressasser, j'entrevoyais une chance de m'en sortir. Elle était infime, mais réalisable si je m'y prenais de la bonne manière. Je devais me débarrasser du cadavre très vite, et j'ai envisagé de le déposer quelque part avec, non loin de lui, la bicyclette pliée pour simuler un accident de la route. Les légistes ne se laisseraient pas berner si facilement, mais je n'avais pas le choix.

En premier lieu, j'ai jeté la photo coupée dans le feu de cheminée, puis je suis sortie dans le jardin, j'ai planqué le VTT dans la grange et je suis revenue au salon par la porte-fenêtre de la cuisine. La brouette passait tout juste dans le chambranle. Je l'ai couchée pour pouvoir pousser le corps dedans et j'ai entrepris de relever l'engin. J'ai bien cru que je n'y arriverais pas. Je ne sais pas combien Jacques pesait, mais c'était un sacré gaillard. À la troisième tentative, complètement arc-boutée, j'ai senti que c'était la bonne. Enfin.

Épuisée, je me suis alors dirigée vers la cuisine pour me servir un verre d'eau.

Un bref répit. C'est tout ce à quoi j'ai eu droit, car des coups ont retenti contre le portail. J'ai lancé un regard terrifié aux fenêtres côté rue, mais j'avais déjà fermé les volets avant l'irruption de Jacques. En revanche, j'étais trempée de sueur par l'effort et le cadavre trônait dans la brouette au milieu du salon. Je n'avais qu'une minute ou deux pour réagir sans éveiller les soupçons.

Soixante secondes plus tard exactement, j'ai ouvert aux gendarmes qui s'impatientaient. J'avais prélevé au passage une serviette dans la salle de bains et l'avais enroulée à la hâte autour de mon cou.

— Désolée, leur ai-je dit en m'essuyant le front. Je faisais ma gym au sous-sol, je ne vous ai pas entendus tout de suite. Que se passe-t-il ?

— Madame Nathalie Pelissier ? m'a demandé une femme que je n'avais jamais vue et qui me présentait une carte tricolore.

— Oui, c'est moi, mais…

— Capitaine Ferrand. Commandant Montboissier. Pouvons-nous entrer, s'il vous plaît ?

Je me suis écartée pour les laisser pénétrer dans la cour et les ai conduits jusqu'au vestibule. De toute façon, je n'avais pas le choix. À l'intérieur, le gendarme a fait mine de retirer ses chaussures, mais je l'en ai empêché.

— C'est inutile. Je dois faire le ménage.

Celui-ci a hoché la tête, reconnaissant. La policière, elle, a poursuivi, imperturbable :

— Nous avons quelques questions à vous poser, si vous le voulez bien.

J'ai acquiescé, bien sûr. Qu'est-ce que je pouvais faire d'autre, à part leur économiser quelques minutes d'interrogatoire en avouant tout ?

88

L'appel de Lucas était survenu alors que Marianne et Gontran roulaient en direction de Vézelay. Le commandant avait immédiatement contacté son état-major, qui lui avait transmis l'adresse d'une Nathalie Pelissier résidant à Saint-André-en-Morvan, et ils avaient fait demi-tour.

À leur arrivée, la suspecte avait tardé à leur ouvrir et elle semblait un peu nerveuse. En sueur, elle avait allumé une cigarette et tiré devant elle à pleines mains un gros cendrier. La capitaine avait pensé que c'était étrange pour une ancienne sportive de haut niveau.

— Madame Pelissier, attaqua la policière, qui s'était assise sur la chaise où Jacques se trouvait quelques minutes plus tôt, nous avons besoin d'évoquer avec vous le décès de votre frère Thibault.

Son interlocutrice prit une profonde inspiration.

— Ça s'est produit il y a trente-six ans. Est-ce vraiment nécessaire ?

— Oui, désolée de revenir sur cet épisode douloureux, mais nous aimerions savoir ce qui s'est passé exactement, ce jour-là.

— J'avais huit ans quand il s'est tué, lâcha leur hôte, le visage fermé. Je n'étais pas sur place. Il est tombé de la falaise, et il est mort. Un accident stupide, point barre.

— Pardon, madame, mais êtes-vous sûre que c'est ainsi que les faits se sont déroulés ? demanda Ferrand.

— Qu'est-ce que vous insinuez ? Je ne comprends pas... Mon père se trouvait avec lui, ce matin-là. Il nous a tout raconté.

Les deux officiers se consultèrent du regard. Les renseignements que Lucas avait obtenus auprès de Florent Roussel étaient confidentiels. Et pourtant, ils devaient dès à présent tenter d'éclaircir un point majeur de leur enquête. Montboissier inclina brièvement la tête, et Marianne reprit les rênes de la discussion.

— J'ai conscience que ce drame est très ancien, et aussi que les cicatrices se referment parfois difficilement. Cependant, je dois tenter de raviver votre mémoire d'enfant. Vous rappelez-vous une certaine Valérie, que votre frère a connue à cette époque-là ?

— Valérie comment ?

— Freysse. Taille moyenne, brune, yeux marron.

— N'est-ce pas la victime de la Cure ? Je crois l'avoir entendu aux informations. En dehors de ça, non, ça ne me dit rien. Ça devrait ?

— En effet, c'est bien elle, intervint le gendarme. Et nous avons de bonnes raisons de penser qu'elle est venue à Pierre-Pertuis en 1986 pour rendre visite à votre frère.

— Si c'était le cas, elle aurait logé chez mes parents, non ?

— J'imagine que oui. Votre père s'en souvient peut-être, lui ?

— Je regrette, papa est très malade. Il est hospitalisé pour un Alzheimer dans un centre spécialisé. Vous vous déplaceriez pour rien. Il ne sait même plus que j'existe. Alors 1986...

L'impasse était proche, mais Marianne, pugnace, ne se démonta pas.

— Madame Pelissier, savez-vous pourquoi votre frère a été inhumé à Vézelay et non à Pierre-Perthuis, là où votre famille résidait à l'époque ?

— Papa est très croyant. Pour lui, il était hors de question que Thibault soit enseveli là où il avait trouvé la mort. La basilique Sainte-Marie-Madeleine s'est imposée d'elle-même. Il a fait la demande à l'évêque d'Auxerre, qui a intercédé auprès du prêtre supérieur de Vézelay. Il a procédé de même après le décès de maman pour qu'elle puisse être enterrée près de Thibault.

La policière retint un soupir de commisération.

— Et vous, comment vous vous en êtes sortie, après tout ça ?

Nathalie embrasa une nouvelle cigarette et laissa tomber l'allumette dans le gros cendrier au milieu de la table.

— Grâce au sport. J'ai été athlète de haut niveau durant vingt ans. Ça ne guérit pas, mais, si on se donne à fond, on parvient à oublier pendant quelques heures. Depuis que j'ai pris ma retraite sportive, même si je fume un peu de temps en temps, je tâche de conserver une certaine discipline. Comme je vous l'ai dit à votre arrivée, j'ai installé une salle de musculation, en bas.

— C'est un bon exutoire, en effet. C'est votre frère, sur toutes ces photos ? demanda Marianne en jetant un coup d'œil circulaire sur les murs.

— Oui, c'est Thibault.

L'officière se leva et inspecta de près chacun des clichés, tandis que Nathalie posait une bûche au centre de l'âtre. Quand la capitaine eut terminé sa ronde, elle se tourna de nouveau vers leur hôte.

— Une dernière question, madame Pelissier. Où étiez-vous le 5 novembre dernier ?

— C'était quoi, comme jour ?

— Un dimanche.

— Alors, j'étais ici.

— Seule ?

— Oui.

— Et dans la nuit de samedi à dimanche dernier ?

— Pareil. Je suis du genre casanière.

— Personne ne peut donc confirmer vos dires ?

— Non. Enfin, demandez toujours à mes voisins. On ne sait jamais, même s'ils sont éloignés, l'un d'eux m'a peut-être aperçue.

Ferrand et Montboissier prirent finalement congé, après avoir noté l'adresse de l'EHPAD des Mésanges, à Dijon. Ils s'y rendraient le lendemain pour tenter d'interroger le vieil homme en dépit de sa maladie.

Marianne profita du trajet en voiture jusqu'à la brigade de Vézelay pour trouver une photo récente de Nathalie Pelissier sur le Web et l'envoyer à Lucas. Elle lui expliqua qu'il devait retourner de toute urgence voir Stephen, le serveur du Magnum, pour une tentative d'identification, et la rappeler dans la foulée.

À n'importe quelle heure.

89

— Jacques ?

Corinne, les bras chargés de sacs, poussa la porte du pied et retint un juron quand ses clés tombèrent dans une flaque. En sortant du magasin de vêtements, elle avait rencontré trois partenaires de son cours de yoga qui prenaient un verre dans un café. L'une d'elles avait jailli de l'établissement et, tout sourire, lui avait proposé de se joindre au groupe. Sous peine de passer pour une rabat-joie, elle n'avait pas pu refuser. Les rires avaient alors fusé, le temps avait filé, et elle avait finalement réussi à se sauver en prétextant un dîner à préparer.

— Jacques ! Tu peux m'aider, s'il te plaît ?

Tout à sa joie de retrouver un peu de compagnie, Pepper lui sauta dessus et un paquet instable chuta à son tour dans l'eau stagnante. Corinne, les cheveux ruisselants, se mit à crier pendant que le braque se carapatait dans le jardin.

— Jacques ! Mais qu'est-ce que tu fabriques ? Tu viens, oui ou non ? Alice ? Tu es rentrée ? Mais où sont-ils, à la fin, ces deux-là ?

Subitement, elle prit conscience du calme inhabituel qui régnait dans la maison. Elle ramassa ce qu'elle avait semé, déposa le tout sur la table de la cuisine et ouvrit la porte qui communiquait avec le salon avant de s'avancer vers l'escalier qui menait à l'étage.

— Jacques ? Alice ?

Silence. Perplexe, elle se rendit au garage. La moto était toujours stationnée dans le fond, mais la 205 manquait à l'appel. Alice était donc toujours en vadrouille. C'est alors qu'elle nota l'absence du VTT au clou de la poutre. Où donc son imprudent de mari avait-il bien pu aller par un temps pareil ? Une fois rentré de l'USLD, il s'était directement enfermé dans son bureau. Corinne ne s'en était pas formalisée, elle savait qu'il avait parfois besoin de s'isoler, et elle le respectait. Pourtant, avec le recul, elle se dit qu'il lui avait semblé fébrile.

Elle vérifia son mobile, consulta le répondeur du fixe, mais ne trouva aucun message qui puisse lui offrir le début d'une explication. Elle composa ensuite le numéro du portable de Jacques, qui vibra dans le salon. Puis celui de sa fille, qui lui apprit être à Avallon en compagnie de Nathan. Celle-ci en profita pour l'informer qu'elle serait de retour plus tard dans la soirée. Corinne téléphona ensuite aux quelques amis proches de Jacques. C'était l'heure de l'apéritif, après tout, et son époux n'avait jamais craché dessus. Au bout de cinq tentatives, cependant, elle fut à court d'idées. En désespoir de cause, elle contacta le commandant Montboissier, avec lequel Jacques partageait de temps en temps un petit verre de blanc. Mais l'officier, encore au travail, n'avait pas croisé son mari de la journée.

C'est là que l'inquiétude, qu'elle essayait de canaliser jusque-là, la piqua de son aiguillon empoisonné. Mais elle se morigéna aussitôt. Ce n'était pas la première fois que Jacques prenait la tangente, même par un temps aussi mauvais. Lorsqu'il partait en virée dans les bois, il rentrait souvent après la tombée de la nuit et tout crotté. C'était un amoureux des taillis. Il avait toujours une bonne raison pour aller s'y perdre. À pied avec Pepper, ou seul avec son VTT. Ce soir, c'était le vélo, voilà tout.

Pourtant, l'heure tournant, Corinne ne put s'empêcher de visiter de nouveau le garage et s'aperçut que la lampe frontale était restée accrochée à la poutre. Quelque chose clochait, elle le sentait. N'y tenant plus, elle rappela sa fille qui, inquiète à son tour, décida de regagner Pierre-Perthuis avec Nathan. En attendant, elle passa des coups de fil en vain aux urgences de plusieurs hôpitaux et cliniques de la région, à Avallon, à Auxerre et à Clamecy. De dépit, elle se fit violence pour déranger encore une fois le militaire et lui fit part de son angoisse.

— Avez-vous déjà contacté le SAMU ? Il a peut-être fait un malaise ?

— Oui, j'ai toqué à toutes les portes, mais il n'est nulle part. Je... Je...

— Ne vous éloignez pas du téléphone, au cas où il tenterait de vous joindre. J'envoie une équipe patrouiller sur les sentiers forestiers près de la Cure, où il va le plus fréquemment, et une autre sur les routes. Nous allons vous le ramener sain et sauf. Votre fille est avec vous ?

— Elle ne va pas tarder à arriver.

— Très bien. De mon côté, je saute dans ma voiture, je serai chez vous dans quelques minutes. À tout de suite, madame Pernelle.

— Merci...

Montboissier raccrocha et tourna un visage préoccupé vers Marianne. Ils venaient juste de rentrer de Saint-André, et celle-ci s'apprêtait à reprendre la direction de l'auberge.

— Là, je ne le sens pas, capitaine. Mais alors, pas du tout.

— Vous pensez que Jacques Pernelle a pu se blesser ou se perdre dans les bois ?

— Impossible. Il les connaît encore mieux que les renards qui y sont nés.

— Je vous suis, déclara simplement Marianne. Nous ne serons pas trop de deux pour apporter un peu de soutien à sa femme.

90

Ils étaient trois autour de la table, ou plutôt autour du téléphone de Montboissier, de celui de la capitaine dont il avait transmis le numéro à toutes les équipes, ainsi que du fixe et des portables des Pernelle. Alice et Nathan, quant à eux, étaient repartis en voiture explorer les alentours. Leur binôme était déjà rôdé. Tandis que l'étudiante conduisait au ralenti, le jeune homme, penché par la vitre malgré la pluie battante, scrutait les talus avec une puissante lampe torche. Ensemble, ils soutenaient l'effort des brigades de gendarmerie déployées dans tout le secteur. Chacune ratissait les fossés et rayait sur une carte, au fur et à mesure, les routes de la région. Pour le moment, aucune annonce n'avait été faite, bonne ou mauvaise.

À vingt-trois heures, le commandant lança l'alerte générale et l'avis de disparition inquiétante dans les médias locaux. Le portrait de Jacques Pernelle, débonnaire, apparut aux dernières informations télévisées de la journée. De nombreux volontaires se mirent aussitôt à sillonner les départements limitrophes de la commune à bord de leur véhicule. Alors que, les yeux brûlants de fatigue, Corinne s'était endormie sur le canapé du salon, Montboissier et Ferrand se replièrent dans la cuisine pour la laisser dans la pénombre, et continuer à appeler les hommes sur le terrain sans la déranger.

À cinq heures, Alice et Nathan rentrèrent, exténués. Corinne se réveilla en sursaut en les entendant et, hagarde, serra longuement sa fille dans ses bras. Le visage défait, elle rejoignit finalement les deux officiers et prépara du café avant de revenir s'asseoir près d'eux. Le regard vide, elle contemplait la chaise de Jacques, là où il s'installait face à elle à chaque repas. Il n'y avait pas de nouveau. Elle l'avait compris dès qu'elle avait rouvert les paupières, courbaturée par sa courte pause en chien de fusil. Ne tenant plus debout, Alice monta dans sa chambre. Le jeune homme, quant à lui, ne sachant comment se comporter dans ces circonstances, préféra rester en bas.

À six heures, le téléphone de Ferrand sonna et ils bondirent tous les quatre. Corinne en renversa sa tasse sur la table. Fébrile, elle fixa le mobile avec anxiété tandis que Marianne décrochait et que Nathan filait chercher une éponge pour nettoyer les dégâts.

— C'est Lucas, annonça la capitaine en s'éloignant pour répondre.

— Son adjoint à Paris, précisa le commandant quand la policière eut quitté la pièce.

La mère d'Alice baissa les yeux. La peur avait laissé la place à l'abattement. À présent, il n'y avait plus aucun doute : il était arrivé quelque chose à Jacques. Pour elle, la Terre s'était arrêtée de tourner. La conversation n'était qu'un murmure inaudible depuis le salon. En contrepoint, la pendule de l'entrée égrenait les secondes, indifférente au drame qui se jouait dans le reflet du balancier. Montboissier appela le chef de l'unité de recherches de l'Yonne, puis ceux de la Nièvre et de la Côte-d'Or. Les échanges furent aussi brefs que stériles. L'officier ne savait plus quoi dire à cette femme qui, l'air absent, entourait de ses mains tremblantes une tasse où subsistait un fond de café tiède.

Rompant cet insupportable silence, Marianne revint au bout de cinq minutes. Elle demanda au gendarme de l'accompagner à l'extérieur, elle avait besoin de s'entretenir en privé avec lui.

— Lucas est allé hier soir au Magnum pour montrer la photo de Nathalie Pelissier au serveur qui a assisté au déjeuner entre Valérie Freysse et sa kidnappeuse. Pas de bol, il ne bossait pas, alors il y est retourné à l'ouverture. L'employé dit que ça peut être elle, mais il ne l'a pas formellement reconnue. Ça fait presque quatre semaines, maintenant...

— Et donc ?

— Et donc, je ne sais pas. Tout ce dont je suis sûre, c'est qu'elle n'a pas d'alibi.

— Ce n'est pas un délit, et ce n'est en aucun cas une preuve.

— Commandant, elle a autrefois habité à Pierre-Perthuis, près de l'endroit où a été retrouvé le cadavre de l'ex-copine de son frère. Ex-copine qui a avorté juste après la mort de celui-ci, en 1986. Et si le décès de Thibault Pelissier était lié à cette grossesse ? La petite sœur aurait pu l'apprendre et vouloir se venger d'elle...

— Trente-six ans après, Marianne ? Vous y croyez vraiment ?

Ferrand soupira.

— Disons que, dans le doute, je pense qu'on doit fouiller sa maison.

— Il nous faut une commission rogatoire. Nous n'avons pas le droit de débarquer chez elle comme ça.

Montboissier tourna la tête vers la fenêtre des Pernelle.

— Et puis Jacques est un ami. Je ne peux pas laisser cette pauvre femme et sa gamine toutes seules.

— Je sais… concéda la policière de mauvais gré. Mais si vous pouviez demander cette commission, histoire qu'on aille vérifier quand même…

— Très bien, je m'en occupe. J'ai également envoyé une requête à Orange pour avoir la liste des appels reçus et émis par les téléphones des Pernelle. Mais ne comptez pas trop sur un retour de leur part avant demain…

91

J'ai attendu minuit, assise sur le lit, les mains jointes, devant la brouette que j'avais juste eu le temps de pousser dans ma chambre avant l'irruption des officiers. Jacques avait la tête renversée contre la roue, les bras en croix, et ses pieds traînaient sur le plancher. Je lui avais fermé les yeux, mais je sentais son regard sur moi à travers ses paupières baissées.

J'ignore combien de voitures ont défilé dans ma rue, cette nuit-là, dès que sa disparition a été annoncée à la télévision. J'ai eu l'impression que tout le monde s'y mettait. Alors, quand j'ai entendu Robert, mon voisin, qui faisait démarrer sa camionnette, je l'ai hélé et lui ai dit que je venais de voir les infos et que je voulais aider, moi aussi. Il m'a proposé de grimper avec lui, mais j'ai refusé, arguant qu'avec mon 4 × 4, je pourrais m'enfoncer dans les chemins.

Cette fois, il était l'heure d'agir. Robert parti, aucun autre témoin n'était en mesure de voir ce que je fabriquais dans mon jardin. Je suis rentrée en vitesse, et j'ai transporté le corps de Jacques jusqu'à la grange avec la brouette. Là, comme au bord de la Cure, j'ai utilisé une planche pour hisser le cadavre sur le plateau du Nissan. Ensuite, j'ai écrasé la roue avant du VTT à coups de talon et l'ai posé sur lui.

J'ai fixé dans la foulée le hard-top afin de dissimuler mon sinistre chargement.

Dès que j'ai eu terminé, je suis allée passer l'aspirateur dans le salon. Pour finir, j'ai brûlé le sac à poussière dans la cheminée, nettoyé la poignée de la porte qu'il avait touchée et entièrement lavé à l'eau de Javel le cendrier, la brouette et le sol du rez-de-chaussée, histoire qu'aucune trace ADN ne me trahisse. Plus tôt, j'avais dit aux officiers que je n'avais pas encore fait le ménage. Une idée subite qui pouvait expliquer, a posteriori, pourquoi le carrelage brillait juste après leur passage.

Lorsque je me suis installée derrière le volant, j'ai eu la sensation d'avoir repris le contrôle, mais il n'était pas question que je relâche mon attention. J'ai roulé au hasard, un coup à droite, un coup à gauche, en m'éloignant de la maison. Il suffisait d'un seul gendarme plus curieux que les autres, et ce serait plié. Alentour, il y avait des voitures partout. C'était une vraie guirlande de lumières, comme une immense parade de Noël en avance d'un mois au beau milieu de la campagne. J'ai croisé des gens que je connaissais. On s'est parlé, vitres baissées, et je leur ai fait part de mon inquiétude. Les visages étaient fermés, terriblement anxieux. Tout le monde aimait bien Jacques dans le secteur. Et ceux qui ne l'avaient jamais rencontré étaient eux aussi remués par cette soudaine disparition. Je voyais des torches par dizaines éclairer les champs, les ravins, les coteaux, les bois et la rivière. Comment allais-je m'y prendre pour mener à bien ma mission sans qu'on me repère ?

J'ai conduit presque toute la nuit, jusqu'à ce que la frénésie cesse et que les gens, harassés, rentrent chez eux. Soudain, je me suis retrouvée seule dans un layon très boueux creusé dans un talus. Le genre qui garde bien la trace de votre passage. Et, en fait, c'était exactement ce dont j'avais besoin. On n'imagine pas le nombre de véhicules tout-terrain qu'il peut y avoir à la campagne. Tracteurs, camions, 4 × 4, quads, la liste est longue. Au regard de l'état du sentier, j'avais l'impression qu'ils s'étaient tous donné rendez-vous ici dans les heures précédentes.

Ça allait être beaucoup plus rapide de descendre Jacques que de le monter. Le point délicat, c'était que je ne pouvais pas poser le pied au sol. J'y aurais laissé des empreintes bien trop faciles à reconnaître. Je devais donc impérativement basculer le corps depuis le plateau. Et il fallait ensuite que celui-ci plonge d'un coup dans la pente, hors de vue.

Fort heureusement, le couvercle du hard-top était articulé et une poignée près du tableau de bord permettait de le déverrouiller sans avoir à le manipuler depuis l'arrière. Déterminée, j'ai déclenché le mécanisme, puis j'ai enfilé un bonnet et mes gants de vaisselle en caoutchouc. J'ai grimpé sur le marchepied, et de là sur le garde-boue arrière. Aussitôt, j'ai glissé mes bras sous les épaules de Jacques, l'ai traîné sur le plat-bord que j'avais baissé, et l'ai regardé rouler jusqu'au bas du talus, où il s'est enfoncé dans une poche d'eau stagnante. Je ne distinguais plus que son dos dans la lumière de ma lampe. Avec l'énergie qu'il me restait, j'ai lancé le vélo le plus loin possible en contrebas dans la végétation. Une fois dans l'habitacle, j'ai arraché mes gants, les ai cachés sous mon siège et j'ai écrasé l'accélérateur.

Pendant un instant de terreur, j'ai cru que je m'étais embourbée. Puis j'ai pris conscience que mes roues dérapaient à cause de ma précipitation. Je n'avais qu'à passer la seconde pour me sortir de cette mélasse. Là, des phares ont éclaboussé le hayon. Il était temps ! J'ai bifurqué à la première intersection et continué à éclairer le talus à gauche, du côté opposé à celui où j'avais jeté le corps. Si on identifiait ma voiture ultérieurement et que l'on comprenait que j'avais été présente sur les lieux, on en déduirait que je cherchais Jacques moi aussi.

Au moment où j'ai croisé les gendarmes, un peu plus loin sur la départementale, j'ai fait en sorte qu'ils constatent que mes vêtements n'étaient pas couverts de boue. J'ai demandé, le plus innocemment du monde, si on avait des nouvelles du disparu. Non, on ne l'avait pas encore retrouvé. « C'est terrible, ai-je répondu. Je suis désolée, mais je n'en peux plus, je vais rentrer. Bon courage, messieurs. » Celui qui paraissait diriger l'équipe a hoché la tête, m'a remerciée, et je les ai quittés.

Quand je suis enfin arrivée chez moi, il était presque cinq heures du matin. J'ai laissé le 4 × 4 plein de terre en évidence devant la grange, puis je me suis traînée jusqu'à la cuisine. J'ai avalé un somnifère et me suis couchée avec l'espoir de dormir dix heures d'affilée, et d'un sommeil sans rêve…

92

Richard Bonnamy avança de quelques mètres sur le chemin en se débattant avec la fermeture Éclair de son pantalon. Il avait tellement envie d'uriner qu'il crut qu'il ne parviendrait pas à sortir son engin avant de lâcher les chevaux. Avec toutes les bagnoles qui circulaient ce matin en éclairant le bord des routes, c'était vraiment impossible de trouver un peu d'intimité. Sans compter que, à cause de ce putain de vent qui lui arrivait en pleine face, il risquait de se pisser dessus s'il ne se mettait pas à l'abri. L'homme fit encore deux pas et, incapable de résister davantage, s'immobilisa, les jambes écartées, le regard tendu vers le ciel où roulaient des nuages anthracite qui masquaient les étoiles.

Le nez en l'air, il perdit soudain l'équilibre, tituba et manqua de tomber. Il rit dans la pénombre en tentant de diriger son jet loin de ses chaussures. Purée, il en tenait une bonne ! Quelle fiesta ! Certains avaient beau dire qu'il ne se passait jamais rien à la cambrousse, il suffisait de savoir à qui s'adresser ! Une furieuse partie de poker entre copains et le reste de la soirée avec une fille levée dans une boîte de nuit : il pouvait rentrer chez lui affronter sereinement son doberman de femme pour la semaine à venir. Bien sûr, il allait se faire engueuler pour la biture, mais, au moins, l'odeur de l'alcool en dissimulerait d'autres, bien plus problématiques si Irène les flairait.

Alors qu'il avait quasiment terminé son affaire, la motte de terre sur laquelle il était perché roula sous ses pieds. Il partit sur le côté, dans l'ornière, cherchant en vain une branche à laquelle se rattraper. Sans avoir le temps de réagir, il s'affala dans une flaque glacée, heurtant un truc mou comme un gros sac de riz. À quatre pattes dans la boue, il songea au ridicule de sa situation. Il eut presque envie de se marrer. Puis l'odeur de vase du fossé lui parvint et, un peu dessoûlé, il se pinça les narines. Définitivement, il allait prendre cher à son retour…

Pour se relever, il prit appui sur l'objet contre lequel il s'était écroulé et un frisson lui hérissa l'échine. Il venait de poser la main sur une chaussure ! Brusquement, il se redressa. Pensant soudain à son portable, il l'exhuma de sa poche trempée, enclencha la fonction torche et éclaira la scène. Le sang quitta alors son visage.

Lorsque Richard Bonnamy regagna sa berline en claquant des dents, tout lui hurlait de prévenir immédiatement les gendarmes. Seulement, il était complètement cuit. Si les bleus l'arrêtaient et l'obligeaient à souffler dans le ballon, il perdrait son permis, son boulot, et sa baraque aussi. Sans voiture, impossible, en effet, d'aller travailler. Impossible de faire quoi que ce soit, d'ailleurs.

Il n'avait pas eu le courage de sortir la tête de ce type de l'eau. Il avait compris que c'était inutile. Le corps était raide, inerte. L'homme, mort de chez mort. Alerter quelqu'un maintenant ne le ramènerait pas à la vie. En revanche, lui, il se mettrait dans un beau merdier. Non, il devait absolument rentrer à la maison. Il devait réveiller Irène, et tant pis pour le savon qu'il se prendrait. Il fallait qu'ils déclarent conjointement que c'était elle qui conduisait et qu'elle avait dû stopper à cause de son envie pressante. Un coup de fil anonyme semblait inenvisageable. Il avait *pissé* ici, bon sang !

Sûr que les flics retrouveraient son foutu ADN, et il finirait aussi sec en taule pour homicide !

Perdu dans sa brume alcoolisée, Richard serra les poings sur son volant après avoir posé son portable sur le siège passager. Trente kilomètres. Une demi-heure de route, et il serait en sécurité chez lui. Il le sentait, il avait pris la bonne décision. Et de toute façon, ce gars n'allait pas se barrer entre-temps…

93

Montboissier raccrocha, regagna la cuisine et leva les yeux vers Corinne Pernelle. Il n'eut pas besoin de prononcer un seul mot. Elle éclata en sanglots pendant que Marianne se précipitait pour la soutenir et la guider jusqu'au salon où elle s'écroula sur le canapé, dévastée. Alertée par ses pleurs, sa fille descendit de sa chambre, blême. Nathan se posta immédiatement à ses côtés, prêt à intervenir, lui aussi.

À l'inverse de sa mère, Alice ne pleurait pas. La capitaine songea en croisant son regard éteint que cela viendrait plus tard, quand la digue mentale qu'elle avait érigée pour contenir son chagrin céderait. En attendant, la jeune femme s'approcha du commandant et lui signifia qu'elle souhaitait discuter avec lui à l'extérieur.

— Dites-moi ce qui est arrivé, demanda-t-elle simplement. Et où il est. S'il vous plaît…

Gontran se sentit désemparé devant l'expression digne et douloureuse d'Alice. Comment pouvait-il lui annoncer dans quelles conditions ses collègues avaient découvert le corps de son père ? Comment lui raconter la boue, la tête sous l'eau, le vélo disloqué ? Comment lui rapporter les premières constatations du médecin appelé sur place, et notamment l'absence de lividités qui indiquaient que Jacques ne s'était pas noyé dans cette position ? Comment lui dire que cela ressemblait à un assassinat déguisé et que l'on avait vraisemblablement transporté son corps à cet endroit ? Finalement, il prit son courage à deux mains et tenta de présenter les faits sous un jour le moins glauque possible.

Quand son mobile sonna de nouveau, il s'excusa et s'éloigna pour prendre la communication tandis que Nathan, qui était resté en retrait jusque-là, se rapprochait d'Alice pour la serrer dans ses bras.

— Commandant ? C'est le sous-lieutenant Guillon. Nous avons reçu ce matin la commission rogatoire que vous avez demandée.

— Déjà ? s'étonna Montboissier.

— Avec la disparition de Jacques Pernelle et l'éventualité que les deux affaires soient liées, le procureur a accéléré le processus.

— Parfait. Et la requête que j'ai adressée hier soir à Orange, ça a avancé ?

— Oui, je vous ai envoyé leur réponse aussi.

— Merci, Sylvain, vous êtes un as.

Gontran consulta le mail du sous-officier et sortit son carnet. Il compara la liste avec les coordonnées des propriétaires d'utilitaires transmises la veille par son état-major. Son cœur manqua alors un battement, et il se précipita vers la maison. À son excitation, Marianne sut qu'il tenait quelque chose et elle le rejoignit sur le pas de la porte.

— Qu'est-ce qui se passe ?

— Venez ! se contenta-t-il de répondre en l'entraînant par le bras.

— Mais…

Nathan, qui avait compris l'urgence vu le brusque changement d'attitude du militaire, surgit à côté de la policière.

— Ne vous inquiétez pas, je reste avec elles.

Gontran le remercia d'un hochement de tête, puis les deux enquêteurs s'engouffrèrent dans la voiture de fonction du gendarme et démarrèrent en trombe.

— Qu'est-ce qui se passe ? répéta Marianne.

— Vous aviez raison, lâcha son confrère d'une voix sourde. Le dernier numéro qui a été composé depuis le fixe des Pernelle, avant la disparition du mari, est celui d'Armand Pelissier, à Saint-André-en-Morvan. Et il possède un pick-up.

Quelques minutes plus tard, ils se garèrent devant la ferme et jaillirent aussitôt du véhicule. Les volets étaient clos, et le 4 × 4 couvert de boue bien visible dans l'allée. Tandis que la capitaine contournait le bâtiment pour surveiller l'arrière de la propriété, Montboissier appela des renforts et ils attendirent dans le jour gris que les sirènes se rapprochent et que le filet se referme enfin sur Nathalie Pelissier.

94

J'ai mis très longtemps à émerger, ce matin-là. Je ne me souviens pas à quoi je rêvais, mais c'était noir, empli d'une rage mortelle, et ça cherchait juste à me dévorer. Mes battements de cœur désespérés ont fini par se confondre avec le vacarme de coups frappés sur la porte d'entrée. Je me suis levée en chancelant, j'ai enfilé ma robe de chambre et suis allée ouvrir à la horde qui s'est précipitée chez moi et m'a brutalement collée au mur. La flic qui était venue la veille a serré mon vêtement autour de mon cou après avoir refermé des menottes sur mes poignets.

— Nathalie Pelissier, vous êtes en état d'arrestation.

À cet instant, le chef des gendarmes s'est interposé et l'a éloignée de moi. Ils ont parlé une éternité dehors. Je les apercevais par la fenêtre. La femme semblait hors d'elle, mais le type ne reculait pas.

Manifestement, il y avait un problème.

*

* *

— Vous ne pouvez pas faire ça, Marianne, la recadra calmement le commandant Montboissier. Nous n'avons aucune preuve formelle de sa culpabilité. Nous avons besoin de ses aveux.

— Putain, Gontran ! éclata la capitaine. Thibault Pelissier entretenait une relation avec Valérie Freysse, et il a perdu la vie à ce moment-là ! Je mettrais ma main à couper que cette femme en sait plus que ce qu'elle a bien voulu admettre hier. Quant à Jacques Pernelle, il connaissait Armand et, si j'ai bien compris, était du genre fouineur. Il a peut-être appris quelque chose, déterré un secret. En tout cas, il a été tué, lui aussi, et juste après avoir appelé sur le fixe des Pelissier. Vous ne pouvez pas affirmer que ce ne sont que des coïncidences !

— Valérie Freysse a été la petite copine de son frère, c'est vrai. Mais c'était il y a plus de trente ans ! Pourquoi, en considérant qu'elle soit en partie responsable du décès de ce gamin, Nathalie aurait-elle attendu si longtemps pour l'éliminer ? Ça ne tient pas la route !

— Et pour Pernelle ? lâcha Ferrand d'une voix pleine de rage. Avec tous les éléments concordants qui mènent à elle, vous ne la croyez pas coupable non plus ? Vous avez vu son 4 × 4 couvert de boue ? Ça ne signifie rien, ça ?

— Tous ceux qui ont cherché Jacques cette nuit, c'est-à-dire la plupart des gens qui ont entendu l'avis de disparition aux infos hier soir, ont une voiture dans le même état ce matin, en particulier les tout-terrain. Et j'ai un officier ici présent qui me certifie justement qu'elle y était. Il l'a formellement reconnue. Elle tenait encore sa torche à la main quand ils ont échangé trois mots et elle paraissait épuisée. Regardez-la, Marianne. Fouillez la maison et dites-moi ce que vous pourrez apporter à un juge pour l'amener devant un tribunal. Franchement…

— Je veux que cette baraque soit passée au luminol, commandant. J'exige que la Scientifique en inspecte chaque centimètre carré. Il y a forcément un cheveu, une goutte de sang, une empreinte qui permettra de faire éclater la vérité.

— L'IRCGN est déjà en route. Je vous promets qu'ils ne laisseront rien de côté. Mais par pitié, ôtez-lui ces menottes avant qu'elle ne réclame un avocat…

*

* *

Je les ai vus rentrer la mine rembrunie, et j'ai su que ce n'était pas encore pour tout de suite. La flic m'a détachée et a planté ses yeux pleins d'amertume dans les miens.

— Je sais que c'est toi, ordure, m'a-t-elle craché au visage. C'est toi, et je le prouverai, fais-moi confiance.

Je me suis détournée vers le gendarme avec un geste d'incompréhension. Il s'est approché, lui aussi, et l'a de nouveau éloignée de moi.

Une heure plus tard, des hommes habillés en blanc se sont pointés avec leurs mallettes. Pendant qu'ils répandaient de la poudre partout et qu'ils préparaient leurs éprouvettes, j'ai soudain pris conscience que l'un des cadres qui renfermaient les photos de Thibault était de travers sur le mur, et j'ai senti mon sang se glacer. La veille, il était parfaitement droit. L'explication m'a instantanément asséché la gorge. Je me suis levée et j'ai voulu traverser le salon, mais la flic m'a barré le chemin.

— Vous allez où, comme ça ?

J'ai répondu que j'avais besoin de fumer une cigarette. Là, le gendarme à moustache a attrapé mon paquet sur le buffet et me l'a tendu avec le briquet et le cendrier. Puis il a suivi mon regard et, visiblement ému, a acquiescé en observant le visage de Thibault.

— Je me rappelle très bien ce triste jour, a-t-il déclaré d'une voix douce. Je faisais partie de l'équipe qui est arrivée sur les lieux, après le drame…

Je me suis tue. J'étais incapable de prononcer un mot. Il a alors contemplé le portrait de plus près et, de ses gros doigts, l'a remis dans l'axe.

Les scientifiques ont fini par partir. Deux heures. Il leur a fallu deux heures pour tout passer au peigne fin. Tout ça pour secouer la tête d'un air contrit à l'adresse des deux officiers.

— Nous attendons le résultat des analyses ADN. On va revenir, soyez-en sûre… a lancé la flic, impuissante, avant de tourner les talons.

Le gendarme l'a suivie, non sans m'avoir au préalable présenté ses excuses pour l'attitude de sa collègue. Ils étaient un peu à cran, m'a-t-il dit. Il m'a même laissé sa carte, avec ses coordonnées. Au cas où j'en aurais besoin. Je l'ai prise machinalement. Au cas où, oui.

Je ne les ai jamais revus.

95

L'enterrement de Jacques Pernelle était prévu pour le jeudi suivant, mais Marianne n'avait pas la force de croiser les regards de sa veuve et de sa fille. Gontran, compréhensif, lui avait assuré qu'il la représenterait auprès de la famille. Ce qui ne rendit pas le retour de la capitaine, la veille au soir, moins pénible. Car non seulement elle portait le poids de son échec – les analyses ADN de la maison et des véhicules de Nathalie Pelissier n'avaient rien donné –, mais elle avait dû se taper plus d'une heure d'embouteillages sous une pluie battante. Elle était rentrée chez elle la rage au ventre, avec le sentiment frustrant d'être passée à côté de quelque chose.

Convaincue que Pelissier était coupable des deux crimes, elle se trouvait pourtant dans l'impossibilité de fournir le moindre élément probant, et cette impasse la rongeait. Cerise sur le gâteau : Lefebvre, ayant certainement déjà appris que la collaboration de son service avec la gendarmerie icaunaise avait été infructueuse, devait être d'une humeur massacrante.

Elle s'attendait donc au pire ce matin-là, en poussant la porte du Bastion à contrecœur. Mais elle fut surprise par l'accueil indifférent de son patron. Il la reçut dans son bureau, écouta son rapport sans l'interrompre une seule fois, puis la considéra avec attention.

— Je suis conscient que vous avez fait tout ce que vous pouviez, capitaine. Le commandant Montboissier m'a appelé hier soir pour dresser un éloge de votre engagement au cours de cette enquête. Valérie Freysse sera inhumée dans trois jours, et les journaux parlent déjà d'autre chose aujourd'hui. La poussière a commencé à retomber. C'est un échec en soi, j'en conviens, mais ce ne sera sûrement pas le dernier. D'autres dossiers requièrent votre expertise. Ne perdez pas votre temps ni votre énergie en vains regrets.

Quand elle sortit, Marianne avait le moral en berne. Malgré le discours étonnamment positif et bienveillant de son supérieur, elle eut envie de tout envoyer balader et de partir une semaine au bord de la mer, loin de la noirceur de ce monde. Mais Lucas et Vanessa l'attendaient de pied ferme, prêts à la traîner jusqu'au parc Martin-Luther-King, où ils savaient qu'elle aimait s'isoler pour décompresser. Là, ils s'assirent sur un banc et le lieutenant Moreau extirpa de son sac à dos une Thermos de café accompagnée de trois tasses.

— On a merdé quelque part, soupira-t-elle. C'est ma faute, j'aurais dû...

— Rien du tout, la coupa l'officier. Tu as fait de ton mieux. Et puis, franchement, on peut toujours se consoler en se disant que l'assassin, Nathalie Pelissier ou pas, a rendu service à la société en la débarrassant d'une belle ordure. Perso, je ne vais pas pleurer sur le sort de cette Freysse. On n'est pas compétents pour la juger, certes, mais elle a seulement récolté ce qu'elle a semé : les raisins de la colère, comme dirait Steinbeck.

Plutôt d'accord avec son adjoint, mais peu désireuse de s'aventurer sur ce terrain glissant, Ferrand garda son opinion pour elle. D'autant que le tableau n'était pas si simple.

— Et Pernelle ? lança-t-elle. Qu'est-ce qu'il a fait, lui ? On peut supposer qu'il a mis son nez là où il n'aurait pas dû. Mais, dans le fond, on n'a aucune certitude sur ce qui s'est passé. C'est tellement flou…

— J'imagine que les gendarmes sont allés interroger le père Pelissier sur cette affaire ?

— Oui, mais il est demeuré cloîtré dans sa maladie et n'a pas prononcé un seul mot. Le médecin a expliqué qu'Alzheimer progressait par paliers irréguliers, et que son patient venait de s'enfoncer un peu plus encore. Montboissier n'est même pas sûr que le vieil homme ait été conscient de leur présence. Bref, j'ai bien peur qu'on ne fasse jamais la lumière sur ces drames.

Le jeune flic hocha la tête. Il comprenait la frustration de Marianne. Elle s'était investie dans cette enquête bien au-delà de la mission qui lui avait été confiée. À l'origine, elle ne devait qu'apporter un soutien local aux investigations des gendarmes de l'Yonne. Dorénavant, cette histoire allait rester plantée en elle telle une épine vénéneuse.

— Et maintenant ? demanda-t-il en scrutant le ciel bleu.

— Et maintenant, j'ai envie d'un vrai bon petit déjeuner. C'était sympa, ton café, mais il est vraiment dégueulasse.

Vanessa, jusque-là silencieuse, éclata de rire. Ravis de ce projet, tournant le dos à l'immense bâtiment de la police criminelle parisienne, ils se dirigèrent tous les trois vers la sortie du parc.

96

J'ai laissé passer quelques jours, et je suis retournée à Dijon rendre visite à mon père. Une infirmière a accouru dès qu'elle m'a vue arriver dans le hall et m'a appris qu'il avait succombé à une crise cardiaque à peine une heure plus tôt. Le médecin avait tenté en vain de me joindre pour m'annoncer son décès. J'étais sur la route, j'avais entendu le vrombissement de l'appareil, mais je n'avais pas décroché.

On m'a d'abord abandonnée à mon chagrin et à mes regrets de ne pas être venue la veille. Puis, quand je suis ressortie de sa chambre, le directeur s'est approché avec son onctuosité habituelle. Il m'a expliqué que je devais m'organiser très vite pour la levée du corps et les obsèques. Il était désolé, mais l'établissement ne pouvait pas le garder plus longtemps entre ses murs. Il fallait que je libère le lit. Le règlement…

Me sentant un peu déboussolée, il m'a emmenée à la cafétéria où nous nous sommes assis à l'écart. J'avais terriblement froid et, sans me demander son avis, il a commandé deux thés verts et des cookies au chocolat. Comme si j'avais envie de manger ou de boire quoi que ce soit ! Une fois que nous avons été servis, il m'a précisé que, à la suite de son déménagement de Saulieu, papa avait fait une rechute sévère.

Mais la cause de son décès, c'était son cœur défaillant. Il a aussi tenu à me rassurer sur le fait que, durant la visite des gendarmes – dont personne n'avait cru bon de m'informer –, il était demeuré dans la pièce afin qu'ils ne chahutent pas son résident avec leurs questions insistantes. De toute façon, ils avaient vite remarqué qu'il leur serait impossible de lui arracher le moindre mot.

Je l'ai laissé dévider son histoire pendant que tout se mettait en place dans mon esprit. D'un coup, l'horreur de la situation m'a glacé le sang. En effet, si mon paternel n'avait rien raconté aux flics, il était également fort probable qu'il n'ait pas rapporté mon crime à Jacques. Et que, par mon obstination à l'empêcher d'aller voir son vieil ami, j'avais moi-même provoqué l'irréparable.

Je suis rentrée à la maison avec une migraine carabinée. La culpabilité vis-à-vis d'Alice et de sa mère me rongeait. J'avais poussé Pernelle à se précipiter chez moi alors que je ne risquais rien. Et le pire s'était produit. Comment allais-je pouvoir vivre avec ça, à présent ? Freysse avait été la cause directe de la mort de Thibault, elle avait mérité cent fois ce qui lui était arrivé. Mais Jacques ? Lui était innocent. Il s'était simplement immiscé dans l'équation au mauvais moment.

J'ai enterré mon père à Vézelay, près de mon frère et de ma mère, ainsi qu'il l'aurait voulu. La cérémonie à la basilique a été sobre, telle que moi je le souhaitais. Peu de gens sont venus lui rendre hommage. La faute aux récents événements et aux soupçons qui pesaient sur moi. Les rares amis que papa comptait encore au village m'ont d'ailleurs regardée de travers en suivant l'homélie funèbre. Et, lorsque son cercueil est parti pour le cimetière, ils ont quitté l'édifice religieux en secouant la tête, comme les vieillards qu'ils étaient. Un seul témoin est resté jusqu'au bout : frère Ancelin, obligé par son office. Il a supporté mon hostilité sans me manifester de ressentiment. Quand j'ai fait mine de m'en aller, moi aussi, après les derniers sacrements, il m'a entraînée à l'écart des ouvriers qui rebouchaient déjà le trou à coups de grandes pelletées sonores sur le bois verni. J'ai essayé de me dégager, mais il a insisté.

— Maintenant, Armand est à la droite du Seigneur, Nathalie, m'a-t-il dit sentencieusement. Il marche dans la lumière du Christ.

Je l'ai planté là. Je n'avais plus rien à faire ici. Plus personne à veiller, plus personne à protéger, sinon moi-même.

Chez moi, le silence m'est tombé dessus telle une enclume. Je n'avais pas prévu de buffet pour les quelques connaissances qui s'étaient rendues au cimetière afin de dire au revoir à mon père. De toute façon, aucune ne serait venue.

Là, dans ma solitude, j'ai pris une décision. J'allais vendre les deux maisons, celle de Saint-André et celle de Pierre-Perthuis, dont papa n'avait jamais pu se résoudre à se séparer, la voiture, et donner tous les meubles. J'allais détruire les photographies et jeter tous ses habits, ainsi que les malles pleines de souvenirs qu'il avait conservées dans le grenier.

Je voulais juste partir, oublier cette douleur qui m'avait poursuivie toute ma vie. Il était temps que je m'échappe enfin, loin de tous ces souvenirs qui me déchiquetaient le cœur.

97

Le premier adjoint n'avait pas sonné chez Armand depuis que celui-ci était parti pour l'USLD. Lorsque la porte s'ouvrit, il ôta sa casquette et la tint devant son ventre, autant par respect pour le défunt que pour affronter le regard de sa fille.

— Bonjour, Nathalie. Je suis venu te présenter mes condoléances. Et mes excuses, aussi, pour ne pas avoir assisté aux obsèques. Je n'ai pas pu…

Nathalie ne répondit pas. Philippe Millot avait toujours été un proche de son père. Elle avait été étonnée de ne pas l'apercevoir à l'enterrement, mais il n'avait pas été le seul à s'épargner ce moment. À son expression à la fois prudente et intimidée, elle sut que quelque chose clochait. Il avait apparemment besoin de parler. Mais là, elle ne voulait voir personne. Et encore moins discuter.

— Merci, Philippe. Il y aurait été sensible.

Comme elle ne l'invitait pas à entrer, l'élu prit son courage à deux mains.

— Sans vouloir te déranger, il faut que je m'entretienne avec toi quelques minutes.

— Je vous écoute.

— À l'intérieur, plutôt, précisa-t-il, visiblement mal à l'aise.

De mauvaise grâce, Nathalie Pelissier s'écarta.

— Un café ?

— Pas pour moi, c'est gentil.

Ils s'installèrent dans le salon. Nathalie sur le canapé, Millot dans un fauteuil, ses doigts pétrissant la casquette sur ses genoux. Le malaise s'accrut tandis que l'unique survivante de la famille Pelissier, muette, observait son visiteur avec méfiance. Une voiture ralentit dans la rue, puis s'arrêta un peu plus loin.

— Nous avons traversé beaucoup de choses, avec ton père, durant toutes ces années, amorça difficilement le premier adjoint. Des belles, au conseil, et des terribles, aussi...

Il laissa passer un bref silence, et reprit, la voix rauque :

— Lorsque Thibault est mort, c'était comme si mon propre fils m'avait quitté. Je ne m'en suis pas remis, moi non plus.

Nathalie serra les mâchoires et ne répondit pas. Au fond d'elle-même, l'agacement le disputait à l'inquiétude. Pourquoi Philippe Millot était-il venu lui parler de son frère, précisément le jour où elle enterrait leur père ? Elle regrettait déjà de l'avoir laissé entrer.

— Après le décès de ta mère, continua l'élu, Armand s'est retrouvé complètement démuni. Il tremblait de ne pas être à la hauteur pour toi, qui n'étais encore qu'une enfant. Il a consulté un psy, qui lui a prescrit des médicaments. Du genre qui sont supposés t'aider à affronter ce qui te hante, mais qui finissent par te faire oublier qui tu es.

Soudain, Nathalie perdit ce qu'il lui restait de patience.

— Philippe, où voulez-vous en venir, exactement ?

— J'y arrive, j'y arrive... Au bout d'un certain temps, Armand a changé. Sa mémoire a commencé à lui jouer des tours. Il avait peur de sombrer dans la folie. C'était peut-être juste l'effet des cachets, ou bien déjà les prémices de sa maladie, je n'en sais rien. En tout cas, il avait besoin de se confier à quelqu'un à propos de ce qui le rongeait. Alors, un soir où tu étais loin d'ici, et où il avait un peu forcé sur la bouteille, il a craqué, et il m'a tout raconté.

— Et qu'est-ce qu'il vous a dit ? demanda Nathalie d'une voix contenue.

Le premier adjoint s'avança sur le bord du fauteuil, comme prêt à s'enfuir, puis se força à croiser le regard glacé de son interlocutrice. Il garda le silence un instant, et il se jeta à l'eau.

— Cette femme, dont on a retrouvé le cadavre au bord de la Cure, n'était pas une inconnue, lâcha-t-il. C'était la petite amie de ton frère.

Nathalie alluma une cigarette et ramena lentement le gros cendrier de buis devant elle.

— Qu'est-ce que vous me chantez là, Philippe ?

— Tu avais sept ans, à cette époque, et ça n'a pas duré très longtemps. Depuis, beaucoup d'eau a coulé sous les ponts... D'ailleurs, en dehors des policiers qui l'ont découvert, personne n'a mentionné ce détail au village. Ça prouve bien que c'est de l'histoire très ancienne.

— Vous en avez parlé aux gendarmes ?

— Non, j'ai préféré rester discret à ce sujet.

— Pourquoi ? questionna Nathalie en se levant, le cendrier à la main. Ça les aurait sûrement intéressés, vous ne pensez pas ?

Lorsque la fille de son ami se posta derrière lui, immobile, le premier adjoint poursuivit en contemplant le canapé vide.

— Quand ils sont venus m'interroger, ils m'ont montré un cliché que j'avais moi-même pris en juin 1986, ce qu'ils ignoraient. Cet été-là, Thibault m'avait demandé de les photographier, sa copine et lui. Le Nikon d'Armand était endommagé, je crois. J'avais ensuite offert un tirage à chacun des amoureux. L'exemplaire que m'ont présenté les policiers appartenait nécessairement à Valérie. Je suppose que c'est chez elle qu'ils l'ont déniché. Il avait été coupé en deux et il la dévoilait, jeune, sur le pont de Ternos, avec le viaduc en arrière-plan. C'est ça qui les a amenés jusqu'ici. Mais j'ai compris qu'ils n'avaient pas l'autre moitié et n'avaient aucune idée de la personne qui était dessus. Ni de l'identité du photographe.

Nathalie tira sur sa cigarette et la cendre tomba sur le carrelage. Le lourd cylindre de buis, au bout de son bras droit, se balançait au rythme de sa respiration oppressée. Comme cette femme haïe, elle avait elle aussi découpé l'exemplaire qu'elle avait trouvé dans les affaires de son frère, et avait détruit le visage de Valérie Freysse, dont le nom figurait à l'arrière. Ensuite, elle avait punaisé la photo sur la cheminée, au milieu de toutes les autres, sans songer un instant qu'elle signait ainsi son crime aux yeux de quiconque aurait vu la seconde moitié. Ce qui, manifestement, avait été le cas de Jacques.

— Il y a une dernière chose que je dois te révéler, Nathalie.

L'élu poussa un profond soupir, puis il pencha la tête sur ses mains, offrant sa nuque. Immobile, il lâcha alors dans un souffle :

— C'est ton père qui a tué ton frère…

98

Je suis restée un moment pétrifiée, le cendrier toujours à la main, prête à frapper Philippe pour qu'il se taise. Mais j'ai pensé à sa voiture garée en évidence devant la maison. Puis à celle qui était passée dans la rue quelques minutes plus tôt, et arrêtée un peu après, probablement chez Robert. J'ai laissé tomber le bloc de bois qui a rebondi sur le carrelage.

— C'est faux, ai-je dit d'une voix blanche, incapable de crier. C'était un accident…

Millot s'est levé et s'est tourné vers moi. Il était très pâle et osait à peine me regarder.

— Je te jure que c'est vrai. Il me l'a avoué. Il y a dix ans.

Le cri est sorti tout seul, cette fois. Comme un tissu que l'on déchire.

— Taisez-vous !

Il a attrapé mon bras pour m'empêcher de le gifler. M'a maîtrisée et m'a forcée à me rasseoir sur le canapé. Tout en me maintenant fermement, il a ajouté d'un trait :

— Thibault et ton père se sont battus au bord de la falaise. Ton frère, malade de rage, s'est jeté sur lui et a tenté de l'étrangler. Armand l'a violemment repoussé, et Thibault a perdu l'équilibre. Ce jour-là, je marchais le long de la rivière. Dès que j'ai entendu le hurlement de ton père, j'ai couru comme jamais. J'avais compris que quelque chose de terrible venait de se produire. Une fois sur les lieux, c'était déjà trop tard. Ton frère gisait au pied de la falaise. Mort. Armand est arrivé, les yeux fous, en dévalant le sentier qui contourne la Roche percée, et il est tombé à genoux. Quand il a pris la tête de Thibault contre lui, sa chemise s'est imprégnée du sang de son fils.

J'aurais voulu le mordre, le griffer, lui faire autant de mal qu'il m'en faisait. Ce qu'il me racontait était insupportable. Mais malgré son âge, Philippe Millot avait encore une sacrée poigne. Je n'ai pu que continuer de crier au milieu de mes larmes.

— Vous mentez ! Papa n'aurait jamais fait une chose pareille !

— Je suis désolé, Nathalie, malheureusement c'est la vérité. Armand était dingue de cette fille, lui aussi. Elle lui avait retourné la cervelle. J'ignore comment, mais Thibault l'a appris. Elle venait de le quitter. Lorsqu'il a toqué à ma porte, il était effondré, dévasté même. Et ivre. De douleur et d'alcool.

Complètement sonnée, j'ai cessé de résister sous les doigts du premier adjoint. Il a peu à peu relâché la pression, avant de reculer jusqu'au fauteuil où il s'est écroulé.

— Il… Il m'a demandé pardon, ai-je murmuré. Il me prenait pour Thibault, et il m'a demandé pardon. Ses phrases étaient décousues, mais j'ai compris qu'il avait eu une liaison avec cette Valérie Freysse et que ça avait brisé mon frère, mais je n'ai pas compris que… Mon Dieu…

— C'était *vraiment* un accident, Nathalie. Ton père n'a jamais voulu tuer ton frère. Ce drame l'a détruit. C'est la raison pour laquelle il ne pouvait plus vous regarder en face, toi et ta mère. C'est aussi pour ça que, quand Nicole est décédée à son tour, il t'a laissée partir à l'autre bout du monde.

Je me suis tue pendant un long moment, le temps que tout s'imbrique en moi. Après l'aveu de mon père, j'avais effectué une recherche sur cette femme qui avait détruit ma famille, et j'avais découvert le nombre impressionnant de suicides qu'elle avait causés au fil de son parcours. J'en avais déduit que Thibault avait été l'un des premiers. Et j'avais décidé de lui faire payer sa mort. Je l'avais alors traquée sur Internet, puis piégée, kidnappée, affamée, enduite de vers, remplie d'acide chlorhydrique, balancée dans les bois au bord de la rivière… et j'apprenais aujourd'hui que le coupable, c'était mon propre père…

Devant mon brusque mutisme, Philippe Millot s'est levé, sans trop savoir quelle attitude adopter.

— Armand m'avait fait jurer de ne jamais en parler, et surtout pas à toi, ajouta-t-il presque dans un chuchotement. Mais maintenant qu'il n'est plus là, il fallait que je te dise la vérité.

Soudain, mon sang n'a fait qu'un tour et j'ai couru à la porte que j'ai ouverte en grand.

— Partez.

— Je suis désolé, je…

— Je vous ai demandé de partir !

Quand il m'a enfin laissée, je suis restée groggy, au milieu du salon. Ma tête tournait. Les images défilaient, lancinantes. Une pensée, une seule, m'obsédait. J'avais commis deux crimes parfaits. Personne, jamais, ne dénicherait quoi que ce soit contre moi. Ni empreintes, ni ADN, ni photos, ni données mobiles, ni rien d'autre. Et tout cela pour rien. Mon père m'avait menti, à moi qui avais veillé sur lui tout ce temps…

Je ne me rappelle pas m'être couchée cette nuit-là. Je crois avoir bu jusqu'à tomber raide sur le carrelage.

99

Ce matin, c'étaient les funérailles de Jacques. Je me suis rendue à l'église. Elle était pleine à craquer, je n'y suis pas entrée. J'ai déposé près de la porte un bouquet de roses blanches anonyme, et je suis retournée chez moi sans croiser personne.

Depuis mon retour, la maison me paraît plus froide encore.

Hostile, maintenant que je connais l'atroce vérité.

Tout, ici, respire le mensonge.

Je ne peux plus le supporter.

ÉPILOGUE

À trois heures du matin, la sirène des pompiers tira les habitants de Saint-André de leur lit. Dans la nuit d'hiver illuminée par l'incendie, les ombres décharnées des arbres dansaient tels des squelettes sur les murs des maisons. Le camion stoppa dans un jet de gravier à proximité de la ferme des Pelissier et les soldats du feu déroulèrent la lance. Les rares badauds s'étaient emmitouflés dans leurs doudounes, et certains étaient même venus en chaussons. Ils se tenaient à distance de la fournaise et des craquements menaçants qui montaient de la charpente embrasée. Le toit allait s'effondrer d'un instant à l'autre. L'officier en charge de l'opération enjoignit à ses hommes de rester dehors. Vu l'ampleur des flammes, les pousser à s'engager dans ce brasier les aurait condamnés à une mort certaine.

— J'm'appelle Robert, dit un voisin en s'approchant. C'est moi qu'a téléphoné quand j'ai vu qu'ça cramait là-d'dans.

Le chef des pompiers dirigea son attention vers lui.

— Il y a quelqu'un, à l'intérieur ?

— Si les deux voitures sont ici, y a des chances, oui.

Le brigadier grimpa sur le châssis du camion et distingua par-dessus le portail les deux carrosseries côte à côte. Un 4 × 4 et une berline. Les flammes les léchaient déjà, elles risquaient d'exploser à tout moment. Aussitôt, il se précipita vers les curieux et les força à reculer le plus loin possible, puis il revint vers le dénommé Robert.

— Où sont les chambres, d'après vous ?

— Là, répondit l'homme en tendant le doigt vers l'étage de la façade. Et pis une aut' au rez-de-chaussée.

À cet instant, les vitres furent pulvérisées. Tous contemplèrent les langues de feu dévorer les poutres rougeoyantes au milieu d'une fumée noire et très épaisse. Le pompier fronça les sourcils. Une odeur venait de lui effleurer les narines. *De l'essence…* pensa-t-il immédiatement lorsqu'il vit le panache très sombre s'élever au-dessus du toit. Dès lors, il ordonna à ses gars de continuer à arroser la ferme, mais il savait déjà qu'ils ne la sauveraient pas. Qu'ils éviteraient simplement que le sinistre ne se propage à l'habitation voisine.

Quand le jour blême pointa enfin, il ne restait en effet plus qu'un tas de gravats et de ferrailles tordues. Les carcasses des deux voitures émergeaient du chaos. La grange, elle aussi, avait été consumée par les flammes avec tout ce qu'elle contenait. Finalement, seule la cave, isolée par la dalle de béton, avait été épargnée.

Les secours, dès qu'ils purent y descendre, y découvrirent la dépouille de Nathalie Pelissier, allongée sur le carrelage, une photographie ancienne coincée entre son bras et son torse. Un couteau de cuisine gisait près de son cadavre aux poignets profondément incisés. La gendarmerie de Vézelay ne tarda pas à contacter la brigade d'Avallon, et le commandant Montboissier débarqua sur les lieux. Une fois la scène passée au crible par la Scientifique et les premières constatations effectuées par le légiste, le corps fut évacué à la morgue pour y être autopsié. Selon l'hypothèse la plus probable à ce stade, la fille d'Armand avait mis le feu à sa maison après avoir répandu de l'essence au rez-de-chaussée et à l'étage. L'incendie amorcé, elle avait ensuite préféré se donner la mort dans le sous-sol plutôt que d'être asphyxiée.

Quand Montboissier rentra à Avallon, un mail l'attendait. Il avait été programmé pour lui parvenir à dix heures précises ce matin-là.

Il lut le nom de l'expéditrice, s'assit lentement sur son siège et cliqua, le visage blême.

C'était un message qui lui arrivait d'entre les morts.

Ses aveux.

Ou plutôt, son histoire…

*

* *

« Lorsque j'ai pénétré dans la chambre, l'infirmière m'a lancé un bref regard, puis a reporté son attention sur le patient qui gisait au creux de son lit, l'air absent… »

REMERCIEMENTS

À Nathalie, ma chère et tendre, qui m'encourage depuis plus de vingt ans, avec amour et générosité, à persévérer dans cette belle aventure qu'est l'écriture, malgré les heures que cela grappille à notre vie commune.

À Christine Valette-Rigault, ma presque sœur, pour le garde-fou judiciaire sans faille qu'elle offre à chacun de mes romans depuis mes débuts, en 2008. Et croyez-moi, elle a eu bien du travail pour corriger toutes mes erreurs dans ce domaine sur seize thrillers…

À Patrick George, premier adjoint (le véritable, cette fois) de Pierre-Perthuis, pour son accueil très sympathique lors de mes recherches sur le village, ainsi que pour le personnage hors du commun de Philippe Millot dont il m'a fait cadeau sans le savoir.

Au commandant de police Jean-Michel Crinquand pour la visite formidable qu'il a organisée à mon intention au commissariat d'Auxerre, et pour m'avoir présenté un collègue officier vraiment atypique, dont l'élégance naturelle et l'indéniable charisme m'ont inspiré le caractère de Gontran de Montboissier.

À la gendarme Viot, d'Avallon, pour sa lecture attentive et ses conseils avisés sur le fonctionnement de sa brigade.

À Amandine Le Goff, Florian Lafani, Manon Tassy, Thomas Girault, Maryannick Le Du, Lucie Copet, Estelle Revelant et toute l'équipe de Fleuve Éditions pour leur soutien et leur confiance renouvelée après la parution de *L'Aigle noir* en 2022.

Enfin, merci à vous, libraires, organisateurs de salons, bibliothécaires et passionnés de tout poil, qui permettez à mes livres de faire leur petit bonhomme de chemin et de toucher le cœur de nouveaux lecteurs.

Composé par Facompo, Rouen

#lisez engagé !
www.lisez.com
Pour plus d'information :
Imprimé sur du papier issu de forêts gérées durablement.

CET OUVRAGE
A ÉTÉ ACHEVÉ D'IMPRIMER
SUR ROTO-PAGE
PAR L'IMPRIMERIE FLOCH
À MAYENNE EN SEPTEMBRE 2023

N° d'impression : 103279
R15685/01
Imprimé en France